Puritaine et catin

Elizabeth HOYT

Les trois princes – 1

Puritaine
et catin

Traduit de l'anglais (États-Unis)
par Dany Osborne

AVENTURES
&PASSIONS

Vous souhaitez être informé en avant-première
de nos programmes, nos coups de cœur ou encore
de l'actualité de notre site *J'ai lu pour elle* ?

Abonnez-vous à notre *Newsletter* en vous connectant
sur **www.jailu.com**

Retrouvez-nous également sur Facebook pour avoir
des informations exclusives :
www.facebook/pages/aventures-et-passions
et sur le profil *J'ai lu pour elle.*

Titre original
THE RAVEN PRINCE

Éditeur original
Warner Forever, a trademark of Time Warner Inc.
Used under license of Hachette Book Group,
which is not affiliated with Time Warner Inc.

© Nancy M. Finney, 2006

Pour la traduction française
© Éditions J'ai lu, 2008

Pour mon mari, Fred, toujours si réconfortant.

Remerciements

Merci à mon agent, Susannah Taylor, pour sa bonne humeur et son soutien sans faille ; à mon éditeur, Devi Pillai, pour son enthousiasme et son bon goût ; et à ma conseillère, Jade Lee, qui me fournit en chocolats aux moment cruciaux et me répète inlassablement: « Crois! »

1

Il était une fois, dans une lointaine contrée, un duc sans fortune et ses trois filles...

Extrait du *Prince Corbeau*

Little Battleford, Angleterre, mars 1760

Un cheval qui galope à bride abattue, un chemin de terre boueux et une femme à pied au détour d'un virage ne font jamais une bonne combinaison. Même dans les circonstances les plus favorables, les chances d'une rencontre en douceur sont dramatiquement faibles. Ajoutez à cela un chien – un très gros chien –, et, ainsi que le pensa Anna Wren en un éclair, le désastre est inévitable.

À la vue de cette dernière, ledit cheval fit un brusque écart. Le mastiff qui courait à ses côtés l'imita, se retrouvant sous ses naseaux. L'étalon se cabra, ses sabots battirent l'air, et, de manière prévisible, le cavalier fut désarçonné. Membres emmêlés, il perdit cravache et tricorne et réalisa un spectaculaire vol plané avant de s'écraser sur le sol, projetant sur Anna un geyser d'eau sale.

Cheval, homme, femme et chien s'immobilisèrent.

« Quel idiot ! » faillit crier Anna, qui s'en garda cependant. Une respectable veuve d'un certain âge, en l'occurrence trente et un ans, ne lançait pas d'épithètes injurieuses aux messieurs.

— J'espère que vous ne vous êtes pas fait mal, dit-elle à la place en affichant un sourire crispé. Puis-je vous aider à vous relever ?

Le cavalier trempé ne lui rendit pas son sourire.

— Que diable fichiez-vous au beau milieu du chemin ? rétorqua-t-il.

Il réussit à s'extraire de la flaque de boue, puis riva sur Anna ce genre de regard courroucé typique des hommes qui se sont comportés stupidement mais, incapables de l'admettre, jouent les importants. Les traînées noires qui coulaient sur son visage pâle et grêlé n'arrangeaient pas sa mine. D'épais cils sombres cernaient ses yeux d'obsidienne. De beaux yeux, certes, qui ne parvenaient toutefois pas à faire oublier son expression pincée.

— Je suis navrée, répondit Anna sans cesser de sourire. Je rentrais chez moi. Évidemment, si j'avais deviné que vous auriez besoin de toute la largeur du chemin…

L'homme l'interrompit d'un geste de la main. Ses explications ne l'intéressaient manifestement pas. Négligeant son couvre-chef qui gisait dans la boue, il rejoignit sa monture au pas de charge tout en jurant entre ses dents. Le chien s'était assis, captivé par le spectacle.

Le cheval, un bai anguleux, roula des yeux en voyant approcher le cavalier et fit un pas de côté.

— C'est ça, dit l'homme d'une voix caressante. Joue les vierges effarouchées, espèce de tas de barbaque bouffée d'asticots ! Quand je t'aurai mis la main dessus, bâtard de chameau malade, je te garantis que je tordrai ton cou de vieille carne abrutie.

Le cheval agita les oreilles, puis recula, s'attirant aussitôt la sympathie d'Anna.

Telle une plume qui vous chatouille la plante des pieds, elle trouvait la voix de cet être odieux à la fois irritante et séduisante. Au point qu'elle se surprit à se demander s'il adoptait cette intonation lorsqu'il voulait charmer une femme. En employant d'autres mots, espérait-elle.

Le cavalier saisit la bride du cheval, demeura un court instant près sa tête à lui murmurer des insultes, puis grimpa en selle d'un seul mouvement fluide. Le tissu mouillé de son pantalon se tendit sur ses cuisses quand il pressa les flancs de la bête, révélant de façon indécente des muscles puissants.

— Bonne journée, madame, dit-il à Anna en inclinant brièvement la tête.

Sans plus de cérémonie, il éperonna sa monture et fila au galop. Le chien s'élança à sa suite. Quelques instants plus tard, le trio était hors de vue.

Anna baissa les yeux.

Le contenu de son panier était éparpillé dans la boue. La demi-douzaine d'œufs s'était transformée en omelette, et le hareng semblait darder sur elle un regard de reproche. Elle ramassa ce dernier, l'essuya. Lui, au moins, était récupérable. Tandis que sa robe… Elle se pencha, décolla de ses jambes ses jupons mouillés et les secoua en soupirant. Puis elle se redressa et scruta le chemin bordé d'arbres dont le vent agitait les branches nues. Désert.

Inspirant à fond, elle lâcha l'un de ces mots qu'il était interdit de prononcer devant le Seigneur :

— Butor !

Puis elle rentra le cou dans les épaules, et attendit que Dieu la foudroie sur place. Rien ne se produisit. Elle n'éprouva même pas une once de culpabilité, ce qui était fort étonnant. Après tout, les dames ne sont pas censées invectiver les messieurs, quelle que soit la provocation ! Or elle était une dame, n'est-ce pas ?

Son panier, désormais fort léger, au bras, elle se remit en route. Lorsqu'elle remonta l'allée menant à son cottage, jupe et jupons étaient secs, mais raides de boue. En été, les fleurs exubérantes qui poussaient dans le jardinet rendaient la maisonnette accueillante, mais à cette époque de l'année, il n'y avait que de la terre. Elle approchait de la porte quand celle-ci s'ouvrit sur une petite femme au visage encadré d'anglaises grises.

— Ah, vous voilà! s'écria-t-elle en agitant la main.

Elle tenait une cuillère de bois et des gouttelettes de sauce lui éclaboussèrent la joue.

— Fanny et moi avons préparé un ragoût de mouton, continua-t-elle, et j'ai l'impression que sa sauce est mieux réussie que d'habitude : on voit à peine les grumeaux. Mais nous travaillons encore sur les boulettes, ajouta-t-elle plus bas. Je les trouve trop molles.

Anna adressa un sourire empreint de lassitude à sa belle-mère.

— Je suis sûre que le ragoût sera délicieux, assura-t-elle en pénétrant dans le vestibule.

La vieille dame lui sourit, puis plissa le nez.

— Mon petit, il émane de votre personne une odeur…

Elle s'interrompit, haussa les sourcils, incrédule.

— Pourquoi y a-t-il des feuilles sur votre coiffe?

— J'ai eu une désagréable mésaventure sur le chemin de retour.

— Une mésaventure? s'exclama mère Wren qui en lâcha sa cuillère d'émotion. Êtes-vous blessée? Mais, mon Dieu, votre robe! On dirait que vous vous êtes roulée dans la fange!

— Tout va bien. Je suis juste un peu mouillée.

— Allez vite enfiler des vêtements secs, mon petit, et vos cheveux… Fanny! Sors de cette cuisine et viens nous aider!

Puis à Anna :

— Nous allons devoir les laver. Vos cheveux, j'entends. Venez avec moi. Fanny!

Une toute jeune fille à la chevelure carotte surgit dans le vestibule.

— Quoi?

Mère Wren gravissait déjà l'escalier, poussant Anna devant elle. Elle se pencha par-dessus la rampe.

— Fanny, combien de fois t'ai-je demandé de répondre « Oui, madame »? Tu ne trouveras jamais un emploi comme femme de chambre dans une grande maison si tu persistes à t'exprimer aussi mal.

12

Fanny se contenta de battre des paupières, la bouche légèrement entrouverte. Mère Wren soupira.

— Va mettre un chaudron d'eau à chauffer. Mme Anna va se laver les cheveux.

Fanny se rua vers la cuisine, puis lança juste avant d'y entrer :

— Oui, m'dame.

Ayant atteint le minuscule palier, Anna pénétra dans sa chambre et s'approcha du miroir accroché au-dessus de la commode.

— Ce que devient la ville m'affole, commenta sa belle-mère en s'immobilisant derrière elle. Avez-vous été éclaboussée par une calèche ? Certains cochers se conduisent comme si la rue leur appartenait.

— Je ne vous contredirai pas, répondit Anna qui ôta son chapeau et examina son reflet. Mais je n'ai été la victime que d'un cavalier.

Seigneur, sa chevelure ressemblait à un nid de corneille, et son front était maculé de boue !

— Ces gentilshommes à cheval sont pires que les cochers, grommela mère Wren. La plupart sont incapables de maîtriser leur monture. Une vraie menace pour les femmes et les enfants.

Anna retira son châle, se retourna, et balaya du regard la pièce exiguë dans laquelle Peter et elle avaient vécu les quatre années de leur mariage. Elle accrocha son châle et son chapeau à la patère où son mari suspendait son manteau. Sur la chaise, autrefois, il empilait ses gros livres de droit. Désormais, elle servait à Anna de table de nuit.

— Au moins, vous avez sauvé le hareng, continua sa belle-mère. Quoique, je ne suis pas sûre qu'un bain de boue ait amélioré son goût.

— Sans doute pas, admit distraitement Anna.

Elle fixait la couronne de fleurs de pommier, souvenir de son mariage, suspendue au coin du miroir. Elle était totalement desséchée. Rien d'étonnant à cela. Six années qu'elle était là. Six années de veuvage. Ces pauvres fleurs auraient été davantage à leur place dans le bac à compost du jardin. Elle les y jetterait tout à l'heure, décida-t-elle.

— Laissez-moi vous aider, mon petit, proposa mère Wren.

Joignant le geste à la parole, elle entreprit de déboutonner la robe de sa belle-fille.

— À propos, avez-vous vendu ma dentelle à la modiste ?

— Oui, répondit Anna en se débarrassant de son vêtement. Elle l'a beaucoup aimée. C'est la plus jolie qu'elle ait vue depuis bien longtemps, m'a-t-elle dit.

— Mmm. Je fais tout de même de la dentelle depuis quarante ans, remarqua mère Wren d'un ton faussement modeste. Combien vous l'a-t-elle payée ?

Anna eut une petite grimace tout en s'enveloppant dans un peignoir usé jusqu'à la corde.

— Un shilling et six pence.

— Si peu ? Mais j'ai travaillé dessus cinq mois !

— Je sais, reconnut Anna en dénouant ses cheveux. Mais elle a argué du fait que la dentelle n'était plus très à la mode.

— Peuh… elle le devient dès que cette femme en orne un bonnet ou une robe.

Anna partageait la déception et l'avis de sa belle-mère. Elle s'empara d'une serviette de bain, puis les deux femmes regagnèrent en silence le rez-de-chaussée.

Dans la cuisine, Fanny avait mis une bouilloire à chauffer. Des bouquets de plantes séchées pendaient aux poutres parfumant l'atmosphère. En face de la vieille cheminée de brique qui occupait tout un pan de mur, une fenêtre donnait sur le jardin planté de laitues, radis et navets.

Mère Wren posa une cuvette ébréchée sur la table qui trônait au milieu de la pièce, et qu'on repoussait contre le mur, la nuit, afin que la petite bonne puisse dérouler sa paillasse devant le feu.

Anna se pencha au-dessus de la cuvette, et sa belle-mère versa l'eau tiède de la bouilloire sur sa tête. Tout en se savonnant les cheveux, la jeune femme observa :

— Je crains que nous ne soyons obligées de prendre des mesures pour améliorer notre situation financière, mère.

— Oh, non, ne me dites pas qu'il va falloir faire davantage d'économies ! Nous avons déjà renoncé à la viande, sauf le mardi et le jeudi, et il y a une éternité que ni vous ni moi n'avons acheté de robe !

Anna nota que sa belle-mère ne mentionnait pas l'entretien de Fanny. Celle-ci était censée occuper les fonctions de bonne, de gouvernante et de cuisinière, mais en réalité, elle était là par pure charité. Sa seule parente, sa grand-mère, était morte quand elle avait dix ans. Refusant que l'enfant soit envoyée à l'orphelinat, Anna avait proposé de l'héberger. Mère Wren ambitionnait de l'éduquer afin qu'elle puisse trouver à s'employer dans une grande maison, mais la gamine progressait fort lentement.

— Vous vous êtes montrée toujours très économe, mère, assura Anna. Mais les investissements de Peter ne rapportent plus autant qu'autrefois. Notre revenu a décru de manière régulière depuis qu'il nous a quittées.

— Quelle tristesse qu'il ne nous ait laissé que si peu pour vivre !

— Ce n'était pas son intention, mère. Il n'était qu'un jeune homme quand la fièvre l'a emporté. Je suis sûre que s'il avait vécu, il aurait amassé un joli pécule.

En fait, Peter avait fait fructifier leurs finances après la mort de son père, survenue peu de temps avant leur mariage. Le vieil homme, bien que courtier de son métier, avait investi dans des placements peu avisés, et s'était quasiment ruiné. Après son mariage, Peter avait vendu la maison familiale pour payer ses débiteurs et emménagé avec sa jeune épouse et sa mère dans le petit cottage. À son tour, il avait travaillé comme courtier. Hélas, la maladie l'avait terrassé, et

Anna s'était retrouvée seule face aux épreuves de l'existence.

— Rinçage, s'il vous plaît, demanda-t-elle.

Un flot d'eau froide déferla sur son crâne. Elle s'assura qu'il n'y avait plus de savon, s'essora les cheveux et s'enveloppa la tête dans la serviette qu'elle avait apportée.

— Je crois que je devrais songer à prendre un emploi, déclara-t-elle en se redressant.

— Oh, mais certainement pas ! s'exclama sa belle-mère qui se laissa tomber sur une chaise de saisissement. Les dames ne travaillent pas !

— Préférez-vous que je demeure une dame et que nous mourions de faim ?

Mère Wren parut hésiter.

— Ne vous inquiétez pas, enchaîna Anna. Nous n'en arriverons pas à une telle extrémité. Mais nous devons néanmoins trouver un moyen d'améliorer nos revenus.

— Je pourrais peut-être faire davantage de dentelle ? suggéra mère Wren. Ou renoncer à la viande ?

— Je ne veux pas que vous en soyez réduite à cela. Mon père a veillé à ce que je reçoive une bonne éducation et…

— Votre père était le meilleur vicaire que la paroisse de Little Battleford ait jamais eu, paix à son âme. Tout le monde connaissait son point de vue sur l'éducation des enfants.

Anna commença à se démêler les cheveux.

— Il m'a effectivement appris à lire, à écrire, à compter, m'a enseigné un peu de grec et de latin. Je devrais donc pouvoir trouver un poste de gouvernante ou de dame de compagnie.

— La vieille Mme Lester est presque aveugle. Je suis sûre que son beau-fils vous engagerait pour lui faire la lecture et…

Mère Wren s'interrompit. Anna se rendit compte en même temps que sa belle-mère qu'une odeur âcre flottait dans la pièce.

— Fanny ! crièrent les deux femmes d'une seule voix.

La petite bonne, qui jusque-là écoutait la discussion entre ses deux maîtresses, se rua sur le ragoût de mouton.

Anna poussa un soupir excédé. Encore un dîner de brûlé.

Felix Hopple s'arrêta devant la porte de la bibliothèque du comte de Swartingham afin de vérifier son apparence. Il portait un gilet couleur puce rebrodé d'une guirlande de feuilles jaunes qui mettait en valeur sa silhouette, fort svelte au demeurant pour un homme de son âge. Avec ses chausses rayées de vert et orange, et sa perruque fraîchement poudrée, il était élégant sans ostentation. Il n'avait donc aucune raison d'hésiter devant cette porte fermée.

Il soupira cependant, car le comte avait une déconcertante tendance à grogner. En tant qu'intendant général du domaine de Ravenhill Abbey, Hopple avait entendu ces inquiétants grognements si souvent au cours des deux semaines passées qu'il avait l'impression d'être l'un de ces malheureux qui vivent au pied de volcans prêts à entrer en éruption. Pourquoi lord Swartingham avait décidé de s'installer à Ravenhill Abbey après des années de bienfaisante absence demeurait un mystère pour Hopple, qui craignait que cette installation ne fût définitive.

Mal à l'aise, il lissa son gilet de la main. Les nouvelles dont il était porteur n'étaient pas bonnes. Cela dit, il n'en était en rien responsable.

Prenant son courage à deux mains, il frappa à la porte. Il y eut un silence, puis une voix profonde répondit :

— Entrez !

Située dans l'aile ouest du manoir, et dotée de grandes fenêtres, la bibliothèque bénéficiait, en cette fin d'après-midi, des rayons du soleil. Contrairement à ce que l'on aurait pu croire, elle était cependant loin d'être accueillante. Elle était en effet si vaste et si haute de plafond qu'elle semblait absorber la majeure partie de la lumière.

Le comte était assis derrière un bureau de style baroque tellement imposant qu'il aurait fait paraître n'importe qui d'autre frêle. Devant la cheminée, qui ne parvenait pas à rendre l'atmosphère chaleureuse, était affalé un énorme chien au pelage moucheté. Croisement de mastiff et probablement de grand lévrier irlandais, l'animal était très laid et si inquiétant que l'intendant l'évitait autant que faire se pouvait.

Il se racla la gorge, puis demanda :

— Auriez-vous un moment à me consacrer, milord ?

Lord Swartingham leva les yeux de son journal.

— Entrez, Hopple, et prenez un siège pendant que je finis ceci. Je suis à vous dans quelques instants.

Après un coup d'œil de biais au molosse, Hopple se dirigea vers l'un des fauteuils devant le bureau et s'y assit. Il mit à profit le sursis accordé par son maître pour tenter de deviner l'humeur de celui-ci. Avec ses sourcils froncés et sa peau grêlée, il n'avait rien d'aimable. Mais ce n'était pas nécessairement mauvais signe, car lord Swartingham affichait en permanence une expression renfrognée.

Repoussant son journal, le comte retira ses lunettes demi-lunes et s'adossa à son siège, qui grinça sous son poids.

— Alors, Hopple ?

— Milord, j'ai une nouvelle peu plaisante à vous annoncer. J'espère que vous ne le prendrez pas trop mal, commença l'intendant, un sourire contraint sur les lèvres.

Le comte attendit la suite sans mot dire. Tirant nerveusement sur ses manchettes, Hopple continua :

— Le nouveau secrétaire, M. Tootleham, a eu un problème familial urgent qui l'a contraint à remettre sa démission.

L'expression du comte ne changea pas, mais il se mit à pianoter du bout des doigts sur les accoudoirs de son fauteuil.

— Apparemment, reprit Hopple en accélérant le débit, les proches de M. Tootleham ont été frappés d'un mal qui requiert sa présence à Londres. Il s'agit d'une affection virulente, avec forte fièvre. C'est très… contagieux.

Le comte haussa l'un de ses sourcils charbonneux.

— Les deux frères de M. Tootleham, poursuivit l'intendant, ses trois sœurs, sa grand-mère, une tante et même le chat sont touchés et ont besoin d'une assistance permanente.

Hopple se tut et regarda lord Swartingham.

Silence.

Puis, après un temps qui sembla très long à l'intendant, le comte demanda :

— Le chat aussi, dites-vous ?

Hopple ouvrait la bouche pour répondre quand lord Swartingham lâcha un juron. Il n'eut que le temps de se baisser avec une admirable célérité pour éviter un vase qui alla s'écraser avec fracas contre la porte. Le chien, de toute évidence habitué aux étranges manières de son maître, cilla à peine.

Soupirant bruyamment, le comte darda sur son intendant son regard sombre.

— J'espère que vous lui avez déjà trouvé un remplaçant.

La sueur au front, Hopple glissa le doigt dans son col qui soudain l'étranglait.

— Euh… en fait, milord, j'ai cherché avec diligence… J'ai écumé les villages environnants en quête d'une personne capable, mais je n'ai pas… Euh…

Il déglutit douloureusement.

— … j'ai bien peur que cela ne prenne un peu de temps.

Lord Swartingham demeura immobile.

— Hopple, j'ai besoin d'un secrétaire pour retranscrire le manuscrit que j'ai élaboré en vue des conférences que je donnerai à la Société Agraire dans un mois. Si possible, une personne qui aura l'obligeance de rester auprès de moi davantage qu'une paire de jours. Trouvez-en une !

Sur ces mots, il reprit son journal. Comprenant qu'on le congédiait, Hopple se leva.

— Bien, milord. Je pars en quête de cette personne sur-le-champ.

Il avait la main sur la poignée lorsque lord Swartingham grogna :

— Hopple ?

L'intendant se figea.

— Oui, milord ?

— Je vous octroie jusqu'à après-demain matin.

Edward de Raaf, cinquième comte de Swartingham, acheva la lecture du rapport de son domaine du North Yorkshire, puis le posa sur la pile de papiers. Ses lunettes rejoignirent le tas de documents. La clarté du soleil faiblissait. D'ici peu, le crépuscule tomberait. Il se mit debout et s'approcha de la fenêtre. Son chien vint lui donner un petit coup de tête dans la main. Edward le caressa machinalement.

Bon sang, Tootleham était le deuxième secrétaire qui décampait en catimini ! À croire qu'il était un dragon. Cela dit, ces secrétaires s'apparentaient plus à de timides souris qu'à des hommes. À peine élevait-il la voix ou s'énervait-il qu'ils prenaient leurs cliques et leurs claques. Si seulement l'un d'eux avait eu la moitié du cran de la femme qu'il avait failli percuter la veille... Sa repartie sarcastique quand il lui avait demandé ce qu'elle faisait au milieu du chemin ne lui avait pas échappé. De même que sa tranquille assurance lorsqu'il l'avait gratifiée d'un regard noir.

Il fixa le jardin déjà sombre en proie à un malaise indéfinissable. La maison de son enfance n'était pas telle que dans son souvenir.

La dernière fois qu'il avait vu Ravenhill Abbey, il n'était qu'un jeune idiot qui se lamentait à l'idée de quitter sa famille. Vingt ans durant, il avait fait des allers et retours entre sa propriété du nord de l'Angleterre et son hôtel particulier de Londres. Et jamais il ne s'était senti chez lui dans ces deux endroits. Il était resté loin d'Abbey précisément parce que sans sa famille, le domaine n'aurait plus été le même. En y revenant, il s'attendait donc à quelques changements, mais il n'était pas préparé à cette tristesse, à cette affreuse solitude.

Il n'avait finalement décidé de rouvrir le manoir que parce qu'il avait l'espoir d'y amener son épouse – sa future épouse, pour être exact. Celle qu'il choisirait après négociation. Un mariage arrangé, le seul capable de résister aux aléas de la vie et au temps. Il n'était pas question de renouveler l'erreur qu'avait été sa première et brève union. Ni d'envisager de s'établir ailleurs qu'à Ravenhill. À l'époque, il avait essayé de complaire à sa jeune épouse en restant dans son Yorkshire natal. Un échec. Après la mort de sa femme, il en était toutefois arrivé à la conclusion que, quel que soit l'endroit où ils aient vécu, elle n'aurait pas été heureuse.

Il s'écarta de la fenêtre, pivota sur ses talons et se dirigea vers la porte. Il était plus que jamais décidé à rendre son âme à cette demeure, à en faire de nouveau un foyer. Les racines ancestrales étaient plantées dans ce domaine. L'arbre familial reprendrait vie, donnerait des fruits grâce au mariage qu'il contracterait. Un jour, des cris et des rires d'enfants résonneraient dans les vastes couloirs, et Ravenhill Abbey reviendrait à la vie.

2

Les trois filles du duc étaient de véritables beautés. L'aînée était dotée d'une chevelure aux reflets de nuit. La cadette, de boucles cuivre qui mettaient en valeur son teint de lait, la plus jeune, d'une blondeur telle qu'elle semblait constamment baigner dans un rayon de soleil. Mais des trois, celle-là seulement avait hérité l'infinie bonté du père. Elle s'appelait Aurea...

Extrait du *Prince Corbeau*

Qui aurait imaginé que les emplois pour les dames respectables soient si rares à Little Battleford ? En quittant le cottage ce matin-là, Anna se doutait que trouver un travail ne serait pas chose aisée, mais elle nourrissait néanmoins quelque espoir. Il lui suffisait de dénicher une famille aux enfants analphabètes ayant besoin d'une préceptrice, ou une femme âgée en quête d'une lectrice. Ce n'était tout de même pas trop demander.

Eh bien, si, apparemment.

L'après-midi était bien avancé. Ses pieds la faisaient souffrir tant elle avait parcouru de mauvais chemins, et personne ne l'avait encore engagée. La vieille Mme Lester ne s'intéressait pas à la littérature. Et de toute façon, son beau-fils était trop avare pour lui offrir une dame de compagnie.

Anna était allée frapper à la porte de plusieurs autres dames. Partout, on lui avait opposé une fin de non-recevoir. Soit par absence de besoin, soit par manque d'argent.

Puis elle était arrivée chez Felicity Clearwater.

Felicity était la troisième épouse du squire Clearwater, un homme qui avait trente ans de plus qu'elle, et était le plus gros propriétaire terrien du comté après lord Swartingham. Elle se considérait comme une figure de Little Battleford, d'une condition bien supérieure à celle des Wren. Mais elle était mère de deux fillettes en âge d'avoir une préceptrice. Anna alla donc lui proposer ses services, ce qui acheva de lui esquinter les pieds.

Après l'avoir écoutée, Felicity l'interrogea sur ses connaissances musicales.

Il n'y avait pas de clavecin au presbytère à l'époque où Anna y vivait avec sa famille, et elle le savait pertinemment.

— Je crains de n'avoir aucune notion en musique, se résigna à avouer Anna. Mais j'ai de bonnes bases en latin et en grec, ajouta-t-elle précipitamment.

Agitant son éventail, Felicity riposta :

— Pardonnez-moi, Anna, mais il n'est pas question que mes filles apprennent le latin ou le grec. C'est plutôt malséant pour une dame de la bonne société, vous ne pensez pas ?

Anna serra les dents, mais parvint à sourire. Un sourire qui s'effaça après que Felicity lui eut suggéré d'aller voir en cuisine si l'on n'avait pas besoin d'une aide.

Elle prit le chemin du retour en proie à une profonde déception. Ses espoirs se réduisaient comme peau de chagrin, et il se pourrait bien, songea-t-elle, qu'elle en soit réduite à accepter un poste de bonne. Mais jamais chez Felicity !

Elle contournait la quincaillerie quand elle faillit heurter Félix Hopple qui se hâtait en sens inverse. Elle s'arrêta si abruptement qu'une partie du contenu de son panier tomba sur le sol.

— Oh, pardonnez-moi, Mme Wren ! s'exclama Hopple tout en se penchant pour ramasser les articles éparpillés sur le trottoir. J'avais la tête ailleurs.

— Vous êtes tout excusé, assura Anna qui tressaillit à la vue du gilet violet et cramoisi qu'arborait le petit homme.

Seigneur, ces couleurs…

— J'ai entendu dire que le comte réside désormais à Ravenhill, monsieur Hopple. Vous devez être très occupé, j'imagine, d'où votre distraction.

Les commérages allaient bon train dans le village. Que lord Swartingham soit revenu au bercail après tant d'années intriguait tout le monde, Anna comprise. En fait, elle s'était demandé si le malotru qui avait failli la faire tomber la veille n'était pas le mystérieux lord.

Hopple poussa un profond soupir.

— Je suis débordé, en effet, madame Wren.

Il sortit un mouchoir de sa poche et s'épongea le front.

— Je cherche désespérément un nouveau secrétaire pour mon maître, mais la tâche se révèle difficile. Le dernier candidat ne connaissait guère l'orthographe.

— Voilà qui est ennuyeux.

— Indéniablement.

— Il y aura beaucoup de messieurs à l'office, demain. Pourquoi ne pas tenter votre chance ?

— Ce sera, hélas, trop tard ! Lord Swartingham veut son secrétaire demain matin.

— Cela ne vous laisse guère de temps, admit Anna tandis qu'une idée se faisait jour dans son esprit. Monsieur Hopple, ajouta-t-elle, votre maître exige-t-il un secrétaire de sexe masculin ?

— Non, je ne crois pas. Il m'a simplement ordonné de lui trouver un candidat pour ce poste, mais qui d'autre…

L'intendant s'interrompit, et Anna lui adressa un sourire entendu.

— Je songeais récemment que je disposais de beaucoup trop de temps libre et qu'il serait bon que je m'occupe, expliqua-t-elle. Vous l'ignorez peut-être, mais j'écris bien et j'ai une excellente orthographe.

— Vous n'êtes tout de même pas en train de suggérer... ?

Hopple fixait Anna d'un air éberlué.

— Mais si. Alors à quelle heure dois-je me présenter à Ravenhill demain matin ? 9 heures ? 10 heures ?

— Eh bien, disons 9 heures. Le comte est un lève-tôt. Mais tout de même, madame Wren... vous voulez vraiment...

— Oui, monsieur Hopple. Voilà. C'est réglé. Je vous verrai demain à 9 heures.

Anna tapota gentiment le bras du petit homme, puis tourna les talons. Au bout de quelques pas, elle s'arrêta.

— J'oubliais, monsieur Hopple. Quels gages lord Swartingham offre-t-il ?

— Quels gages ? Euh... Il payait son dernier secrétaire trois livres par mois. Cela vous conviendra-t-il ?

— Ce sera parfait.

Soudain, la journée lui apparaissait merveilleuse.

— ... et il faudra aérer les chambres des étages supérieurs, peut-être les repeindre. C'est compris, Hopple ?

Edward descendit les dernières marches du perron et se tourna vers les écuries. Les ultimes rayons du soleil lui chauffaient le dos. Le chien, comme d'habitude, était à son côté.

L'intendant ne lui répondant pas, il s'écria :

— Hopple ? Hopple !

Les talons de ses bottes crissèrent sur le gravier comme il faisait volte-face.

— Eh bien, Hopple ?

— Un instant, milord. J'arrive.

Hopple descendit les marches. Il paraissait à bout de souffle.

25

Edward l'attendit en frappant impatiemment le sol du pied. Lorsqu'il l'eut rejoint, il fonça vers les communs.

— Avez-vous compris ce que je vous ai dit pour les chambres ?

— Euh… les chambres, milord.

— Demandez aux bonnes de les aérer, et voyez si certaines n'ont pas besoin d'un coup de peinture. Secouez-vous, mon vieux !

— Oui, milord.

— J'espère que vous m'avez trouvé un secrétaire.

— Euh… Oui.

— Je vous ai bien spécifié qu'il fallait qu'il soit là demain à la première heure.

— Oui, milord. En fait, quelqu'un va se présenter, une personne dont je pense que…

Edward s'immobilisa devant la porte à double vantail des écuries.

— Hopple, vous m'avez trouvé un secrétaire, oui ou non ?

— Oui, milord.

— Alors pourquoi ne pas le dire clairement ? Il y a un problème avec cet homme ?

— Nooon, milord, fit Hopple en lissant son abominable gilet d'une main nerveuse. Cette personne conviendra tout à fait à la fonction de secrétaire.

Il fixait le regard non sur son maître, mais sur la girouette sur le toit de l'étable. Edward se surprit à lever les yeux à son tour, intrigué. Qu'avait donc cette girouette de si intéressant ? Rien, apparemment.

— Parfait, Hopple. Je serai absent à son arrivée, annonça-t-il.

Les deux hommes s'enfoncèrent dans la pénombre des écuries, le chien sur leurs talons.

— À vous donc de lui montrer mon manuscrit et de le mettre au courant des tâches qui l'attendent.

Était-ce une impression ou Hopple semblait-il soulagé ? s'interrogea le comte.

— Très bien, milord, répondit l'intendant.

— Je partirai de bonne heure pour Londres et ne rentrerai qu'en fin de semaine. À mon retour, il devrait avoir achevé de retranscrire les documents que j'aurai laissés.

— En effet, milord.

Non, ce n'était pas un effet de son imagination, décida Edward. Hopple irradiait littéralement de soulagement.

— J'ai hâte de faire la connaissance de mon nouveau secrétaire.

L'intendant s'assombrit.

Tandis qu'elle remontait l'allée bordée de vénérables chênes qui conduisait au manoir, Anna ne put s'empêcher de trouver Ravenhill Abbey intimidant. Après avoir parcouru les cinq kilomètres qui séparaient le domaine du village, elle commençait à avoir mal aux mollets. Par chance, le soleil brillait.

Elle fit une halte et contempla, émerveillée, les jonquilles qui pointaient à travers l'herbe grasse, les bourgeons sur les branches des chênes, l'éclat tamisé du soleil dans le feuillage naissant. Quelle sorte d'homme fallait-il être pour rester vingt ans loin d'un endroit pareil ?

Elle se rappela les histoires qu'on lui avait racontées. La grande épidémie de variole qui avait décimé Little Battleford juste avant que ses parents s'installent au presbytère. Elle savait que la famille du comte y avait succombé, mais ne comprenait pas pourquoi il n'avait jamais fait ne serait-ce qu'une visite depuis le drame.

Elle se remit en marche. Au-delà du champ de jonquilles, le manoir lui apparut dans sa totalité, solitaire et arrogant. Trois étages de pierres grises aux proportions et au style classiques. De l'entrée, au centre de la façade, partait un escalier à double révolution.

Plus elle en approchait, plus son assurance s'amenuisait. Cette entrée était tout simplement trop imposante. Au point qu'elle hésita, puis obliqua sur la gauche. À l'angle du bâtiment, elle découvrit ce qui était visiblement l'entrée de service. Elle s'approcha, prit une profonde inspiration, et tourna la grosse poignée de cuivre. Le battant joua et elle entra directement dans une immense cuisine.

Une blonde corpulente se tenait devant la grande table centrale, pétrissant de la pâte dans une jatte de terre cuite. Des mèches échappées de son chignon étaient plaquées sur ses joues en sueur. Les seules autres personnes présentes étaient une fille de cuisine et un jeune cireur de chaussures. Tous trois se tournèrent vers Anna.

La grosse blonde, sans doute la cuisinière, interrompit sa tâche.

— Oui?

— Bonjour. Je suis Mme Wren, la nouvelle secrétaire du comte. Sauriez-vous par hasard où je peux trouver M. Hopple?

Sans quitter Anna des yeux, la cuisinière cria au jeune garçon.

— Hé, Danny, va chercher M. Hopple et dis-lui que Mme Wren est là, dans la cuisine! Dépêche-toi.

Danny sortit en hâte et la cuisinière se remit à son pétrissage.

Anna attendit là où elle était.

Près de la vaste cheminée, la fille de cuisine la fixait en se grattant le bras d'un air absent. Anna lui sourit. La fille détourna les yeux.

— J'avais jamais entendu parler de dame secrétaire, remarqua la cuisinière sans cesser de malaxer la pâte.

Puis elle la sortit de la jatte, la posa sur la table et entreprit de la rouler en boule.

— Vous avez déjà rencontré le maître?

— Nous n'avons pas été présentés, non. J'ai eu affaire à M. Hopple, qui n'a vu aucune objection à m'engager.

Du moins ne les avait-il pas exprimées à voix haute, rectifia-t-elle mentalement.

— C'est aussi bien comme ça, marmonna la cuisinière.

Prestement, elle forma des petites boules à partir de la grosse et les empila.

— Bertha, mets-moi tout ça sur le plateau.

La fille de cuisine obtempéra.

— Il me fiche la frousse quand il crie, murmura-t-elle.

La blonde lui lança un regard noir.

— Le cri d'une chouette te fiche la frousse, petite oie ! Le comte est un gentilhomme, il nous paie de bons gages et nous donne des jours de congé.

Concentrée sur sa tâche, Bertha se mordillait la lèvre inférieure.

— Oui, mais il a la langue acérée, riposta-t-elle. C'est peut-être pour ça que M. Tootleham est parti...

Le regard de la cuisinière, maintenant carrément furieux, la fit taire. L'entrée de Hopple vint à point rompre le pénible silence qui s'était installé. Cette fois, il portait un gilet violet brodé de cerises.

— Bonjour, bonjour, madame Wren !

Il jeta un bref regard aux deux domestiques, puis demanda à mi-voix :

— Êtes-vous tout à fait sûre de... vouloir ce poste ?

— Certaine, monsieur Hopple, assura Anna en souriant. J'ai du reste hâte de faire la connaissance de lord Swartingham.

Hopple toussota.

— Ah ! il se trouve que le comte est à Londres pour affaires. Il s'y rend souvent, voyez-vous. Il y rencontre des gentilshommes de sa condition. Le comte est une autorité en matière agraire.

Déçue, Anna demanda :

— Devrai-je attendre son retour pour prendre mes fonctions ?

— Non, non. Le comte a laissé les documents sur lesquels il souhaite que vous travailliez. Ils sont dans la bibliothèque. Si vous voulez bien me suivre...

Anna hocha la tête et emboîta le pas de Hopple. Ils empruntèrent l'escalier de service et débouchèrent dans un vaste vestibule dallé de marbre noir et rose. Très beau, lui sembla-t-il, bien que l'endroit soit plongé dans la pénombre.

Un grand escalier montait vers un palier d'au moins la taille de sa propre cuisine. De là, il se séparait en deux volées qui s'élevaient vers les étages. Comment diable un homme seul pouvait-il vivre dans une demeure de cette taille, même aidé d'une petite armée de serviteurs ? se demanda-t-elle.

Hopple lui parlait, s'aperçut-elle tout à coup.

— Le dernier secrétaire en titre ainsi que le précédent avaient un bureau sous l'escalier. Mais la pièce est bien trop lugubre pour une dame. J'ai donc jugé préférable que vous vous installiez dans la bibliothèque, là où le comte travaille. À moins, bien sûr, que vous ne teniez à avoir une pièce à vous, conclut Hopple, à bout de souffle.

Ils étaient arrivés devant la porte de la bibliothèque. L'intendant l'ouvrit et s'effaça courtoisement devant Anna, qui pénétra dans la pièce et s'immobilisa.

— Non, ce sera parfait ici, assura-t-elle d'une voix posée qui la surprit elle-même.

Dieu du ciel, tous ces livres ! Des rayonnages occupaient trois des murs jusqu'au plafond. Une échelle à roulettes était accrochée dans un angle. Anna ferma un instant les yeux, éblouie. Pouvoir piocher à son gré dans tous ces ouvrages... Ce devait être le paradis.

Hopple la guida jusqu'au grand bureau d'acajou, dans un angle de la pièce. Un deuxième bureau, plus petit, en bois de rose lui faisait face.

— Nous y voilà, madame Wren, lança-t-il avec entrain. J'ai tout préparé : papier, plumes, encre, buvards, gommes et sable. Et voici les notes que le comte souhaite que vous copiiez.

Il désigna une pile de feuilles manuscrites, visiblement des brouillons.

— Vous voyez le cordon, là-bas ? poursuivit-il avec un geste de la main. Vous n'aurez qu'à le tirer et la cuisinière vous fera monter du thé ou des rafraîchissements.

Une pause, puis :

— Désirez-vous autre chose, madame Wren ?

— Oh, non, merci, tout est parfait.

Anna croisa les mains, s'efforçant de cacher sa satisfaction.

— Dans ce cas, je vous laisse, dit Hopple en se dirigeant vers la porte. Si vous avez besoin de quoi que ce soit, n'hésitez pas.

Dès qu'il eut refermé le battant, Anna alla s'asseoir à l'élégant petit bureau et fit courir l'index sur le plateau. Laissant échapper un soupir de plaisir, elle s'empara de la première page du manuscrit du comte. L'écriture en était ferme et virile, mais difficilement lisible. Çà et là, des phrases étaient biffées, remplacées par d'autres dans la marge, accompagnées de flèches indiquant où les insérer.

Elle se mit à la tâche. De temps à autre, elle s'arrêtait pour déchiffrer un mot. Très vite, cependant, elle s'habitua aux lettres affreusement déformées, Y en vrille ou R torturés.

Un peu après midi, elle posa sa plume, essuya le bout de ses doigts maculés d'encre, puis elle alla tirer la cordelière. En attendant qu'on lui monte son thé, elle examina le rayonnage le plus proche. Des ouvrages épais, reliés de cuir, aux titres en latin. Curieuse, elle en prit un, faisant du même coup tomber un mince recueil. Elle s'empressa de le ramasser tout en jetant un coup d'œil inquiet vers la porte.

Elle reporta son attention sur le petit volume à la couverture de cuir rouge. Aucun titre gravé. Le seul ornement consistait en une plume dorée dans le coin droit inférieur. Intriguée, elle remit le gros livre en place et ouvrit le recueil. Sur la page de garde, écrit d'une main enfantine *Journal d'Elizabeth Jane de Raaf.*

— Oui, m'dame?

Anna sursauta si violemment que le petit livre faillit lui échapper. Elle le rangea en hâte et sourit à la domestique.

— Je me demandais si je pourrais avoir un peu de thé.

— Oui, m'dame.

La bonne partie, Anna jeta un coup d'œil au livre rouge, puis, optant pour la prudence, se rassit à son bureau pour attendre son thé.

À 17 heures, Hopple apparut.

— Comment s'est passée votre première journée, madame Wren? Pas trop épuisante, j'espère?

Il s'empara de la liasse de copies et examina les premières.

— Cela m'a l'air parfait. Le comte sera enchanté de pouvoir les apporter à l'imprimeur.

Son intonation trahissait un tel soulagement qu'Anna se demanda s'il n'avait pas passé la journée à s'inquiéter quant à ses compétences. Elle réunit ses affaires et, après un dernier coup d'œil sur le bureau pour vérifier que tout était en ordre, elle salua Hopple et rentra chez elle.

Mère Wren se précipita vers elle à la seconde où elle franchit le seuil du cottage et la bombarda de questions. Quant à Fanny, elle la regarda comme si elle venait d'échapper aux griffes d'un ogre du nom de lord Swartingham.

— Je n'ai pas fait sa connaissance, expliqua Anna. Il est en voyage.

Les jours suivants s'écoulèrent en un éclair. La pile de pages copiées s'élevait avec régularité, et le dimanche fut le bienvenu.

Le lundi matin, Anna trouva le manoir plus animé que la semaine précédente. À son arrivée, la cuisinière ne leva même pas les yeux de dessus la soupe qu'elle tournait dans un chaudron, et Hopple dérogea à sa règle qui était de venir la saluer chaque matin. Elle gagna la bibliothèque, certaine d'y trouver le comte.

Mais la pièce était vide.

Désappointée, elle posa le panier contenant son déjeuner sous son bureau, puis se mit au travail. Elle écrivait depuis plusieurs heures déjà lorsqu'elle perçut une présence. Elle leva les yeux, et cessa un instant de respirer.

Un énorme chien se tenait à moins d'un mètre d'elle. Il était entré sans faire le moindre bruit.

Anna demeura immobile, mais les rouages de son cerveau se mirent à cliqueter. Elle n'avait pas peur des chiens. Enfant, elle avait eu un adorable petit terrier. Mais ce chien-là était monstrueux. Jamais elle n'en avait vu d'aussi imposant. Pour ne rien arranger, elle le reconnaissait. C'était l'animal qui galopait au côté de l'odieux cavalier qui avait failli la renverser sur le chemin. Seigneur, songea-t-elle. Si ce chien était ici, cela signifiait…

Anna se leva lentement. Aussitôt, le chien s'avança vers elle. Une seconde, elle envisagea de quitter la bibliothèque à toutes jambes, puis se ravisa, et se rassit sans quitter le chien des yeux. Au bout d'une longue minute, elle se risqua à tendre la main, paume tournée vers le plafond, s'attendant que le molosse vienne la renifler. Il n'en fit rien.

— Très bien. Si tu n'as pas l'intention de bouger, autant que je me remette à mon travail.

Elle reprit sa plume, et s'efforça d'ignorer la présence du chien, qui s'était assis et continuait de la fixer.

Lorsque la pendule sur le manteau de la cheminée sonna les douze coups de midi, Anna reposa sa plume et s'étira lentement.

— Tu as peut-être envie d'un petit en-cas, suggéra-t-elle en se penchant pour attraper son panier avec des gestes prudents. J'ai comme l'impression que, grâce à toi, je vais rester coincée derrière ce bureau tout l'après-midi.

Le panier contenait du pain beurré, une pomme et un morceau de fromage enveloppé dans un linge. Anna tendit une croûte de pain au chien, mais il la dédaigna.

— On joue les difficiles ? Je suppose que tu as droit à du faisan et du champagne tous les jours, observa-t-elle en mangeant la croûte.

Le chien resta de marbre.

Anna termina son pain beurré, puis passa à la pomme, toujours sous le regard pénétrant du chien. S'il était dangereux, il ne serait pas autorisé à se promener librement dans le manoir, se dit-elle pour se rassurer.

Elle avait gardé le fromage, qui était un luxe, pour la fin. Elle déplia le linge, prit le morceau et le porta à sa bouche. Voyant le chien étirer le cou, les narines frémissantes, elle suspendit son geste.

— Oh, on aime le fromage, milord ?

Elle en brisa un morceau et le tendit à l'animal. En deux bonds il la rejoignit, et le fromage disparut dans un grand bruit de déglutition.

La queue balayant le tapis avec entrain, le molosse leva sur elle un regard plein d'espoir. Plus aucune trace de défiance dans les grands yeux noirs désormais.

— Monsieur, vous êtes un hypocrite ! déclara-t-elle.

Mais elle ne lui en donna pas moins l'intégralité du fromage. Après quoi, il consentit à se laisser caresser entre les oreilles. Elle le flattait en lui murmurant qu'il était beau et gentil quand des pas claquèrent dans le couloir. Anna leva la tête.

Lord Swartingham se tenait dans l'embrasure de la porte, ses prunelles couleur d'obsidienne dardées sur elle.

3

Un prince puissant, qui ne craignait ni Dieu ni les hommes, régnait sur les terres à l'est de celles du duc. Il était cruel et avide, et jalousait le duc qui possédait des terres d'une grande richesse et dont les gens étaient fort heureux. Un jour, le prince réunit une troupe et partit à la conquête du duché. Après avoir pillé et tué sur son passage, il s'arrêta au pied des murs du château. Grimpant sur les remparts, le vieux duc découvrit une mer de soldats qui s'étendait jusqu'à l'horizon. Comment vaincre une si redoutable armée ? Il se mit à pleurer à l'idée du sort qui attendait ses filles et ses sujets.

Alors que le désespoir le submergeait, une voix croassa :

— Ne pleure pas, duc. Tout n'est pas perdu...

Extrait du *Prince Corbeau*

Edward se figea sur le seuil de la bibliothèque et cilla, incrédule. Une femme était assise derrière le bureau de son secrétaire.

Réprimant l'envie instinctive de faire demi-tour, il étrécit les yeux et détailla l'intruse.

Petite, en robe marron, les cheveux dissimulés sous un affreux bonnet, elle se tenait si droite que son dos effleurait à peine le dossier de son siège. Elle ressemblait à n'importe laquelle des dames respectables du comté, à cette différence près qu'elle caressait... Grands dieux, oui, elle *caressait* cette grande brute de chien ! Langue pendante, les yeux à demi fermés, ce dernier avait tout de l'amoureux transi en pleine extase.

— Qui êtes-vous ? lança-t-il d'un ton plus bourru qu'il ne l'aurait voulu.

La femme pinça les lèvres. Des lèvres, remarqua-t-il alors, incroyablement pulpeuses et sensuelles.

— Je suis Anna Wren, milord. Comment s'appelle votre chien ?

— Je ne sais pas, répondit-il en pénétrant dans la pièce d'un pas lent.

— Mais... ce chien n'est donc pas le vôtre ?

Edward glissa un coup d'œil au molosse, et s'attarda, fasciné, sur les doigts fins et élégants qui se détachaient sur la fourrure.

— Il me suit partout, il dort au pied de mon lit, mais j'ignore son nom.

Il s'arrêta devant le bureau en bois de rose. Si elle avait l'intention de s'enfuir, elle serait obligée de le bousculer.

Mais elle ne bougea pas. Elle se contenta de froncer les sourcils d'un air désapprobateur.

— Il doit avoir un nom. Comment l'appelez-vous ?

— Je ne l'appelle pas.

Cette femme était somme toute banale, songea-t-il. Quoique fin, son nez était un peu long, ses yeux noisette et ses cheveux châtains, du moins ce qu'il en voyait. Rien en elle ne sortait de l'ordinaire. À l'exception de sa bouche.

Soudain, elle s'humecta les lèvres et le comte tressaillit. Il sentit son corps s'enflammer, son sexe durcir. Et pria pour qu'elle ne s'en aperçoive pas !

Qu'une inconnue qui n'avait rien de particulier l'excite à ce point le laissait pantois.

Le chien, sans doute las de cette conversation dépourvue d'intérêt, s'éloigna pour aller se coucher devant la cheminée.

— Donnez-lui un nom, si cela vous chante, offrit Edward en haussant les épaules.

Anna Wren le fixait d'un regard pénétrant, quand tout à coup, il se rappela.

— Vous êtes la femme qui a fait dévier mon cheval sur le chemin, l'autre jour.

— En effet. Je suis désolée que vous soyez tombé, dit-elle d'un ton suave.

Quelle impertinence !

— Je ne suis pas tombé, corrigea-t-il. J'ai été désarçonné.

— Oh, vraiment ?

Il s'apprêtait à répliquer vertement, mais elle ne lui en laissa pas le temps. S'emparant d'une liasse de feuillets, elle la lui tendit.

— Cela vous ennuierait-il de vérifier ce que j'ai retranscrit aujourd'hui ?

— Mmm.

Il sortit ses lunettes de sa poche et les chaussa. Lorsqu'il parvint enfin à se concentrer sur les feuillets, il reconnut l'écriture de son nouveau secrétaire. La veille au soir, il avait parcouru les copies et, quoique agréablement surpris par la netteté de la calligraphie, il n'avait pu s'empêcher de s'interroger, car il la trouvait très efféminée.

Il regarda Anna Wren par-dessus ses lunettes, et retint un ricanement. L'écriture n'était pas *efféminée* mais *féminine*. Ce qui expliquait que Hopple se soit montré si évasif au sujet de sa nouvelle recrue.

Il se replongea dans sa lecture quand une pensée lui traversa soudain l'esprit. Il regarda la main gauche de la femme. Pas d'alliance. Ah. Les hommes alentour devaient sans doute avoir peur de la courtiser.

— Vous êtes célibataire ? s'enquit-il.

La question parut la surprendre.

— Je suis veuve, milord.

Donc, elle avait bel et bien été courtisée, épousée, et était désormais seule. Aucun mâle ne veillait plus sur elle.

Il se sentit ridicule. Que diable lui prenait-il de s'emballer à la seule vue d'une femme aussi banale ? Car elle l'était… Non, elle l'aurait été sans cette bouche qui faisait naître de torrides fantasmes.

Qu'il chassa en hâte, pour se concentrer sur la lecture des feuillets qu'il avait à la main.

Pas de faute d'orthographe ni de grammaire. Aucune tache d'encre. Des lettres joliment formées. Exactement ce que l'on pouvait attendre d'une petite veuve terne, songea-t-il méchamment.

Un instant… Là, il y avait une faute ! Ouf.

— Ici, fit-il en tapotant la ligne à incriminer, il fallait écrire « compost » et non « compose ». Vous n'êtes pas capable de me lire ?

Anna Wren prit une profonde inspiration, comme pour s'exhorter à la patience, ce qui gonfla sa poitrine.

— Pas toujours, milord, répliqua-t-elle.

— Mmm, grommela-t-il, un peu déçu qu'elle n'ait pas nié, ne se soit pas défendue âprement.

En colère, elle aurait inspiré plusieurs fois, lui offrant le spectacle de ses seins tendus sous la robe.

Il acheva sa lecture et jeta presque les papiers sur la pile. Une feuille voleta jusqu'au sol. Anna Wren se pencha pour la ramasser, l'air contrarié.

— Cela me paraît correct, commenta-t-il en passant derrière elle. Je travaillerai ici en fin d'après-midi pendant que vous finirez la retranscription.

Se penchant pour enlever d'une chiquenaude une peluche sur le bureau, il perçut la chaleur de son corps, ainsi que le faible parfum de roses qui en émanait. La sentant se raidir, il se redressa vivement.

— Demain, j'aurai besoin que nous travaillions ensemble sur des éléments concernant le domaine. J'espère que cela ne vous posera pas de problème ?

— Aucun, milord.

Elle pivota sur son siège pour le regarder, mais il se dirigeait déjà vers la porte.

— Parfait. D'autres tâches m'attendent.

Il poussa le battant, puis s'immobilisa.

— Oh, madame Wren ?

— Oui, milord ?

— Ne quittez pas Ravenhill avant mon retour.

Sur ce, il quitta la pièce à grands pas, bien déterminé à mettre la main sur ce maudit Hopple.

Anna fixa un instant la porte que venait de franchir le comte. Dieu que cet homme était autoritaire ! Même de dos, il demeurait arrogant.

— Pourquoi pense-t-il que je pourrais partir, selon toi ? demanda-t-elle au chien.

Celui-ci entrouvrit un œil, mais ne manifesta aucun intérêt pour la question. Il devait la savoir de pure forme. Anna soupira, secoua la tête, puis prit une feuille vierge sur la pile. Elle était la secrétaire du comte. Elle allait devoir apprendre à courber l'échine, et à garder ses réflexions pour elle en toutes circonstances.

Trois heures plus tard, elle avait presque terminé la transcription et souffrait d'une crampe à l'épaule. Le comte n'était pas revenu. Elle agita les doigts, puis se leva pour se dégourdir les jambes. Le chien l'imita, et la suivit tandis qu'elle longeait les rayonnages en laissant courir les doigts sur le dos des livres. D'épais volumes ayant trait à la géographie, d'après les titres. Elle songea au recueil à la couverture de cuir rouge sur lequel elle était tombée la semaine passée.

Poussée par la curiosité, elle s'approcha du rayonnage où elle savait le trouver.

Il était toujours là, coincé entre deux gros volumes. Elle le sortit, l'ouvrit. Le titre était à peine lisible : *Le Prince Corbeau*. Il n'y avait pas de nom d'auteur. Elle le feuilleta, s'arrêta sur une illustration représentant un corbeau géant posé sur un mur de pierre à côté d'un homme à la longue barbe blanche et à l'air infiniment las. Le corbeau avait la tête inclinée, comme s'il savait quelque chose qu'ignorait le vieil homme. Son bec était ouvert et…

— Que tenez-vous là ?

Anna sursauta si violemment qu'elle en lâcha l'ouvrage. Comment un homme de cette carrure pouvait-il se déplacer aussi silencieusement, c'était là un mystère. Il se dirigea droit sur elle sans se soucier des traces de boue qu'il laissait derrière lui, ramassa le livre rouge, et jeta un coup d'œil au titre. Son expression se fit indéchiffrable.

— Je pensais demander du thé, reprit-il en allant tirer la cordelière.

Retournant à son bureau, il glissa le livre dans un tiroir.

Anna s'éclaircit la voix.

— Je ne faisais que regarder. J'espère que cela ne vous ennuie pas…

D'un geste de la main, Edward la fit taire. Une servante venait d'apparaître.

— Bitsy, dites à la cuisinière de préparer un plateau avec du thé, des biscuits et d'autres choses auxquelles elle penserait.

Il ne s'était pas donné la peine de s'enquérir des goûts d'Anna. Une chance qu'elle adorait les douceurs.

La servante se retira.

— Milord, je n'avais pas l'intention de…

— Aucune importance, coupa Edward en s'asseyant à son bureau. Sentez-vous libre de consulter les livres qu'il vous plaira. Ils sont là pour être lus. Mais j'ai bien peur que vous n'en trouviez guère d'intéressants. Ils sont pratiquement tous ennuyeux à périr si ma mémoire est bonne, et probablement bons pour la poubelle.

Il se pencha pour parcourir un feuillet. Anna s'apprêtait à répondre quand elle remarqua soudain combien ses mains étaient puissantes et hâlées. Bien plus qu'elles n'auraient dû l'être pour un gentilhomme de sa condition.

Elle toussota et le comte leva la tête.

— Pensez-vous que Duc conviendrait, comme nom ?

Il la fixa un instant sans comprendre, puis se tourna vers le chien.

— Non, je ne crois pas. Il ne peut avoir un titre nobiliaire supérieur au mien, dit-il, pince-sans-rire.

L'entrée de trois servantes chargées de grands plateaux empêcha Anna de répondre. Elles déposèrent le tout sur une table près de la fenêtre, puis s'éclipsèrent. Edward indiqua une chaise à Anna, et s'installa en face d'elle.

— Puis-je vous faire le service, milord ?

— Je vous en prie.

Anna remplit les tasses sous le regard scrutateur d'Edward, mais lorsqu'elle leva les yeux, il l'avait détourné.

Il y avait une quantité de nourriture stupéfiante. Petits pains, beurre, trois sortes de confitures, jambon, tourte au pigeon, fromage, deux puddings différents, petits gâteaux avec un glaçage, fruits secs... Se rappelant à quel point un homme pouvait être affamé après avoir pris de l'exercice, Anna prépara une assiette bien garnie pour le comte. Puis elle se servit, bien moins copieusement.

Apparemment, le comte ne voyait pas l'intérêt de faire la conversation pendant qu'il mangeait. Confortablement installé, une jambe pliée, l'autre à demi étendue, il tronçonnait allègrement ses aliments avant de les ingurgiter voracement. Le regard d'Anna remonta de ses bottes souillées à ses cuisses musclées, passa sur son ventre plat, son torse puissant, jusqu'à ses épaules étonnamment larges compte tenu de sa silhouette élancée. Elle s'empourpra en croisant son regard ténébreux.

— Votre chien n'est pas... commun, observa-t-elle après s'être raclé la gorge. Je ne crois pas en avoir jamais vu de semblable. Où l'avez-vous trouvé ?

— Mieux vaudrait dire : où m'a-t-il trouvé ? rectifia-t-il.

— Je vous demande pardon ?

— Il est apparu une nuit, il y a environ un an, sur mon domaine du Yorkshire. Il errait sur la route. Squelettique, dévoré par la vermine, une corde enchevêtrée autour du cou et des pattes arrière. J'ai coupé la corde et ce fichu animal m'a suivi jusqu'à la maison, conclut-il en lançant un morceau de gâteau au chien qui l'attrapa au vol. Depuis, je n'ai jamais réussi à me débarrasser de lui.

Anna réprima un sourire, puis s'aperçut que le comte fixait sa bouche. Mon Dieu... Était-elle barbouillée de glaçage ? En hâte, elle se tamponna les lèvres du doigt.

— Vous l'avez sauvé. Il doit être extrêmement loyal avec vous.

— De même qu'il est loyal avec ceux qui lui donnent des rogatons aux cuisines, grommela-t-il en se levant pour aller tirer la cordelière.

La fin de l'après-midi se passa dans un plaisant compagnonnage. Le comte n'écrivait pas dans un silence religieux. Il marmonnait, se passait régulièrement la main dans les cheveux, délogeant des mèches de son catogan. Parfois, il se levait, arpentait la pièce durant quelques instants, puis revenait s'asseoir à son bureau pour griffonner furieusement. Le chien, de toute évidence habitué à cette effervescence, ronflait imperturbablement devant la cheminée.

Lorsque l'horloge sonna 17 heures, Anna rangea ses affaires dans son panier. Edward fronça les sourcils.

— Vous partez déjà ?

— Il est 5 heures passées, milord.

Étonné, il regarda le cadran, puis les fenêtres sombres.

— En effet.

Il se leva, attendit qu'Anna ait fini de réunir ses affaires, puis l'escorta jusqu'à la porte. Très consciente de sa présence derrière elle, elle gagna le hall.

Le comte ouvrit le battant, et demanda, surpris :

— Où est votre calèche ?

— Je n'en ai point. Je viens du village à pied.

— Ah. Bien sûr. Un instant. Je vais faire venir ma voiture.

Anna se préparait à protester, mais il dévalait déjà les marches, et fonça au pas de charge en direction des écuries.

Quelques minutes plus tard, l'attelage s'arrêtait au pied de l'escalier. Le comte en descendit, et tint la porte ouverte pour Anna. Le chien la précéda avec enthousiasme.

— Non, pas toi ! fit son maître.

Anna posa sa main gantée dans celle, obligeamment tendue, du comte, et monta dans la voiture.

— Inutile d'apporter votre déjeuner, demain, la prévint-il. Vous partagerez le mien.

Avant qu'elle ait le temps de le remercier, il fit signe au cocher et l'attelage s'ébranla. Se risquant à regarder par la petite fenêtre derrière elle, elle vit que le comte était toujours au bas des marches, flanqué de son chien. Une inexplicable mélancolie la saisit. Peut-être parce que cet homme lui semblait bien seul. Elle se morigéna : lord Swartingham n'avait nul besoin de sa pitié.

Edward suivit la voiture des yeux jusqu'à ce qu'elle disparaisse à sa vue. Il éprouvait un sentiment curieux : l'impression qu'il ne devait pas quitter la petite veuve du regard. Sa présence cet après-midi dans la bibliothèque lui avait paru étonnamment apaisante.

Il se surprit à grimacer. Anna Wren n'était pas une femme pour lui. Non seulement elle n'appartenait pas à la même classe que lui, mais c'était de surcroît une respectable veuve. Les femmes comme elle n'aspiraient qu'au mariage.

Son chien sur les talons, il regagna la bibliothèque. La pièce lui sembla de nouveau froide et triste sans Mme Wren pour la réchauffer.

Comme il contournait le bureau en bois de rose, il avisa un mouchoir sur le parquet. Blanc, avec des fleurs brodées dans un angle. Il le ramassa et, spontanément, le porta à son nez pour humer le délicat parfum qui s'en échappait.

Le mouchoir serré entre les doigts, il s'approcha de la fenêtre. Son voyage à Londres s'était bien passé.

Sir Richard Gerard avait accepté de lui donner la main de sa fille. Gerard n'était que baronet, mais d'une vieille famille sans tare. Il possédait un petit domaine mitoyen de celui des Swartingham dans le nord du Yorkshire. Il répugnait à donner ce domaine en dot à sa fille aînée, mais Edward ne doutait pas de réussir à le faire changer d'avis le moment venu. Après tout, Gerard ne gagnerait-il pas un comte comme gendre ? Une belle plume à accrocher à son chapeau. Quant à la fille…

Mais comment diable s'appelait-elle ? Ah, oui, Sylvia. C'était ennuyeux qu'il ait un instant oublié son prénom, mais il avait des excuses. Il avait passé si peu de temps avec elle… Juste ce qu'il fallait pour s'assurer que cette union ne lui déplaisait pas. Il avait aussi vérifié que son visage marqué par la variole ne lui répugnait pas. Elle lui avait répondu que non.

Edward serra les poings. Était-elle sincère ? D'autres, par le passé, lui avaient menti et il s'était laissé duper. Cette fille s'était peut-être contentée de lui dire ce qu'il souhaitait entendre et il ne découvrirait la tromperie que plus tard. Trop tard. Mais quel choix avait-il ? Rester célibataire et sans enfant jusqu'à la fin de ses jours ? Cette perspective le rendait malade.

Se passant machinalement la main sur la joue, il se rendit alors compte qu'il serrait toujours le mouchoir. Il le regarda un instant, songeur, puis le plia et le posa sur le bureau avant de quitter la bibliothèque.

L'arrivée d'Anna en grand attelage mit la maison Wren en ébullition.

Lorsque le cocher immobilisa les chevaux devant le cottage, Anna aperçut le visage de Fanny collé à la vitre de la fenêtre du salon. Elle attendit que le valet de pied déplie le marchepied, puis descendit de voiture.

— Merci, dit-elle en souriant au jeune homme, et merci à vous aussi, John. Je suis désolée de vous avoir causé tant de dérangement.

— Il n'y a pas eu dérangement, madame, assura le cocher en touchant de l'index le bord de son chapeau.

À peine la voiture s'était-elle éloignée que mère Wren et Fanny sortaient de la maison et questionnaient fébrilement Anna.

— Le comte m'a fait reconduire dans son attelage, c'est tout, répondit celle-ci en se dirigeant vers la porte.

— Dieu que cet homme est gentil ! s'exclama mère Wren.

Anna s'abstint de mentionner ses manières autoritaires.

— En effet, acquiesça-t-elle en se débarrassant de son châle et de son bonnet.

— Vous avez rencontré le comte pour de vrai ? s'enquit Fanny.

Elle hocha la tête en souriant.

— J'ai jamais vu de comte. À quoi il ressemble ?

— C'est un homme comme les autres, Fanny.

Quoique… songea-t-elle. Si tel était le cas, alors pourquoi éprouvait-elle le besoin de l'aiguillonner ? Aucun des hommes qu'elle connaissait ne lui donnait envie de les défier.

— On dit qu'il a de vilaines cicatrices sur la figure.

— Fanny, mon petit, intervint mère Wren, la beauté intérieure est plus importante que l'apparence !

Un instant, les trois femmes réfléchirent en silence à ce noble adage. Puis mère Wren se racla la gorge et hasarda :

— J'ai entendu dire qu'il avait la partie supérieure du visage grêlée.

Anna se retint de sourire.

— Il a des cicatrices, confirma-t-elle, mais on les remarque à peine. Il a en outre d'épais cheveux noirs et de magnifiques yeux sombres. Sa voix est grave, très belle à vrai dire, surtout quand il parle doucement. Il est grand, large d'épaules et…

Elle se tut abruptement, et sa belle-mère lui lança un regard étrange.

— Le dîner est-il prêt? reprit-elle vivement en ôtant ses gants.

— Le dîner? Ah, oui, le dîner. Je pense qu'il est prêt. Fanny, va à la cuisine. Nous avons du pudding, et un poulet rôti. Il nous a semblé que célébrer votre engagement au manoir s'imposait.

— C'est charmant, merci, mère Wren. Mais permettez-moi d'aller me rafraîchir d'abord.

Comme elle se dirigeait vers l'escalier, sa belle-mère l'arrêta en posant la main sur son bras.

— Êtes-vous sûre de savoir ce que vous faites, mon petit? demanda-t-elle doucement. Parfois les dames d'un certain âge se font des... *idées* sur les messieurs.

Un temps, puis d'une traite :

— Lord Swartingham n'est pas de notre milieu, vous savez. Vous ne pourriez que souffrir.

Anna baissa les yeux sur la main parcheminée sur son bras, puis sourit et déclara :

— Je suis tout à fait consciente que rien ne saurait se passer entre le comte et moi, mère Wren. Ce serait inconvenant. Vous n'avez pas à vous inquiéter.

La vieille dame la scruta avant de murmurer :

— Ne soyez pas trop longue. Le dîner n'est pas encore brûlé.

4

Le duc se retourna et découvrit un gros corbeau perché sur le mur du château. L'oiseau se rapprocha de lui et inclina la tête de côté.

— Je t'aiderai à vaincre le prince si tu me donnes l'une de tes filles pour épouse.

Le vieux duc frémit d'indignation.

— Comment oses-tu? Croire que je pourrais ne serait-ce que songer à offrir l'une de mes filles à un horrible oiseau est insultant.

— Ne sois pas trop prompt à parler, mon ami. D'ici peu, tu perdras à la fois tes filles et ta vie.

Le duc regarda le corbeau et se rendit alors compte qu'il ne s'agissait pas d'un banal oiseau. Il portait autour du cou une chaîne d'or ornée d'un pendentif de rubis ayant la forme d'une couronne. Il pivota, balaya du regard l'immense armée aux portes de la forteresse, puis, décidant qu'il n'avait rien à perdre, accepta le marché contre-nature que lui proposait le corbeau...

Extrait du *Prince Corbeau*

— Avez-vous envisagé Peluche, comme nom pour le chien? demanda Anna en prenant une cuillerée de pomme au four.

Elle était assise en compagnie du comte au bout de l'immense table de la salle à manger. À en juger par la couche de poussière qui couvrait l'autre extrémité, les convives devaient être rares. À vrai dire, elle doutait que le comte dîne ici. Une semaine de tête-à-tête lui avait appris que le comte n'était guère loquace. Sa conversation se limitant à des grognements et à des monosyllabes, c'en était devenu un jeu de tenter de lui arracher quelques mots.

— Peluche ? répéta lord Swartingham.

Il fixait sa bouche, et Anna se rendit compte qu'elle se léchait les lèvres.

— Oui, répondit-elle. C'est un nom charmant, vous ne trouvez pas ?

Tous deux baissèrent les yeux sur le chien qui, couché sur le sol, rongeait bruyamment un os.

— Je ne pense pas que Peluche convienne à sa personnalité, madame Wren.

— Mmm. Vous avez raison peut-être, concéda-t-elle. Mais vous n'avez rien proposé d'autre.

Le comte coupa vigoureusement un morceau de rognon.

— Cela ne m'ennuie pas que cet animal reste sans nom.

— Vous n'avez pas eu de chiens étant enfant ?

— Moi ?

Il ne l'aurait pas regardée avec davantage de stupéfaction si elle lui avait demandé : « Aviez-vous deux têtes étant petit ? »

— Non.

— Aucun animal familier ?

— Eh bien, il y a eu le petit chien de ma mère...

— Ah, vous voyez ! s'exclama triomphalement Anna.

— ... mais c'était un carlin doté d'un très mauvais caractère.

— Quand bien même...

— Il grognait en permanence et mordait tout le monde, sauf ma mère. Personne ne l'aimait.

— Ce carlin avait-il un nom ?

— Il s'appelait Babiole. Sammy adorait lui donner des loukoums parce qu'ils lui collaient au palais.

Anna sourit.

— Sammy était votre frère ? s'enquit-elle.

Lord Swartingham, qui portait son verre de vin à sa bouche, se figea une fraction de seconde avant d'en boire une gorgée.

— Oui, répondit-il.

Il reposa son verre.

— J'ai affaire sur la propriété cet après-midi, annonça-t-il.

Le sourire d'Anna s'effaça. Manifestement, le jeu était terminé.

— Demain, il faudra que vous m'accompagniez. Hopple souhaite me montrer des champs qui ont un problème de drainage et j'aimerais que vous preniez des notes pendant que nous discuterons des solutions possibles. Vous montez à cheval, n'est-ce pas ?

Anna tapota sa tasse à thé du bout des doigts.

— Je dois avouer que non, je ne suis jamais montée à cheval.

— Jamais ? fit-il en haussant les sourcils.

— Nous n'avons pas de cheval, milord.

— Non. Bien sûr.

Il avait baissé les yeux sur les restes de sa tourte comme s'il la tenait pour responsable de cette regrettable lacune chez Anna.

— Possédez-vous une tenue qui conviendrait pour l'équitation ?

Anna passa mentalement en revue le contenu de sa maigre garde-robe.

— Je pourrais adapter une vieille robe.

— Parfait. Mettez-la demain et je vous donnerai une leçon. Les bases. Ce ne devrait pas être très difficile. D'autant que nous ne chevaucherons pas longtemps.

— Mais, milord, je ne veux pas vous ennuyer. L'un des valets pourrait se charger de m'enseigner les rudiments.

— Non, répliqua-t-il en la fusillant du regard. C'est moi qui m'en occuperai.

Il était vraiment autoritaire! Anna avala une gorgée de thé pour s'empêcher de répliquer.

Le comte termina sa tourte en deux bouchées puis repoussa sa chaise.

— Je vous verrai avant que vous ne partiez, madame Wren, lâcha-t-il. Viens, ajouta-t-il à l'adresse du chien, qui obéit sans broncher.

Anna suivit le duo du regard. Elle était irritée qu'il la commande comme le chien, mais aussi touchée qu'il tienne absolument à lui apprendre lui-même à monter.

Avec un soupir, elle acheva son thé puis gagna la bibliothèque.

Elle travaillait depuis un moment déjà lorsqu'elle se trouva à court de feuillets vierges. Elle s'apprêtait à appeler une servante quand elle se rappela avoir aperçut une rame dans le tiroir du bureau du comte. Elle alla l'ouvrir.

Sur la pile de feuilles se trouvait le petit livre relié de cuir rouge.

Elle le poussa sur le côté, prit quelques feuilles, dont une lui échappa. Elle la ramassa. Il s'agissait d'une lettre ou d'une facture. Un étrange sceau était gravé en en-tête. Elle regarda de plus près. Deux hommes et une femme. Impossible de déterminer ce qu'ils faisaient. Les personnages étaient trop petits. Les sourcils froncés, elle tourna la missive dans tous les sens au-dessus de la chandelle.

Un angle de la feuille s'enflamma.

D'un coup, elle comprit ce à quoi se livraient les trois personnages et souffla sur la flamme.

Une nymphe et deux satyres, engagés dans un acte qui relevait de la performance acrobatique. Encore que…. Les mots *Grotte d'Aphrodite* étaient gravés sous le sceau.

Après un examen attentif, le document se révéla être une facture pour deux nuits passées dans un établissement, dont il n'était pas difficile de deviner la destination à en juger par le sceau si scandaleux.

Anna était perplexe. Qui aurait imaginé qu'un lupanar envoie des factures à ses clients au même titre qu'un tailleur ou un chapelier ?

Son estomac se noua. Cette facture trahissait lord Swartingham. Il était manifestement un client assidu de la maison de passe.

Elle se laissa tomber dans le fauteuil et plaqua la main sur sa bouche. Pourquoi cette découverte la perturbait-elle autant ? Après tout, le comte était adulte, et sans épouse depuis de longues années. Personne ne s'attendait qu'un homme dans la fleur de l'âge vive comme un moine. Elle lissa la facture, pensive. Imaginer lord Swartingham participant à de lubriques activités avec plusieurs partenaires, belles de surcroît, avait fait naître en elle un trouble étrange.

Et de la colère, se rendit-elle compte avec incrédulité. La bonne société ne demandait pas au comte d'être chaste, mais elle, une femme, devait être aussi sage qu'une nonne. Quelle injustice ! Un homme pouvait passer la nuit dans le lit de créatures aux mœurs dissolues sans qu'on songe à le lui reprocher. Une femme n'avait d'autre choix que de contenir ses élans. Il lui était interdit de rêver d'yeux couleur de nuit et de pectoraux d'airain. Oui, c'était injuste. Affreusement injuste.

Anna contempla longuement la facture, puis la remit à sa place. Ce faisant, le livre rouge attira son attention. Elle s'en saisit, alla le glisser dans le tiroir de son propre bureau puis se remit au travail.

Contrairement à sa promesse, le comte ne passa pas la voir avant son départ.

Sa journée terminée, on la raccompagna chez elle. Le cottage n'était plus très loin quand, prise d'une impulsion, elle tapa du bout des doigts sur la vitre. En réponse, l'attelage s'immobilisa. Anna ouvrit la portière et sauta à terre. Elle remercia John, remonta la rue et s'arrêta devant une maisonnette en brique.

Une servante lui ouvrit.

— Bonjour, Meg. Mme Fairchild est-elle là ?

— Bonjour, madame Wren. Madame sera contente de vous voir.

La petite bonne conduisit Anna dans le salon aux murs peints en jaune. Un chat roux était allongé sur le tapis, devant la fenêtre, pour profiter des rayons du couchant. Sur le sofa, une corbeille à couture aux fils en désordre.

Quelques minutes plus tard, l'escalier de bois grinça, et Rebecca Fairchild apparut sur le seuil.

— Seigneur, cela fait longtemps que vous ne m'avez pas rendu visite, Anna ! s'exclama-t-elle. Je commençais à croire que vous m'aviez abandonnée à mon triste sort.

Quoi qu'elle en dise, Rebecca Fairchild se portait fort bien. Elle était enceinte jusqu'aux yeux, et visiblement radieuse. Elle traversa le salon pour rejoindre Anna, la prit dans ses bras et l'embrassa avec chaleur.

— Vous avez raison, je vous ai délaissée, et j'en suis désolée. Comment allez-vous ?

— Je suis trop grosse. Même James, le cher homme, a cessé d'offrir de me porter dans l'escalier.

Elle se laissa tomber sur le sofa, manquant de peu la corbeille pleine d'aiguilles.

— Les comportements chevaleresques ne sont plus qu'une légende, se plaignit-elle. Alors ? Parlez-moi de ce travail à Ravenhill.

— Vous êtes au courant.

Anna tira une chaise en face de son amie.

— Si je suis au courant ? On ne parle que de cela au village !

Une courte pause, puis Rebecca reprit un ton plus bas :

— Le ténébreux et mystérieux comte de Swartingham a engagé la jeune veuve Wren dans quelque but inavoué et inavouable, et s'enferme avec elle toute la journée afin de mener à bien ses sombres desseins.

Anna grimaça.

— Je retranscris simplement des documents.

Rebecca balayait d'un geste cette explication quand Megan entra avec le thé.

— Allons donc, Anna. Êtes-vous consciente de faire partie de ces rares personnes qui ont réussi à rencontrer cet homme ? Si l'on en croit les commérages, il se cache dans son sinistre manoir pour empêcher quiconque de l'approcher. Est-il aussi repoussant qu'on le prétend ?

— Oh, mais non ! s'écria Anna, mue par une bouffée de colère. Il n'est pas beau, je vous l'accorde, mais il est loin d'être dépourvu de séduction.

À vrai dire, elle le trouvait fort attirant. Et elle s'en étonnait. À quel moment avait-elle cessé de se cantonner à son apparence pour voir au-delà ?

Rebecca paraissait désappointée. Elle aurait manifestement préféré apprendre que lord Swartingham avait tout d'un ogre.

— Anna, je veux tout savoir de ses secrets les plus honteux et de ses tentatives de séduction, insista-t-elle cependant.

Anna éclata de rire.

— Il a peut-être de honteux secrets, admit-elle en se rappelant la facture de *La Grotte d'Aphrodite*, mais en aucune façon il n'a tenté de me séduire.

— Évidemment, riposta Rebecca. Et il s'en abstiendra tant que vous porterez cet affreux bonnet. Je ne comprends d'ailleurs pas pourquoi vous le gardez. Vous n'êtes pas si vieille.

— Les veuves sont censées porter des bonnets, observa Anna. En outre, je ne veux pas qu'il me séduise.

— Et pourquoi pas ?

— Parce que…

Anna se tut. Elle se rendait compte, horrifiée, qu'elle était incapable de trouver une seule raison justifiant son refus d'être séduite par lord Swartingham. Pour faire diversion, elle prit un biscuit sur le plateau à thé, le porta à sa bouche. Par chance, Rebecca n'avait pas remarqué son soudain silence. Elle parlait maintenant des coiffures qui, selon elle, lui conviendraient parfaitement.

— Rebecca, demanda-t-elle à brûle-pourpoint, pensez-vous que tous les hommes ont besoin de plusieurs femmes?

Son ami lui jeta un regard compatissant, et Anna sentit ses joues s'empourprer.

— Je veux dire que…

— Je sais ce que vous voulez dire, coupa doucement Rebecca. Je ne puis donner un avis concernant tous les hommes, mais je suis sûre que James a été fidèle. S'il avait dû me trahir, il le ferait d'autant plus maintenant, ajouta-t-elle en tapotant son ventre imposant.

Trop nerveuse pour rester plus longtemps assise, Anna se leva et alla examiner les bibelots sur le manteau de la cheminée.

— Je suis navrée d'avoir abordé ce sujet, Rebecca. Jamais aucun soupçon concernant votre époux ne m'est venu à l'esprit, je vous l'assure.

— Je n'en doute pas, Anna. Vous auriez dû entendre le conseil que m'a donné Felicity Clearwater sur ce à quoi une femme enceinte doit s'attendre de la part de son conjoint. D'après elle, un mari demande simplement…

Rebecca s'interrompit. Anna s'empara d'une bergère de porcelaine. Elle la distinguait mal, car les larmes lui brouillaient la vue.

— À présent, c'est moi qui suis navrée, murmura Rebecca.

Anna garda les yeux sur la statuette. Elle s'était toujours demandé si son amie savait. Elle venait d'avoir la réponse.

— Je pense qu'un homme qui bafoue l'engagement pris lors de son mariage doit avoir honte de lui-même.

Anna reposa la bergère sur la cheminée.

— Et sa femme? N'est-elle pas en partie responsable s'il va chercher ailleurs ce qu'il ne trouve pas chez lui?

— Non, ma chère, je ne pense pas que la femme soit à blâmer.

Anna sentit son cœur s'alléger. Un pâle sourire se dessina sur ses lèvres.

— Vous êtes la meilleure des amies, Rebecca.

— Évidemment! confirma cette dernière avec un sourire satisfait. Et pour vous le prouver, je vais demander à Meg, un supplément de gâteaux à la crème!

Le lendemain matin, Anna arriva à Ravenhill vêtue d'une vieille robe de laine bleue. Elle avait travaillé jusqu'à minuit sur la jupe afin de lui donner l'ampleur nécessaire pour monter à cheval.

Lord Swartingham faisait les cent pas devant les marches. Apparemment, il l'attendait. Il portait une culotte de peau et des cuissardes ternes et éraflées, ce qui amena Anna à s'interroger une nouvelle fois sur les capacités de son valet.

— Ah, madame Wren!

Il la détailla, puis décréta :

— Cette jupe ira très bien.

Sans attendre, il fonça en direction des écuries. Anna trottina à sa suite.

Le cheval bai du comte était déjà sellé et montrait les dents au garçon d'écurie, qui le tenait par la bride, mais demeurait à distance prudente. Le contraste entre la monture d'Edward et la jument destinée à Anna était saisissant. Sortant d'une stalle, le chien se rua vers Anna pour lui faire la fête, puis s'assit devant elle, adoptant une posture majestueuse en accord avec sa dignité de molosse.

— Je t'ai percé à jour, toi, tu sais, lui murmura-t-elle en le caressant.

— Quand vous en aurez fini avec cet animal, madame Wren, nous pourrons peut-être y aller, lança lord Swartingham en fronçant les sourcils.

Anna se redressa.

— Je suis prête.

Edward lui indiqua le trépied. Elle s'en approcha d'un pas hésitant. Elle avait une connaissance livresque de ce qu'il convenait de faire pour se hisser en selle, mais elle se rendait compte maintenant que c'était plus compliqué que prévu. Elle parvint à glisser un pied dans l'étrier, mais fut bien en peine de passer la jambe de l'autre côté de la selle.

— Vous permettez ? lui demanda le comte.

Il se tenait derrière elle. Elle sentit la chaleur de son souffle, son haleine parfumée de café lorsqu'il se pencha sur elle.

Elle hocha la tête sans mot dire.

Lui entourant la taille de ses grandes mains, il la souleva sans effort et la déposa doucement sur la selle. Après quoi, il lui tint l'étrier pour qu'elle y glisse le pied. Baissant les yeux, Anna s'empourpra. Il avait confié son chapeau au garçon d'écurie et elle fut prise d'une irrépressible envie de lui toucher les cheveux.

Elle tendit sa main gantée, lui effleura le dessus du crâne, puis la retira prestement. Le comte avait dû le sentir, car il leva les yeux et les plongea dans les siens durant ce qui lui sembla une éternité. Il les détourna enfin, mais elle eut le temps de voir ses joues se colorer.

Il prit la bride de la jument.

— C'est une monture placide, madame Wren. Vous ne devriez pas avoir le moindre problème avec elle. Du moins, tant qu'il n'y aura pas de rats.

— De rats ?

— Les rats la terrifient, expliqua-t-il.

— Je la comprends.

— Elle s'appelle Daisy. Je vais la tenir par la bride dans la cour, le temps que vous vous habituiez à elle.

Le comte fit claquer sa langue et la jument se mit en marche. Spontanément, Anna s'agrippa à sa crinière, le corps tendu comme un arc. La jument secoua la tête.

— Daisy perçoit votre peur, observa lord Swartingham. N'est-ce pas, ma belle ?

L'interrogation s'adressait à la jument. Mais Anna, rassurée, décida de faire confiance à la bête et lui lâcha la crinière.

— Très bien, approuva le comte. Laissez votre corps se détendre.

Sa voix était envoûtante. En l'écoutant, Anna avait l'impression de baigner dans une douce chaleur.

— Daisy répond mieux à la douceur qu'à la rudesse, expliqua Edward. N'est-ce pas, ma beauté, ajouta-t-il à l'adresse du cheval, que tu veux de l'amour ?

Il guida la jument autour de la cour sans cesser de lui murmurer des mots tendres à l'oreille. La bête semblait subjuguée, et Anna s'aperçut qu'elle aussi succombait au charme de cette voix. Le comte lui donna des instructions de base quant à la façon de tenir les rênes et de stabiliser son assiette, puis décida, après une demi-heure de leçon, qu'elle était suffisamment confiante pour qu'ils partent à travers champs.

Il grimpa sur son cheval et précéda Anna dans l'allée. Le chien trottinait à côté d'eux. De temps à autre, il disparaissait dans les hautes herbes, puis réapparaissait, l'air très content de lui.

Lorsqu'ils atteignirent la route, le comte lâcha la bride au bai qui s'élança au galop. Il lui fit faire demi-tour, rejoignit Anna, puis recommença son manège, lui permettant ainsi de libérer son trop-plein d'énergie. La jument regardait le mâle de l'air de celle qui n'a pas la moindre envie d'aller autrement qu'au pas. Elle s'en tenait à son petit train de sénateur, ce qui convenait parfaitement à Anna.

Des taches couleur safran sur le talus attirèrent soudain son attention.

— Regardez, milord ? Des primevères !

— Ces fleurs jaunes ? fit-il en jetant un coup d'œil dans la direction qu'elle lui indiquait. Je ne les avais jamais remarquées.

— J'ai essayé d'en faire pousser dans mon jardin, mais elles détestent être transplantées. J'ai toutefois quelques tulipes. J'ai vu de ravissantes jonquilles près du manoir. Avez-vous aussi des tulipes, milord ?

La question le laissa un instant interloqué.

— Des tulipes ? Il y en a peut-être encore dans les jardins. Je me rappelle que ma mère en faisait des bouquets, mais je ne suis pas allé dans les jardins depuis si longtemps…

Anna attendit la suite. En vain.

— Tout le monde n'aime pas les jardins, commenta-t-elle pour se montrer polie.

— Ma mère les adorait. Elle a planté les jonquilles que vous avez vues et avait rénové le jardin derrière la maison. Quand elle est morte… Enfin, quand tous sont morts, il y a eu plus important à s'occuper que les jardins. Ceux-ci sont négligés depuis une éternité. J'aurais dû les faire raser.

— Certainement pas ! s'écria Anna, qui ajouta plus doucement, comme il haussait un sourcil : un joli jardin peut toujours être restauré.

— Jusqu'à quel point ?

— Il n'y a pas de limite.

Lord Swartingham eut l'air sceptique.

— Ma mère en avait un ravissant quand nous étions au presbytère, poursuivit Anna. Il y avait des crocus, des jonquilles et des narcisses, des tulipes au printemps, et un peu plus tard des digitales roses, des phlox, des belles-de-nuit.

Tandis qu'elle parlait, lord Swartingham la fixait d'un regard intense. Il avait mis son cheval au pas.

— Dans le jardin de mon cottage, j'ai des roses trémières, bien sûr, ainsi que des tas d'autres fleurs plantées par ma belle-mère. J'aimerais avoir de la place pour ajouter des rosiers. Hélas, ils ont besoin d'espace. Et puis, je ne pourrais pas justifier la dépense des plants : le potager passe en priorité.

— Peut-être pourriez-vous me conseiller pour le jardin de Ravenhill, à la fin du printemps, hasarda Edward en faisant bifurquer son bai dans un sentier en pente.

Anna se concentra sur la manœuvre. En relevant la tête, elle aperçut le champ inondé. Hopple était déjà là. Il discutait avec un fermier qui semblait hypnotisé par son éblouissant gilet rose fuchsia. Une frise noire était brodée sur la lisière ; des petits cochons, découvrit-elle en approchant.

— Bonjour, Hopple, bonjour, M. Grundle, les salua Edward. Voilà un fort intéressant gilet que vous portez là, Hopple, ajouta-t-il sans l'once d'une raillerie. Je ne crois pas en avoir jamais vu de semblable.

L'intendant se rengorgea et lissa le devant de son gilet du plat de la main.

— Merci, milord. Je l'ai fait confectionner à Londres, précisa-t-il fièrement.

Edward mit pied à terre et lui tendit les rênes avant de s'approcher de la jument. Prenant Anna par la taille, il la souleva puis la déposa dans l'herbe avec précaution. Au passage, les seins de la jeune femme effleurèrent le torse d'Edward, et elle perçut la brève crispation de ses doigts. Mais déjà il la lâchait, et se tournait vers le fermier et Hopple.

Ils passèrent la matinée dans le champ, à étudier le problème d'inondation. Le sol était un vrai marécage, mais Edward n'en avait cure. Dans la boue jusqu'aux genoux, il inspecta ce qu'il soupçonnait être la source de cet afflux d'eau anormal. Anna prenait des notes sur un petit calepin. Elle ne regrettait pas d'avoir mis une vieille robe.

— Comment comptez-vous drainer ce champ, milord ? s'enquit-elle alors qu'ils rentraient au manoir.

— Il faut creuser une tranchée à travers la partie nord. Ce qui peut créer un problème dans la mesure où ces terres jouxtent celles du domaine des Clearwater. Par courtoisie, j'enverrai Hopple demander l'autorisation. Le fermier a déjà perdu sa récolte de pois et si ce champ n'est pas assaini rapidement, il perdra aussi son blé…

Il s'interrompit, le temps de jeter un regard à Anna.

— Pardonnez-moi. Ces sujets ne vous intéressent probablement pas.

— Détrompez-vous, milord. Ce que j'ai copié pour vous concernant la gestion des terres m'a fort intéressée. Si j'ai bien compris votre théorie, le fermier devrait alterner une récolte de blé avec une de haricots ou de pois, puis de betteraves et ainsi de suite. Dans ce cas, ne devrait-il pas planter maintenant des betteraves plutôt que du blé?

— Votre raisonnement est juste, mais, en l'occurrence…

Et lord Swartingham se mit à disserter sur les légumes et les céréales de sa belle voix grave. L'agriculture avait-elle toujours été aussi fascinante sans qu'elle s'en soit jamais doutée, s'interrogea Anna.

Elle ignorait pourquoi, mais elle en doutait.

Une heure plus tard, alors qu'il déjeunait avec Anna, Edward se surprit, incrédule, à expliquer les différentes techniques de drainage. Le sujet était, certes, captivant, mais jamais il n'avait eu l'occasion d'entretenir une femme de questions aussi masculines. De toute façon, depuis la mort de sa mère et de sa sœur, il ne discutait que très rarement avec des femmes. Bien sûr, dans sa jeunesse, il avait badiné et pratiqué l'art de la conversation en société. Mais échanger des idées avec une femme comme il le faisait avec un homme était une expérience inédite. De surcroît, se rendait-il compte, il aimait parler avec Anna Wren. Elle l'écoutait, la tête légèrement inclinée de côté, un rayon de soleil soulignant l'arc délicat de ses pommettes. Et il devait admettre qu'une attention aussi soutenue était fort agréable.

De temps à autre, elle souriait, un coin de sa jolie bouche pleine se relevant davantage que l'autre, et ce sourire l'émerveillait.

Il ne fut pas long à s'apercevoir qu'il était à l'affût de son sourire ravageur, et fantasmait sur le goût de ses lèvres. Gêné, il détourna la tête et se tortilla sur son siège : il était tellement excité que sa culotte lui semblait à présent anormalement serrée. Un problème auquel il devait faire souvent face, ces derniers temps, en présence de sa nouvelle secrétaire.

Seigneur, un homme de son âge n'était pas censé s'enflammer comme un gamin pour un sourire féminin ! La situation aurait été comique s'il n'avait été en proie à un désir aussi torturant.

Il se rendit compte soudain qu'Anna lui avait posé une question.

— Pardon ?

— Je vous demandais si vous alliez bien, milord.

Elle paraissait inquiète.

— Mais oui, je vais bien. Très bien.

S'entendre donner du « milord » l'irritait. Il aurait préféré qu'elle l'appelle par son prénom. Hélas, il ne pouvait le lui proposer. Elle aurait jugé cette familiarité inconvenante.

Avec peine, il se ressaisit.

— Il est temps de retourner travailler, madame Wren, suggéra-t-il en se levant.

Il quitta la salle à manger à grands pas, comme s'il fuyait une escouade de monstres crachant du feu plutôt qu'une accorte petite veuve.

À 17 heures, sa journée de travail terminée, le comte accompagna Anna sur le perron. Le chien, qui les précédait, dévala les marches, renifla quelque chose sur le sol avant de se rouler joyeusement dessus.

Lord Swartingham soupira.

— Il va falloir qu'un des garçons d'écurie lui donne un bain avant qu'il rentre dans la maison.

— Mmm. Que diriez-vous d'Adonis ?

— Pardon ?

— Pour le chien.

Lord Swartingham lui adressa un regard si plein d'une incrédulité horrifiée qu'Anna se retint d'éclater de rire.

— Bon, d'accord, cela ne convient pas, concéda-t-elle après avoir jeté un coup d'œil au mastiff.

Quelques secondes plus tard, elle s'installait confortablement dans la voiture pour effectuer le trajet désormais familier jusqu'au village. La voiture atteignait les premières maisons lorsqu'elle remarqua un tas de vêtements dans le fossé. Intriguée, elle colla le visage à la vitre pour mieux voir. Le tas se mit à bouger.

— Arrêtez ! cria Anna au cocher en même temps qu'elle tapait du poing contre le toit.

John obtempéra, et elle ouvrit la portière à la volée. Elle n'attendit pas que le valet déplie le marchepied et sauta à bas de la voiture, qu'elle contourna en courant.

Elle s'immobilisa quelques mètres plus loin.

Une jeune femme était allongée dans le fossé.

5

À la seconde où le duc eut accepté le marché, le corbeau s'envola à tire-d'aile. Dans le même instant, une armée magique surgit sur les remparts du château. Dix mille hommes avec glaives et boucliers, aussitôt suivis de dix mille archers en armure. Puis dix mille cavaliers prêts au combat.

Le corbeau prit la tête de l'armée qui fondit sur l'ennemi dans un fracas de tonnerre et d'éclairs. Des nuages de poussière s'abattirent sur les forces en présence si bien qu'on n'y voyait plus rien. On n'entendait que les hurlements des hommes qui s'entre-tuaient. Lorsque la poussière se dissipa, aucune trace de l'armée du prince ne subsistait hormis quelques fers à cheval sur le sol...

Extrait du *Prince Corbeau*

La jeune femme gisait sur le flanc, recroquevillée comme pour se réchauffer. Un châle crasseux couvrait ses épaules maigres laissant entrapercevoir une robe autrefois rose vif. Elle avait les yeux clos, et son teint était d'un jaune maladif.

Empoignant sa jupe d'une main, se retenant de l'autre aux hautes herbes, Anna descendit dans le fossé. Une odeur nauséabonde émanait de la malheureuse.

— Êtes-vous blessée, madame ? demanda-t-elle en effleurant le visage blême.

La femme geignit et ouvrit les yeux. Le cocher, qui avait rejoint Anna avec le valet de pied, déclara d'un air dégoûté :

— Éloignez-vous, madame Wren. Il n'y a rien là pour les dames comme vous.

Anna lui lança un regard étonné.

— Cette personne est blessée ou malade, John. Elle a besoin d'aide.

— Nous enverrons quelqu'un pour s'occuper d'elle. Vous devriez remonter dans la voiture, que je vous ramène chez vous.

— Je ne peux laisser cette dame ici !

— C'est pas une dame, si vous voyez ce que je veux dire. Vous avez pas à vous inquiéter d'elle.

Baissant les yeux sur la jeune femme, Anna remarqua alors le décolleté trop profond de sa robe et l'étoffe bon marché dans laquelle elle était coupée. Elle fronça les sourcils. Avait-elle jamais rencontré une prostituée ? Non. Ces personnes-là vivaient dans un autre monde que celui des veuves impécunieuses de la campagne.

Elle aurait dû écouter John et abandonner cette femme à son sort. C'était ce que l'on attendait d'elle. Elle regarda la main qu'il lui tendait pour l'aider à gravir le talus. Son existence avait-elle toujours été aussi limitée, enfermée dans des frontières si étroites qu'elle avait parfois l'impression de marcher sur une corde raide ? N'était-elle rien de plus qu'un statut dans la société ?

Non, décida-t-elle.

— Il n'est pas question que je laisse cette femme ici, John, assena-t-elle d'une voix ferme. Ayez l'obligeance de la porter jusqu'à la voiture avec Tom. Nous l'emmenons chez moi et j'enverrai chercher le Dr Billings.

Les deux hommes affichèrent une mine fort contrariée. Mais l'autorité d'Anna eut raison de leurs réticences. Elle monta dans la voiture en premier pour les aider à allonger la pauvre fille sur la banquette, puis elle s'assit, la prit dans ses bras de peur qu'elle ne tombe et l'attelage repartit.

Une fois devant chez elle, le cocher demeura juché sur son siège, au point qu'elle dut l'interpeller :

— John, nous avons besoin de vous pour la porter dans la maison.

En marmonnant, il se résigna à rejoindre le valet de pied. Déjà, mère Wren accourait.

— Que se passe-t-il, Anna ? s'enquit-elle.

— Voici une infortunée jeune femme que j'ai trouvée au bord de la route.

Les deux hommes achevaient d'extraire l'indésirable passagère de la voiture.

— Amenez-la à l'intérieur, je vous prie, dit Anna.

Mère Wren s'effaça pour les laisser passer.

— Où on la met, madame ? demanda Tom.

— Dans ma chambre, à l'étage, répondit Anna. La porte à droite.

— Qu'a donc cette jeune personne ? voulut savoir sa belle-mère.

— Je l'ignore.

Comme les domestiques ressortaient, Anna lança :

— John, pensez à vous arrêter chez le Dr Billings !

Le cocher l'informa d'un geste agacé qu'il avait entendu.

Fanny se tenait dans le vestibule, éberluée.

— Peux-tu mettre la bouilloire à chauffer ? lui demanda Anna.

Dès que Fanny eut disparu, Anna prit mère Wren à part.

— John et Tom disent que cette jeune femme n'est pas respectable, avoua-t-elle, l'air anxieux. Si vous répugnez à l'héberger, je lui trouverai un autre toit.

Mère Wren haussa les sourcils.

— Dois-je comprendre qu'il s'agit d'une prostituée ?

Comme sa belle-fille lui adressait un regard stupéfait, elle enchaîna :

— On n'atteint pas mon âge sans avoir jamais entendu ce mot, mon petit.

— Sans doute. Quoi qu'il en soit, c'est ce qu'elle est, selon John et Tom.

— Vous savez qu'il serait plus sage de l'envoyer ailleurs.

— Certes.

— Mais si vous désirez vous occuper d'elle ici, je ne vous empêcherai pas.

Anna poussa un soupir de soulagement, puis monta voir sa protégée.

Un quart d'heure plus tard, le médecin se présentait à la porte.

— Eh bien, eh bien, qu'avons-nous là ? s'exclama-t-il en pénétrant dans la chambre.

Anna lui expliqua la situation.

L'homme de l'art toussota, manifestement gêné.

— Si vous voulez bien me laisser seul avec cette personne, madame Wren. Il faut que je l'examine.

— Verriez-vous un inconvénient à ce que je reste ?

À l'évidence, le médecin y voyait un inconvénient, mais il ne refusa cependant pas. Probablement parce qu'il ne trouva pas de motif valable à lui opposer.

Quelle que soit son opinion sur la patiente, il se donna la peine de l'examiner minutieusement. Mais lorsque, après avoir regardé dans sa gorge, il entreprit de déboutonner son corsage, il pria Anna de se retourner.

Elle l'entendit soupirer, puis il lui proposa d'aller discuter au rez-de-chaussée.

Anna alla prier Fanny de servir le thé, puis s'installa dans le salon avec le médecin. Elle craignait fort qu'il ne lui annonce que la jeune femme était mourante.

— Elle est bien malade, madame Wren, commença-t-il, le regard fuyant. Elle a une mauvaise fièvre, peut-être une infection pulmonaire. Elle va devoir rester couchée un certain temps.

Il s'interrompit pour jeter un coup d'œil à Anna. Son inquiétude devait se lire sur son visage, car il s'empressa d'ajouter :

— Elle n'a rien de très grave, madame Wren. Elle se remettra. Ce n'est qu'une question de temps.

— Me voilà soulagée ! À vous observer, j'ai cru qu'elle souffrait d'une atteinte fatale.

— Ce n'est nullement le cas, assura-t-il. Je vais la faire chercher et mener à l'hospice dès que j'aurai regagné mon cabinet. Elle y sera soignée, bien entendu.

— Je pensais que vous aviez compris que je souhaitais m'occuper d'elle ici, docteur Billings.

Ce dernier s'empourpra.

— Sottises! Il est tout à fait déplacé que la vieille Mme Wren et vous-même preniez soin d'une personne de cette sorte.

— J'en ai déjà discuté avec ma belle-mère. Elle ne voit aucun inconvénient à ce que je soigne cette malheureuse. Ici.

Le visage de Billings vira à l'écarlate.

— C'est hors de question, madame Wren.

— Docteur, je...

— C'est une catin! coupa-t-il.

Anna en demeura muette de saisissement. Elle fixa un instant le médecin, puis se rendit compte que sa réaction ne faisait que refléter celle à laquelle elles devaient s'attendre de la part de la majorité des habitants de Little Battleford.

Inspirant à fond, elle répliqua :

— Ma belle-mère et moi avons décidé d'abriter cette jeune femme sous notre toit. Sa... profession n'affectera en rien notre résolution.

— Enfin, soyez raisonnable, madame Wren. Il n'est pas possible que vous veilliez sur cette créature.

— Son affection n'est pas contagieuse, n'est-ce pas?

— Non. Plus maintenant.

— Alors il n'y a aucune raison que nous ne la gardions pas ici, conclut Anna.

Fanny apporta le thé à ce moment-là. Anna emplit les tasses en s'efforçant de demeurer aussi sereine que possible. Elle n'avait pas l'habitude de discuter avec des hommes, encore moins de leur tenir tête. Ne pas fléchir ni s'excuser lui coûtait. Savoir que le médecin la désapprouvait lui était très pénible. Mais en même temps, elle ne pouvait réprimer un frisson de triomphe.

Comme c'était excitant de s'exprimer franchement, sans se soucier de l'opinion d'un homme !

Ils burent leur thé dans un silence pesant, puis Billings lui remit une petite bouteille remplie d'un liquide brun, et lui expliqua comment l'administrer.

— Si vous changez d'avis, madame Wren, dit-il une fois devant la porte, prévenez-moi. Je trouverai un endroit convenable pour cette personne.

Anna le remercia, et referma le battant derrière lui.

— Alors, mon petit, de quoi souffre-t-elle ? s'enquit mère Wren quelques secondes plus tard.

— Une infection des poumons. Peut-être serait-il sage que Fanny et vous séjourniez chez des amis jusqu'à ce qu'elle soit guérie.

— Et qui s'occupera d'elle pendant que vous serez à Ravenhill Abbey ?

— Oh… Je n'avais pas pensé à cela.

— Est-il vraiment nécessaire de nous créer autant de soucis ?

— Je suis désolée, murmura Anna en baissant les yeux.

Sa jupe, nota-t-elle, était souillée de traces d'herbe qui ne partiraient jamais au lavage.

— Je n'avais pas l'intention de vous mêler à cette histoire.

— Dans ce cas, pourquoi n'acceptez-vous pas l'aide du Dr Billings ? Il est tellement plus simple de faire ce que l'on attend de vous.

— Certes, mais ce n'est pas forcément mieux. Vous le savez, j'en suis sûre.

Anna adressa à sa belle-mère un regard implorant, cherchant les mots pour plaider sa cause. Lorsqu'elle avait ordonné à Tom et à John de transporter cette malheureuse dans la voiture, il lui avait semblé qu'elle agissait pour le mieux. Mais à présent, face à mère Wren, elle découvrait combien il était difficile de transformer une impulsion en comportement logique.

— J'ai toujours fait ce qu'on attendait de moi, n'est-ce pas ? reprit-elle. Que ce soit bien ou pas.

Sa belle-mère fronça les sourcils.

— Mais vous n'avez jamais rien fait d'inconvenant...

— Là n'est pas la question, coupa Anna, consternée de sentir ses yeux se remplir de larmes. Si, depuis ma naissance, pas une fois je n'ai dévié du droit chemin, c'est que je n'ai pas eu le courage de me mettre à l'épreuve. J'ai toujours eu peur de l'opinion d'autrui. J'ai été lâche. Si cette femme a besoin de moi, pourquoi ne pas l'aider ? Et m'aider moi par la même occasion.

— Mon petit, je crains que tout cela ne vous cause bien du chagrin, se contenta de répondre mère Wren en soupirant.

Lorsque Anna monta à l'étage avec un bol de bouillon et la fiole de médicament sur un plateau, la malade avait repris connaissance et essayait de se redresser.

— Ne vous agitez pas, dit Anna en s'empressant auprès d'elle.

Au son de sa voix, la jeune femme ouvrit les yeux, et regarda autour d'elle d'un air affolé.

— Qui... qui êtes-vous ?

— Je m'appelle Anna Wren. Vous êtes dans ma maison.

Anna posa le plateau au pied du lit, et aida la jeune femme à s'asseoir. Elle lui tendit ensuite le bouillon qu'elle but avec difficulté. Elle vida la moitié du bol puis, à bout de forces, referma les paupières, et se rallongea. Anna allait s'éloigner quand la jeune femme lui agrippa le poignet d'une main tremblante.

— Ma sœur... souffla-t-elle.

— Votre sœur ? Vous souhaitez que je la prévienne ?

La jeune femme hocha la tête.

— Attendez. Je vais prendre du papier et un crayon afin de noter son nom et son adresse.

Elle récupéra dans le tiroir du haut de sa petite commode une écritoire en noisetier qui avait appartenu à Peter, et revint s'asseoir sur la chaise à côté du lit.

— Où dois-je envoyer cette lettre ?

La jeune femme bredouilla un nom et une adresse à Londres, puis se laissa aller contre l'oreiller, visiblement épuisée.

Anna lui frôla le bras.

— Quel est votre prénom ?

— Pearl.

Anna regagna le salon pour avertir Mlle Coral Smythe que sa sœur était souffrante.

L'écritoire de Peter était une boîte plate rectangulaire qu'on posait sur les genoux tel un petit bureau portable. Dans le couvercle était aménagé un compartiment qui contenait un plumier, une bouteille d'encre et des feuillets.

Elle hésita. Elle ne l'avait pas touchée depuis la mort de Peter. De son vivant, c'était sa propriété exclusive si bien qu'elle avait l'impression d'outrepasser ses droits en s'en servant.

Elle secoua la tête, puis souleva le couvercle.

Après plusieurs essais, elle parvint enfin à composer une lettre satisfaisante, qu'elle mit de côté pour la confier à la malle-poste le lendemain. Elle rangeait le plumier dans le couvercle quand elle se rendit compte que quelque chose était coincé au fond, l'empêchant de rentrer dans son compartiment.

Il s'agissait, découvrit-elle, d'un médaillon en or finement gravé d'un côté et muni d'une épingle de l'autre afin de le porter en broche.

Elle pressa le minuscule bouton sur la tranche. Il y eut un déclic et le médaillon s'ouvrit.

Il était vide.

Elle le referma, puis passa pensivement le doigt sur le motif délicat. Ce médaillon ne lui appartenait pas. En fait, elle ne l'avait jamais vu.

Elle réprima une soudaine envie de jeter le bijou à travers la pièce. Comment osait-il ? Même après sa mort,

Peter la torturait encore ! N'avait-elle pas assez souffert de son vivant ? Fallait-il vraiment qu'elle découvre cette... cette chose après tant d'années ?

Les larmes aux yeux, elle serra le poing autour du médaillon. Puis elle prit quelques profondes inspirations. Peter n'était plus que poussière alors qu'elle, elle vivait.

Elle desserra les doigts. Le bijou scintillait innocemment dans sa paume.

Elle le fourra dans sa poche.

Le jour suivant était un dimanche.

Lorsque les deux dames Wren entrèrent dans la petite église de pierre grise de Little Battleford, des murmures parcoururent l'assistance. Des regards se détournèrent, confirmant les soupçons d'Anna ; elle était bel et bien le sujet de toutes les conversations. Elle salua ses voisins et connaissances comme si de rien n'était. Assise à côté de son mari, un blond ventripotent, Rebecca Fairchild lui adressa un petit signe de la main.

— Vous menez une vie très excitante, ces derniers temps, lui chuchota son amie lorsqu'elle prit place près d'elle.

— Vraiment ? fit Anna en retirant ses gants.

— Mmm... je n'imaginais pas que vous envisagiez d'exercer le plus vieux métier du monde, observa malicieusement Rebecca.

— Pardon ?

— Personne ne vous en a encore accusée franchement, mais certains en sont bien près.

Rebecca sourit à la femme du banc derrière le leur, qui s'était penchée pour écouter leur conversation. Celle-ci se redressa vivement et eut un reniflement réprobateur.

— Les ragots ne sont pas allés aussi bon train en ville depuis que la femme de Miller a eu son bébé dix mois après la mort de son mari.

Le vicaire entra et le silence se fit. De manière prévisible, son homélie porta sur Jézabel, même si le pauvre homme ne semblait pas enchanté par le sujet. Il suffit à Anna d'un coup d'œil sur le dos rigide de Mme Jones, assise au premier rang, pour deviner qui avait suggéré ce thème.

Enfin, l'office arriva à son terme et tout le monde se leva pour quitter l'église.

— Je me demande pourquoi ils ont laissé les mains et les pieds, fit remarquer James en descendant la travée.

Rebecca jeta à son mari un coup d'œil à la fois tendre et exaspéré.

— De quoi parles-tu, chéri ?

— De Jézabel. Les chiens ne lui ont mangé ni les mains ni les pieds. Pourquoi ? D'après mon expérience, les carnivores ne délaissent pas ces parties-là.

Rebecca leva les yeux au ciel et lui tapota la main.

— Peut-être avaient-ils des chiens différents à l'époque.

L'explication ne parut pas le satisfaire, mais il s'en tint là. Ils approchaient de la porte, et Anna fut touchée de voir que Rebecca et mère Wren s'étaient débrouillées pour l'encadrer tandis que James se tenait juste derrière elle. Son trio d'anges gardiens…

Cependant, découvrit-elle un instant plus tard, elle n'avait pas besoin d'une telle escorte. Car si elle eut droit à des regards sévères, toutes les dames de Little Battleford ne la condamnaient visiblement pas. En fait, nombre de jeunes femmes enviaient tellement sa position de secrétaire particulière de lord Swartingham que cela semblait la placer au-dessus des critiques que sa défense d'une prostituée aurait dû susciter.

Elle se trouvait à bonne distance de l'église et commençait à se détendre quand une voix sirupeuse lui lança :

— Madame Wren, je tenais à ce que vous sachiez combien je vous trouve courageuse.

Felicity Clearwater tenait négligemment sa petite cape à la main afin que tous puissent admirer sa robe dernier cri. Coupée dans une étoffe rose semée de petits bouquets de fleurs orange et bleu, la jupe s'ouvrait sur le devant pour révéler un jupon de brocart bleu, le tout drapé sur de larges paniers.

Un instant, Anna songea qu'il lui serait bien agréable de porter une aussi jolie robe. Mère Wren, en répondant à Felicity, la ramena à la réalité.

— Lorsqu'elle a amené cette pauvre femme à la maison, Anna n'a pas songé à elle-même.

— Oh, mais c'est évident ! Prêter le flanc à la critique de tout un village, sans parler de la semonce que vient de lui délivrer le vicaire en est la preuve.

— Je ne pense pas que l'exemple de Jézabel m'était uniquement destiné, intervint Anna. Après tout, il pourrait s'appliquer à d'autres femmes de Little Battleford.

Felicity pinça les lèvres.

— Je ne saurais le dire, madame Wren. Contrairement à vous, nul ne pourrait me reprocher mes relations.

Avec un sourire crispé, Felicity tourna les talons et s'éloigna avant qu'Anna ait le temps de trouver une repartie appropriée.

— Sale bête, siffla Rebecca.

De retour au cottage, Anna passa le reste de la journée à ravauder des bas, un exercice dans lequel, par la force des choses, elle était devenue experte. Après le dîner, elle monta du porridge à sa protégée.

Celle-ci allait nettement mieux. Et elle était très jolie, constata Anna.

La jeune femme tortilla longuement une mèche de ses cheveux clairs, avant de se risquer à demander :

— Pourquoi vous m'avez prise chez vous ?

— Vous gisiez dans le fossé. Je ne pouvais pas vous y laisser.

— Mais vous savez ce que je suis, non ?

— Eh bien…

— Je suis une putain, lâcha Pearl d'un ton de défi.

— Nous nous en doutions, avoua Anna prudemment.

— Eh bien, maintenant, vous en êtes sûres.

— Mais je ne vois pas en quoi cela devrait faire une différence.

Pearl parut abasourdie, puis, plissant les yeux d'un air soupçonneux, elle hasarda :

— Vous n'êtes pas une de ces femmes religieuses, si ?

— Pardon ?

— Une de ces bigotes qui s'occupent des filles comme moi pour les remettre dans le droit chemin. J'ai entendu dire qu'elles ne leur donnent à manger que du pain et de l'eau, et les obligent à faire de la couture jusqu'à ce que leurs doigts soient en sang pour qu'elles fassent pénitence.

Anna désigna le bol de porridge.

— Ce n'est pas du pain et de l'eau, n'est-ce pas ?

Pearl rougit.

— Euh… non, madame.

— Rassurez-vous, quand vous irez mieux, nous vous donnerons de la nourriture plus consistante.

La jeune femme ne semblant pas convaincue, Anna ajouta :

— Vous êtes libre de partir si vous le souhaitez. J'ai écrit à votre sœur. Peut-être sera-t-elle bientôt là.

Elle se leva et lui conseilla d'une voix douce :

— Tâchez de ne pas vous inquiéter, et essayez de dormir le plus possible. Bonne nuit.

— Bonne nuit, madame.

Anna alla se coucher un peu plus tard, mais ce ne fut qu'au matin, lorsque sa belle-mère la réveilla pour aller travailler, qu'elle se demanda comment le comte réagirait en apprenant qu'elle abritait une fille de joie sous son toit.

Anna entra dans la bibliothèque à pas prudents. Elle était inquiète. Durant tout le trajet de Little Battleford à Ravenhill Abbey, elle s'était interrogée sur la confrontation à venir avec lord Swartingham, priant pour que ce dernier se montre moins intransigeant que le Dr Billings.

Au premier abord, il lui parut semblable à lui-même : maussade, les cheveux en bataille, la lavallière de travers. Il l'accueillit d'un marmonnement, puis lui fit remarquer qu'elle avait fait une erreur dans l'une des transcriptions. Poussant un soupir de soulagement, Anna s'assit à son bureau et se mit au travail.

Après le déjeuner, cependant, sa chance l'abandonna.

Lord Swartingham avait fait un saut au village pour discuter avec le vicaire de son projet d'aider financièrement à la réparation de l'abside de l'église. Son retour au manoir se fit avec fracas, la porte d'entrée allant cogner contre le mur.

— MADAME WREN !

Il avait hurlé.

Anna sursauta, le chien devant la cheminée leva la tête.

— Enfer et damnation, où est cette femme ?

Elle leva les yeux au ciel. Le comte savait pertinemment où elle était ! Elle ne bougeait jamais de la bibliothèque.

Elle entendit ses bottes marteler le sol tandis qu'il approchait au pas de charge.

Puis il fut là. Dans l'encadrement de la porte, vivante image de la réprobation et de la fureur.

— Qu'est donc cette histoire que l'on m'a rapportée, madame Wren ? Vous auriez recueilli une femme de rien chez vous ? Le Dr Billings était très chagriné en me racontant votre folie !

Il fonça vers le bureau, s'immobilisa juste devant et croisa les bras.

Anna dut lever la tête pour le regarder dans les yeux, car il la dominait de toute sa hauteur.

— J'ai trouvé une malheureuse dans un fossé, milord. Elle avait besoin d'aide, je l'ai donc tout naturellement amenée chez moi afin de la soigner.

— Vous voulez dire que vous avez ramassé un déchet ! rétorqua-t-il, le regard noir. Avez-vous perdu l'esprit ?

Anna ne s'attendait pas qu'il soit à ce point furieux.

— Elle s'appelle Pearl, lâcha-t-elle.

— Oh, parfait ! Je vois que vous êtes très intime avec cette créature.

— Puis-je vous faire remarquer qu'il s'agit d'une femme, et non d'une créature ?

— Peu importe le terme, riposta-t-il avec un geste dédaigneux de la main. Madame Wren, vous ne vous souciez donc pas de votre réputation ?

— Ma réputation n'est pas le problème.

— Pas le problème ? Votre réputation n'est *pas le problème*, dites-vous ?

Il pivota sur ses talons, et se mit à arpenter la pièce d'un pas rageur. Le chien rabattit les oreilles en arrière, suivant d'un air inquiet ses allées et venues.

— J'aimerais que vous cessiez de répéter mes paroles, milord.

Elle sentit ses joues s'empourprer et regretta de ne pouvoir contrôler le phénomène. Elle ne voulait surtout pas apparaître faible devant lord Swartingham.

Il ne dut pas entendre sa remarque, car il s'immobilisa et aboya :

— Votre réputation est l'unique problème ! Vous êtes censée être une femme respectable. Un acte aussi inconsidéré pourrait vous marquer à vie du sceau de l'infamie.

Oh, vraiment ? Se contenant à grand-peine, Anna se raidit et répliqua :

— Mettez-vous ma réputation en doute, lord Swartingham ?

Il la regarda, l'air outré.

— Ne jouez pas les sottes. Il va de soi que je ne remets pas en question votre réputation !

— En êtes-vous sûr ?

— Ah ! Je…

Anna ne lui laissa pas le loisir de poursuivre.

— Si je suis une femme respectable, alors vous pouvez avoir confiance en mon bon sens. En tant que femme respectable, je considère comme mon devoir de secourir les êtres plus malchanceux que moi.

— Pas de sophismes avec moi, madame Wren ! cria le comte. Si vous vous entêtez dans votre choix, votre position au village sera réduite à néant.

— Je peux certes faire l'objet de critiques, mais je ne vois pas en quoi un acte de charité chrétienne pourrait me valoir l'opprobre de tout un village.

— Les chrétiens de ce village seront les premiers à vous clouer au pilori, ricana-t-il.

— Mais je…

— Vous êtes extrêmement vulnérable, madame Wren. Une jeune et séduisante veuve qui…

— … travaille pour un célibataire, acheva-t-elle à sa place d'une voix suave. Évidemment, ma vertu est en péril.

— Je n'ai pas dit cela.

— Non, mais d'autres ne se sont pas gênés.

— C'est précisément ce que je voulais vous faire comprendre.

Il criait toujours, comme si le fait de faire trembler les murs pouvait le rendre plus convaincant.

— Vous ne pouvez fréquenter cette femme !

La coupe était pleine. Les yeux étrécis, Anna répéta :

— Je ne peux la fréquenter ?

— Non, déclara-t-il en croisant les bras, vous ne…

— Je n'en ai pas le droit ? coupa-t-elle, un ton plus haut.

Lord Swartingham tressaillit ; une lueur d'inquiétude s'alluma dans son regard. À raison.

— Et qu'en est-il des hommes qui ont fait d'elle ce qu'elle est en la *fréquentant*, milord ? Personne ne se soucie de leur réputation, ce me semble ! Nul ne se préoccupe de la dignité des hommes qui poussent des femmes à se prostituer.

— Grands dieux, je n'arrive pas à croire que vous parliez de telles choses !

C'en était trop. Sans se soucier de retenue, Anna contre-attaqua :

— Je parle de telles choses, en effet. Et je connais des hommes qui font davantage qu'en parler. Ainsi, un homme aurait le droit de fréquenter une maison de passe régulièrement, voire chaque jour de la semaine, et ne rien perdre par ailleurs de sa respectabilité ! Et pendant ce temps, la pauvre fille qui l'accueille devrait être traînée dans la boue !

Le comte semblait soudain privé de voix. Il voulut parler, et ne réussit qu'à produire de piteux borborygmes. Anna, elle, n'arrivait plus à arrêter le flot de mots qui déferlaient de sa bouche.

— Je soupçonne les membres des classes inférieures de n'être pas les seuls à avoir recours aux services des prostituées. Je crois savoir que même les gentilshommes fréquentent les lieux de perdition. En fait, je trouve d'une hypocrisie sans nom qu'un homme puisse être client assidu des prostituées, mais se refuse à aider l'une d'elles quand elle est dans le besoin.

Elle s'interrompit, tremblante, et battit des paupières pour ne pas pleurer.

Les borborygmes du comte se muèrent en un rugissement tandis qu'il hurlait :

— *Mon Dieu, madame !*

— Je crois que je devrais rentrer chez moi, balbutia Anna avant de se lever et de se précipiter vers la porte.

Seigneur, qu'avait-elle fait ? Elle avait perdu son sang-froid et s'était querellée avec son employeur. Nul doute qu'elle venait de se saborder, et ne pouvait désormais plus assumer les fonctions de secrétaire de lord Swartingham.

6

Fous de joie, les habitants du château célébrèrent la victoire en chantant et dansant. Ils n'avaient plus rien à craindre. La fête battait son plein lorsque le corbeau se posa à côté du duc.

— J'ai respecté ma part du marché. J'ai vaincu le prince. À présent, paye-moi mon dû.

Mais laquelle des filles du duc le prendrait pour mari ? L'aîné pleura, arguant qu'elle ne gâcherait pas sa beauté pour un oiseau aussi laid. La deuxième déclara que, maintenant que l'armée ennemie était anéantie, il n'y avait aucune raison de tenir parole. Seule la cadette, Aurea, accepta afin d'éviter le déshonneur à son père. Cette nuit-là eut donc lieu la plus étrange cérémonie à laquelle on ait jamais assisté. Aurea s'unit au corbeau. Et à la seconde où ils furent déclarés mari et femme, le corbeau lui ordonna de grimper sur son dos et s'envola, sa jeune épouse se cramponnant à ses plumes...

Extrait du *Prince Corbeau*

Bouillant de rage, Edward suivit Anna des yeux tandis qu'elle s'enfuyait. Que s'était-il passé ? À quel moment avait-il perdu le contrôle de cette conversation ?

Il fit volte-face, attrapa sur le manteau de la cheminée deux statuettes en porcelaine et une tabatière, et les fracassa successivement contre le mur. Ce qui ne le calma pas pour autant. Quelle mouche avait piqué cette femme ? Il lui avait simplement expliqué – avec fermeté certes – à quel point il était inconvenant qu'elle garde cette fille chez elle, et, Dieu seul savait comment, tout son discours lui était revenu en pleine figure.

Comment diable cela avait-il pu se produire ?

Il fonça dans le couloir où un valet ahuri se tenait devant la porte d'entrée grande ouverte.

— Ne reste pas là ! lui intima Edward. Cours demander à John de prendre la voiture pour rattraper Mme Wren ! Cette maudite femme va probablement marcher jusqu'au village juste pour me contrarier.

— Oui, milord, fit le valet qui s'inclina et fila.

Exaspéré, Edward se passa les doigts dans les cheveux. Ah, les femmes ! À côté de lui, le chien jappa doucement.

L'intendant apparut, telle une souris jaillissant de son trou une fois le chat parti.

— Les dames peuvent se montrer très déraisonnables, parfois, n'est-ce pas, milord ? commenta-t-il.

— La ferme, Hopple, répliqua Edward en s'éloignant à grands pas.

Le lendemain matin, les oiseaux commençaient à peine à chanter quand on frappa à la porte du cottage. Tout d'abord, Anna crut qu'elle rêvait, puis elle ouvrit les yeux et se rendit compte que les coups étaient bien réels.

Elle se leva en hâte, enfila son peignoir et descendit l'escalier pieds nus en réprimant un bâillement. Les coups avaient redoublé. Quel qu'il soit, ce visiteur n'était guère patient. En fait, elle ne connaissait qu'une seule personne dotée de ce tempérament de…

Lord Swartingham !

Elle ouvrit. Appuyé d'une main au linteau, il avait levé l'autre pour cogner de nouveau à la porte. Il la laissa retomber. Le chien était à ses pieds, qui remuait joyeusement la queue.

— Madame Wren, s'écria-t-il en fusillant Anna du regard, vous n'êtes pas encore habillée ?

Elle baissa les yeux sur son peignoir et ses pieds nus.

— À l'évidence, non, milord.

Le chien se glissa entre le chambranle et Edward pour fourrer le museau dans la main de la jeune femme.

— Et pourquoi cela ? insista le comte.

— Peut-être parce qu'il est un peu tôt.

Le chien quémandait des caresses, qu'Anna lui prodigua. Edward regarda le mastiff d'un air écœuré.

— Pauvre imbécile !

— Je vous demande pardon ?

— Pas vous ! Ce chien !

— Qui est là, Anna ? lança une voix.

Mère Wren se tenait dans l'escalier, manifestement inquiète. Quant à Fanny, elle espionnait discrètement du fond du vestibule.

— C'est le comte de Swartingham, mère, répondit Anna d'un ton égal, comme s'il était normal d'avoir un visiteur avant le petit déjeuner.

Elle se tourna à demi et continua tranquillement :

— Puis-je vous présenter ma belle-mère, milord ? Voici Mme Wren. Mère, Edward de Raaf, comte de Swartingham.

Mère Wren, en robe de chambre de peluche rose, inclina la tête.

— Comment allez-vous, milord ?

— Enchanté de faire votre connaissance, madame.

— Le comte a-t-il pris son petit déjeuner, Anna ?

— Je l'ignore, mère. Milord, avez-vous déjà pris votre petit déjeuner ?

Edward avait perdu de sa superbe. Il semblait à court de mots, ce qui ne lui ressemblait guère.

— Je... Euh...

— Invitez donc le comte, Anna, suggéra mère Wren.

— Voulez-vous vous joindre à nous, milord ? s'enquit Anna d'une voix sirupeuse.

Edward hocha la tête et, sourcils froncés, entra dans le cottage. Mère Wren acheva de descendre l'escalier, les rubans de son peignoir flottant autour d'elle.

— Je suis si heureuse de faire votre connaissance, milord. Fanny, mets la bouilloire à chauffer.

La petite bonne s'esquiva tandis que mère Wren conduisait leur invité au salon. La pièce était petite, mais Anna eut l'impression qu'elle rapetissait davantage lorsque Edward y pénétra. Il se posa avec précaution sur l'unique fauteuil pendant qu'Anna et sa belle-mère s'installaient sur le canapé. Le chien entreprit d'inspecter les lieux, jusqu'à ce que le comte le rappelle à l'ordre. Il vint alors se coucher à ses pieds.

— Anna a dû se tromper en pensant que vous l'aviez renvoyée, dit mère Wren avec un sourire lumineux.

— Quoi ? demanda Edward en agrippant les accoudoirs de son fauteuil.

— Eh bien, elle avait l'impression que vous n'aviez plus besoin de secrétaire.

— Mère… souffla Anna.

— Mais c'est ce que vous m'avez dit, mon petit.

— Elle s'est effectivement trompée, déclara Edward en fixant Anna. Elle est toujours ma secrétaire.

— Oh, mais c'est merveilleux ! s'exclama mère Wren. Elle était tellement contrariée, hier soir.

— Mère !

La vieille dame se pencha vers le comte et déclara sur le ton de la confidence :

— Elle avait les yeux rougis en descendant de la voiture. À mon avis, elle avait pleuré.

— *Mère !*

— Vraiment ? fit Edward dont les propres yeux scintillaient.

Par chance, l'arrivée de Fanny empêcha Anna de répliquer. La jeune fille avait eu l'idée de préparer des œufs cocotte et de faire des toasts pour accompagner le porridge. Elle avait même réussi à dénicher un peu de jambon, aussi Anna lui adressa-t-elle un petit signe de tête approbateur.

Après avoir dévoré une quantité impressionnante d'œufs cocotte, le comte se leva et remercia mère Wren, qui lui décocha son sourire le plus charmeur. Anna se demanda combien de temps il faudrait à tout le village pour gloser sur les efforts des deux femmes Wren pour prendre le comte dans leurs filets.

— Pourriez-vous mettre votre tenue d'équitation, madame Wren ? demanda Edward. Mon bai et Daisy attendent dehors.

— Bien sûr, milord.

Anna monta s'habiller. Lorsqu'elle redescendit, le comte l'attendait dans le jardinet, devant le cottage. À son arrivée, il se retourna, et le regard qu'il posa sur elle lui coupa un instant le souffle. Troublée, elle baissa les yeux pour enfiler ses gants, consciente d'avoir rougi.

— Il est temps de se mettre en route, madame Wren, dit-il sèchement. Nous sommes en retard.

Sans un mot, Anna s'approcha de la jument et attendit qu'Edward l'aide à monter en selle. Comme la fois précédente, il la prit par la taille et la hissa sur sa monture. Puis il s'immobilisa, cherchant son regard. Toute pensée l'avait désertée, et elle ne put que demeurer les yeux rivés aux siens.

Pivotant alors sur ses talons, le comte grimpa sur son étalon.

La journée était splendide. Il avait plu pendant la nuit et les feuillages détrempés scintillaient au soleil tels des milliers de diamants. Le comte ouvrant la marche, ils sortirent du village.

— Où allons-nous ? s'enquit Anna.

— Les brebis de M. Durbin ont commencé à mettre bas. Je veux voir comment vont les agneaux.

Une pause, une petite toux embarrassée, puis :

— Je suppose que j'aurais dû vous informer hier de mon désir de partir tôt ce matin.

Regardant droit devant elle, Anna se borna à émettre un vague petit son. Il se racla la gorge.

— Je l'aurais fait si vous n'aviez pas quitté le manoir si précipitamment.

Elle haussa un sourcil, mais ne répondit pas. Un long silence s'ensuivit, seulement brisé par les jappements du chien qui pourchassait des lapins.

Le comte tenta une nouvelle approche.

— J'ai entendu des gens dire que mon caractère est un peu…

Il s'interrompit, comme s'il ne trouvait pas l'adjectif adéquat.

— Brutal ? proposa Anna.

Il cilla.

— Féroce ?

Les sourcils froncés, il ouvrit la bouche, mais elle fut plus rapide.

— Barbare ?

Il ne lui laissa pas le temps d'ajouter une autre épithète et déclara :

— Oui, bon, disons que certaines personnes me trouvent intimidant.

Il hésita, puis, d'un ton un peu inquiet :

— Je ne voudrais pas vous intimider, madame Wren.

— Vous ne m'intimidez pas.

Il lui jeta un bref coup d'œil, et s'en tint là. Son visage toutefois s'éclaircit. D'un coup de talons, il lança son cheval au galop sur le chemin boueux. Le chien s'élança à sa suite, langue pendante. Réprimant un sourire, Anna offrit son visage au soleil avec un soupir de satisfaction.

Ils suivirent le chemin jusqu'à une pâture que bordait un ruisseau. Edward descendit de sa monture le temps d'ouvrir un portillon, puis tous deux pénétrèrent dans le pré. Cinq hommes entourés de chiens de berger étaient rassemblés près du ruisseau, à bonne distance.

Dès qu'ils furent à portée de voix, le plus âgé cria :

— Milord ! Nous avons un sacré problème !

— Bonjour, Durbin, fit Edward en mettant pied à terre avant d'aller aider Anna. Que se passe-t-il ?

— Des brebis dans le ruisseau ! Y en a une qu'a dû commencer à se fiche à l'eau, et les autres ont suivi. Et maintenant, elles peuvent plus remonter. En plus, y en a trois qui sont pleines.

Edward s'approcha du ruisseau, Anna sur ses talons.

Cinq bêtes étaient piégées dans le cours d'eau gonflé par les pluies récentes. Un tourbillon les bloquait au milieu de débris que charriait le courant. À cet endroit, la berge était abrupte, haute d'environ un mètre cinquante, et glissante à cause de la boue.

Edward secoua la tête.

— Je ne vois pas comment les tirer de là autrement que de force.

— C'est bien ce que je pensais, dit Durbin.

Edward et deux des hommes présents se laissèrent glisser le long de la berge. Les chiens commencèrent à s'agiter et à aboyer. La vue des humains qui semblaient prêts à fondre sur elles et des chiens excités affola les brebis au point que quatre d'entre elles essayèrent de remonter dans le pré par leurs propres moyens. La peur leur donnant des ailes, elles réussirent à gravir la pente. Mais pas la cinquième, qui se trouvait de surcroît hors de portée de ses sauveteurs. Soit elle était vraiment coincée, soit trop stupide pour s'arracher au piège toute seule. Sur le flanc, à demi submergée par l'eau, elle bêlait à fendre l'âme.

— Ben, celle-là est coincée pour de bon, commenta Durbin.

Il soupira et essuya son front poissé de sueur du revers de la main.

— Pourquoi on lui envoie pas la vieille Bess au cul jusqu'à ce qu'elle se bouge, p'pa ? demanda un jeune garçon.

— Non, fils. Je veux pas risquer que Bess se noie. Va falloir qu'un de nous aille chercher cette stupide bête.

— Je m'en charge, Durbin, déclara Edward.

Il retira son manteau, le lança à Anna plus qu'il ne le lui tendit. Son gilet prit le même chemin, suivi de sa belle chemise de batiste, qu'il fit passer par-dessus sa tête. Puis il s'assit sur la berge pour enlever ses cuissardes.

Anna s'efforçait de ne pas regarder, mais c'était plus fort qu'elle. Le spectacle d'un homme à moitié nu était rare. En fait, elle ne se rappelait pas avoir jamais vu un homme torse nu en public.

Quoique marquée de cicatrices de variole, la peau d'Edward était hâlée. Il était fort bien fait, comme elle l'avait deviné : les épaules larges, la poitrine musclée, les hanches étroites. Comme il se relevait, le regard d'Anna descendit jusqu'à sa ceinture, puis plus bas. Elle releva les yeux en hâte. Seigneur, à quoi songeait-elle ? se tança-t-elle.

Le comte se laissa glisser dans le ruisseau. L'eau boueuse tourbillonnait autour de ses hanches tandis qu'il rejoignait la pauvre brebis terrifiée. Il se pencha sur elle et entreprit de la dégager des branchages enchevêtrés qui la retenaient prisonnière.

Les hommes restés dans le pré poussèrent soudain un grand cri. La brebis était libre, mais dans sa hâte à sortir du ruisseau, elle avait sauté sur le dos du comte, qui coula dans un geyser d'eau sale. Anna cria aussi et se précipita en avant. Le mastiff allait et venait le long de la berge, fou d'inquiétude, aboyant comme un possédé.

Edward jaillit hors de l'eau, tel Poséidon, mais un Poséidon dépenaillé. Les cheveux plaqués sur le crâne, il souriait. Le ruban qui maintenait son catogan avait été emporté par le courant.

Le chien aboya de plus belle pour manifester sa désapprobation. Quant aux fermiers, ils riaient aux éclats en se flanquant de grandes claques sur les cuisses. Anna soupira. Apparemment, la vision d'un aristocrate faisant trempette dans de l'eau sale était le spectacle le plus amusant auquel ils aient eu l'occasion d'assister.

Décidément, les hommes étaient de bien bizarres créatures, songea-t-elle.

— Hé, milord, vous avez autant de problèmes quand vous troussez une fille ? cria l'un des hommes.

— Mais non, c'est juste que celle-là, elle a pas aimé qu'il lui tâte le cul ! renchérit le fermier.

Il accompagna ses paroles d'un geste explicite qui décupla l'hilarité du groupe. Edward s'esclaffa avec eux puis, d'un mouvement de tête, désigna Anna. Se rappelant soudain sa présence, les fermiers cessèrent leurs plaisanteries graveleuses, mais n'en continuèrent pas moins à rire sous cape.

Tout en se dirigeant vers la berge, Edward leva les bras pour rabattre ses cheveux en arrière. Le soleil jouait sur ses impressionnants biceps. Sa culotte trempée lui collait au corps, soulignant de façon indécente sa virilité. Il avait tout d'un dieu païen.

Le souffle coupé, Anna réprima un frisson.

Comme il atteignait la berge, l'un des fils du fermier lui tendit la main pour l'aider à remonter sur la pâture. Se ressaisissant, la jeune femme lui apporta en hâte ses vêtements. Il s'essuya avec sa chemise, puis enfila son manteau directement sur son torse nu.

— Eh bien, Durbin, j'espère que la prochaine fois que vous aurez du mal avec une femelle, vous m'appellerez.

— Sûr, milord, dit le fermier. Et merci de votre aide. Je me souviens pas d'avoir jamais vu un aussi beau plongeon.

Réflexion qui déclencha un nouvel éclat de rire chez ses compagnons.

Edward et Anna partirent. Ils chevauchaient depuis quelques minutes quand elle s'aperçut que le comte grelottait. Pourtant, il n'accélérait pas l'allure.

— Vous allez attraper la mort, milord. Je vous en prie, partez devant. Daisy et moi vous ralentissons.

— Je vais tout à fait bien, madame Wren, assura-t-il, les mâchoires contractées pour empêcher ses dents de claquer. Et puis, je n'ai pas envie de me priver de votre délicieuse compagnie, ne fût-ce qu'un court moment.

Le sarcasme était patent, et Anna le foudroya du regard.

— Inutile de chercher à me prouver à quel point vous êtes viril en attrapant une vilaine fièvre.

— Ainsi, vous me trouvez viril, madame Wren ?

Il souriait comme un petit garçon !

— Je commençais à croire que je m'étais battu avec une brebis puante en pure perte, ajouta-t-il.

Anna eut beau faire, elle ne put s'empêcher de sourire.

— J'ignorais que les propriétaires terriens prêtaient la main à leurs fermiers, milord. C'est inhabituel, j'imagine ?

— Certainement. Je suppose que la majorité de mes pairs restent tranquillement assis sur leur derrière, à Londres, pendant que leurs intendants s'occupent de leurs domaines.

— Alors pourquoi aller patauger dans l'eau sale pour y récupérer des brebis ?

Le comte haussa les épaules.

— Sans doute parce que mon père m'a appris qu'un bon propriétaire terrien connaît ses fermiers et se tient au courant de ce qu'ils font. Il se trouve, en outre, que j'ai suivi des études d'agriculture, je me sens donc plus particulièrement concerné. Et puis, j'adore me battre avec des brebis, conclut-il avec un sourire ironique à l'adresse d'Anna, qui le lui rendit.

— Votre père aussi plongeait pour sauver des brebis ?

Il y eut un silence, et elle craignit d'avoir posé une question trop personnelle.

— Non, je ne me rappelle pas l'avoir vu rentrer dans l'état où je suis. Mais il arpentait les champs inondés au printemps et surveillait les moissons à l'automne. Il m'emmenait toujours avec lui quand il allait sur ses terres ou voir ses gens.

— Il a dû être un père merveilleux, murmura-t-elle.

« Pour avoir élevé un fils aussi merveilleux », ajouta-t-elle à part soi.

— En effet, reconnut Edward. Si je me révèle capable d'être à moitié aussi bon père que lui avec mes propres enfants, je m'estimerai heureux.

Un ange passa, puis il reprit :

— Vous n'avez pas eu d'enfant ?

Anna baissa les yeux. Elle s'aperçut qu'elle serrait convulsivement les rênes.

— Non, répondit-elle. Nous étions mariés depuis quatre ans, mais Dieu ne nous a pas accordé ce bonheur.

— Je suis désolé.

Les regrets du comte n'étaient pas de pure forme, constata Anna en croisant son regard.

— Moi aussi, milord.

Pas un jour ne s'écoulait sans qu'elle le soit.

Ils regagnèrent Ravenhill Abbey en silence.

Lorsque Anna rentra au cottage ce soir-là, elle trouva Pearl assise dans son lit en train de manger de la soupe en compagnie de Fanny. Les cheveux attachés par un ruban et vêtue d'une vieille robe de la petite bonne, elle avait meilleure allure en dépit de sa maigreur. Anna envoya Fanny à la cuisine pour préparer le dîner, et la remplaça auprès de Pearl.

— J'ai oublié de vous remercier, madame, dit la jeune femme timidement.

— Je vous en prie, sourit Anna. J'espère que vous irez bientôt mieux.

— Oh, j'ai juste besoin de repos.

— Êtes-vous originaire de la région, ou voyagiez-vous quand vous êtes tombée malade ?

— En fait, j'essayais de rentrer à Londres où j'habite. Un gentilhomme m'avait amenée ici dans une jolie voiture en me promettant de m'établir. Je pensais qu'il m'installerait dans un petit cottage.

Pearl tritura le drap.

— Je vieillis, vous comprenez. Je pourrai plus travailler très longtemps.

Anna attendit la suite.

— Sa proposition, c'était juste une arnaque. Il me voulait simplement pour une partie fine avec des amis.

— Je suis navrée, murmura Anna, qui ne savait trop que dire.

— Et moi, donc! Mais c'était pas le pire. Il comptait que je le distraie avec ses deux amis.

Deux amis? Anna n'en croyait pas ses oreilles.

— Vous voulez dire que… Euh… il s'attendait que vous vous occupiez de trois hommes en même temps?

— Oui. Tous ensemble ou l'un après l'autre.

Pearl dut se rendre compte qu'Anna était choquée, car elle précisa :

— Il y a beaucoup de messieurs qui aiment faire ça en groupe, ou bien que les autres les regardent pendant qu'ils… enfin, vous comprenez. Mais les filles ont souvent mal.

Anna la fixait, atterrée.

— Mais c'est pas très important, continua Pearl. Je suis arrivée à m'enfuir. Et puis, quand j'étais dans la diligence, je me suis pas sentie bien. Le cocher s'est arrêté, et après, j'ai dû m'endormir. Quand je me suis réveillée, on m'avait volé mon réticule, et le cocher a pas voulu me laisser remonter parce que j'avais plus d'argent. Si vous étiez pas passée sur cette route, je serais morte, pour sûr.

— Puis-je vous poser une question, Pearl?

— Allez-y.

— Avez-vous entendu parler d'un établissement nommé La Grotte d'Aphrodite?

Pearl appuya la tête contre les oreillers, et darda sur Anna un regard intrigué.

— J'imaginais pas qu'une dame comme vous connaissait un endroit pareil.

Évitant le regard de la jeune femme, Anna expliqua :

— J'ai entendu des messieurs le mentionner. Je pense qu'ils ignoraient que j'étais à portée de voix.

— Sûrement, acquiesça Pearl. Vu que La Grotte d'Aphrodite, c'est un lupanar de luxe. Les filles qui y travaillent ont la vie douce. Il y a aussi des dames de la haute société qui y vont, masquées, et font semblant d'être des catins.

Anna écarquilla les yeux.

— Vous voulez dire que...

— Elles choisissent ceux qui leur plaisent et passent la nuit avec eux. Ou moins, ça dépend. Il y en a même qui prennent une chambre et demandent à la tenancière de leur envoyer le client qu'elles lui décrivent. Ça peut être un petit blond ou un grand rouquin.

— Seigneur, on a l'impression d'être au marché aux bestiaux!

Pearl se mit à rire.

— Ouais, comme pour choisir un étalon. Remarquez, moi, ça me gênerait pas d'être celle qui choisit pour une fois.

Anna eut un sourire gêné. Ce rappel de la profession de Pearl la mettait vraiment mal à l'aise.

— Mais pourquoi un homme se soumettrait-il à un tel arrangement? s'enquit-elle tout de même.

— Parce qu'il sait qu'il va aller au lit avec une vraie dame. Enfin, si on peut appeler ces femmes-là des dames.

Anna secoua la tête, puis se mit debout.

— Je vous empêche de vous reposer, Pearl. Je vais aller m'occuper du repas.

— Encore merci, madame.

Au cours du dîner, Anna fut fort distraite. La réflexion de Pearl selon laquelle choisir son partenaire devait être agréable lui trottait dans la tête. Même dans son milieu, songea-t-elle, c'étaient les hommes qui menaient la danse. Les jeunes femmes en étaient réduites à attendre qu'ils fassent le premier pas. Ils prenaient invariablement l'initiative, y compris dans le lit conjugal. Du moins cela avait-il été le cas en ce qui la concernait. Jamais elle n'avait dit à Peter qu'elle aussi éprouvait certains désirs, et encore moins que leurs ébats pouvaient ne pas la satisfaire.

Plus tard, au cours de la nuit, elle se prit à imaginer lord Swartingham à La Grotte d'Aphrodite. Une dame masquée le désignait à la tenancière. Et il passait la nuit dans les bras de cette femme.

Elle s'endormit sur cette pensée et se mit à rêver.

Elle était à La Grotte d'Aphrodite, le visage dissimulé par un masque. Des hommes de toutes sortes patientaient dans le salon. Des vieux, des jeunes, des beaux, des laids, par centaines. Elle fendait frénétiquement cette foule masculine en quête d'un homme aux yeux noirs, se désespérant de ne pas le trouver. Enfin, elle l'apercevait à l'autre bout de la pièce, mais plus elle se hâtait vers lui, plus il s'éloignait. Elle jouait des coudes quand une autre femme masquée s'approcha de lui. Il hocha la tête et s'en fut avec elle.

Anna se réveilla en sursaut, le cœur battant à tout rompre. Immobile sous le drap, le souffle court, elle se remémora son rêve.

Il lui fallut un certain temps avant de se rendre compte qu'elle pleurait.

7

Le gigantesque corbeau vola deux jours durant, son épouse sur le dos. Le troisième jour, ils atteignirent des champs de blé dorés.

— À qui appartiennent ces champs ? s'enquit Aurea.

— À votre mari, lui répondit le corbeau.

Ils arrivèrent au-dessus de pâtures qui s'étendaient à perte de vue. De gigantesques troupeaux broutaient l'herbe grasse.

— Qui possède tout ce bétail ? s'enquit Aurea.

— Votre mari, répondit le corbeau.

Une forêt qui paraissait sans fin succéda aux pâturages.

— À qui appartient cette forêt ? s'enquit Aurea.

— À votre mari, croassa le corbeau.

Extrait du *Prince Corbeau*

Lorsque Anna se rendit à Ravenhill Abbey, le lendemain matin, elle était épuisée par sa nuit d'insomnie. Elle s'arrêta un moment pour admirer les campanules qui avaient éclos sous les arbres, en bordure du chemin. D'ordinaire, la vue de toute fleur allégeait son humeur, mais pas aujourd'hui. Elle se remit en marche, et s'arrêta net au détour du virage.

Chaussé de ses habituelles cuissardes crottées, lord Swartingham avançait à longues foulées rapides. Il sortait des écuries et ne l'avait manifestement pas vue.

— LE CHIEN ! hurla-t-il.

Pour la première fois de la journée, Anna sourit. De toute évidence, le comte cherchait son chien.

Elle l'interpella :

— Voyons, milord, pourquoi voulez-vous qu'il réponde à ce genre d'appel ?

En entendant sa voix, lord Swartingham fit volte-face.

— Il me semble vous avoir confié la tâche de donner un nom à ce bâtard, madame Wren !

Anna ouvrit de grands yeux.

— Je vous ai déjà fait plusieurs propositions, milord.

— Et toutes étaient à exclure, vous le savez très bien.

Il eut un sourire diabolique.

— Je vous ai accordé suffisamment de temps, je trouve. Je veux un nom sur-le-champ.

Qu'il essaie si ouvertement de la prendre en défaut amusa Anna.

— Berlingot ?

— Trop juvénile.

— Tibère ?

— Trop impérial.

— Othello ?

— Trop meurtrier.

Lord Swartingham croisa les bras.

— Allez, allez, madame Wren. Une femme aussi intelligente que vous peut faire mieux que cela !

— Que diriez-vous de Jock ?

— Non.

— Et pourquoi pas ? rétorqua-t-elle avec impertinence. Personnellement, j'aime beaucoup Jock.

— Mmm… Jock, répéta le comte en réfléchissant.

— Je parie que le chien viendra si je l'appelle par ce nom.

— Ah, oui ? fit-il en la considérant de cet air supérieur qu'arborent tous les hommes lorsqu'ils ont affaire à ces stupides créatures que sont les femmes. Essayez donc, je vous en prie.

— Fort bien. Et s'il vient, vous devrez me faire les honneurs des jardins de Ravenhill.

— Et s'il ne vient pas ?

— Je ne sais pas. À vous de décider.

Il plissa les lèvres et contempla le sol, songeur.

— Il est de tradition lors d'un pari entre un homme et une femme, que la dame accorde une faveur au gentil-homme.

Anna retenait sa respiration. Les yeux du comte vinrent se river aux siens.

— Un baiser, peut-être, proposa-t-il.

Seigneur… Elle s'était montrée bien imprudente et trop impulsive. Mais il n'était pas question de reculer.

Elle relâcha son souffle et carra les épaules.

— Parfait, milord.

Il agita une main désinvolte.

— À vous de jouer, madame Wren.

Anna s'éclaircit la voix, puis appela :

— Jock !

Pas de chien à l'horizon.

— *Jock !*

Un sourire sarcastique se dessina sur les lèvres du comte. Anna inspira à fond et hurla de manière fort peu féminine :

— JOCK !

Tous deux tendirent l'oreille. Rien ne se passa.

Le comte se tourna lentement vers Anna, les gravillons crissant sous ses bottes dans le silence soudain. Il ne se tenait qu'à un petit mètre d'elle. Il fit un pas, son regard de braise fixé sur son visage. Elle sentit son sang s'échauffer, s'humecta les lèvres. Il les regarda avec convoitise, les narines frémissantes, et fit un autre pas. Comme dans un rêve, Anna le vit tendre les bras, ses mains se posèrent sur ses épaules, ses doigts puissants en enserrèrent l'arrondi. À travers sa cape et sa robe, elle en perçut l'autoritaire pression. Elle frémit lorsqu'il se pencha vers elle.

Son souffle lui caressa les lèvres. Elle ferma les yeux.

Et entendit débouler le chien.

Elle rouvrit brusquement les yeux. Lord Swartingham semblait pétrifié. Ils demeurèrent face à face le temps de plusieurs battements de cœur, puis il tourna lentement la tête en direction du chien, qui gueule ouverte, langue pendante, paraissait sourire.

— Merde, grommela le comte.

Bien dit ! approuva Anna en silence.

Edward la lâcha abruptement, s'écarta d'elle, puis lui tourna le dos. Il se passa les mains dans les cheveux, fit jouer ses épaules. Anna l'entendit prendre une profonde inspiration, mais lorsqu'il parla, ce fut d'une voix quelque peu rauque.

— Vous avez gagné le pari, madame Wren, semble-t-il.

— Oui, milord, répondit-elle en s'efforçant d'adopter un ton nonchalant, comme si elle avait l'habitude de se faire embrasser par des messieurs dans des allées.

Comme si elle n'avait aucun mal à reprendre son souffle. Comme si elle ne maudissait pas le chien d'avoir répondu à son appel.

— Je me ferai un plaisir de vous montrer les jardins, madame Wren. Après le déjeuner. Peut-être pourriez-vous travailler dans la bibliothèque jusque-là ?

— Vous n'allez pas y travailler aussi, milord ?

Elle dut lutter pour ne pas laisser voir sa déception. Heureusement, le comte ne la regardait pas.

— Je dois régler un certain nombre de problèmes sur le domaine.

— Oh, bien sûr.

Il se décida enfin à poser les yeux sur elle. Ils étaient encore lourds de sensualité et il lui sembla qu'il jetait un regard à ses seins.

— Je vous verrai à l'heure du déjeuner, conclut-il.

Entendu.

Il claqua des doigts et s'éloigna en compagnie du chien. Anna crut l'entendre grommeler « Triple idiot ».

« Dieu du Ciel, mais où avais-je la tête ? » se répétait Edward en regagnant le manoir.

Il avait délibérément manipulé Mme Wren, l'avait mise dans une position intenable, poussée dans ses retranchements. Elle n'avait eu aucune échappatoire. N'avait pu repousser ses sordides avances. Comme si une femme aussi délicate souhaitait qu'un homme au visage grêlé l'embrasse ! Mais il avait oublié ses cicatrices à la seconde où il avait posé les mains sur elle. Il n'avait plus pensé à rien. Il avait réagi de manière purement instinctive, poussé par l'envie irrépressible de s'emparer de cette bouche pulpeuse. Son sexe avait durci à en faire éclater sa culotte ! Et lorsque ce maudit chien avait surgi, il avait bien failli ne pas lâcher Mme Wren. Il avait été ensuite obligé de tourner le dos pour qu'elle ne remarque pas l'outrageante protubérance au niveau de son entrejambe.

— Où diable étais-tu passé, Jock ? marmonna-t-il. Il faudra apprendre à être synchrone, mon vieux, si tu veux continuer à te goberger dans les cuisines de Ravenhill.

Ravi que son maître discute avec lui, le mastiff lui adressa son sourire de chien. Son oreille droite était retournée. Distraitement, Edward la remit en place.

— Que tu arrives une minute plus tard aurait été parfait.

Edward soupira. Il ne pouvait se laisser gagner de la sorte par l'excitation dès qu'il approchait Mme Wren. Il appréciait énormément cette femme, c'était indéniable. Elle était spirituelle, n'était pas perturbée par son mauvais caractère, lui posait des questions sensées sur ses recherches en matière d'agriculture. Elle arpentait les champs avec lui, sans se plaindre, insoucieuse de la boue. Elle semblait même apprécier leurs expéditions sur le domaine. Et parfois, lorsqu'elle le regardait d'un air concentré en inclinant la tête de côté, il sentait son cœur s'emballer.

Se renfrognant, il flanqua un coup de pied dans une motte de terre.

Imposer à Mme Wren ses avances brutales était déloyal et déshonorant pour elle. Il ne devrait pas avoir à combattre des pensées lubriques sur la douceur de ses seins, la couleur de leurs pointes – rose tendre ou plus sombres ? Ni à se demander si elles se dresseraient à l'instant où il les caresserait du pouce ou attendraient timidement qu'il y mette la langue.

Bon sang ! Voilà que son sexe recommençait à durcir. S'il n'avait pas été autant contrarié, il aurait ri. Jamais depuis que sa voix avait mué, il n'avait eu autant de mal à maîtriser son corps.

Il donna un autre coup de pied dans la terre, puis s'arrêta et, mains sur les hanches, leva les yeux au ciel. Puis il fit rouler ses épaules pour en chasser la tension. Peine perdue. Ce qu'il lui fallait, c'était une nuit ou deux à La Grotte d'Aphrodite. Ensuite, peut-être serait-il capable de rester de glace en présence de sa secrétaire et de garder à distance les fantasmes érotiques qu'elle suscitait involontairement.

Il écrasa du bout de sa botte l'amas de terre qu'il venait de soulever et reprit le chemin des écuries. Il commençait à envisager le déplacement à Londres comme une corvée. La perspective d'ébats avec une demi-mondaine ne le séduisait pas plus que cela. Il brûlait de faire l'amour, oui, mais avec une femme qu'il ne pourrait jamais mettre dans son lit.

Plus tard cet après-midi-là, Anna lisait *Le Prince Corbeau* quand on frappa à la porte. Elle n'en était qu'à la troisième page, à la description d'une bataille magique entre un prince malfaisant et un énorme corbeau. Ce petit conte de fées était étrange mais captivant, au point qu'elle ne se rendit pas tout de suite compte qu'on cognait à la porte principale du manoir. Jamais personne n'entrait par là. La plupart des visiteurs étaient introduits par la porte de service.

Elle glissa le livre dans le tiroir de son bureau et s'empara d'une plume tout en écoutant les pas rapides dans le vestibule. Probablement ceux du valet, qui allait ouvrir.

Il y eut ensuite un murmure de voix, dont une féminine, puis le staccato léger de talons fins s'approchant de la bibliothèque. Une femme arrivait.

Le valet ouvrit la porte, et Felicity Clearwater pénétra dans la pièce.

Anna se leva et la salua.

— Ne bougez pas, madame Wren ! Je ne veux pas vous déranger, lança Felicity en agitant autoritairement sa main gantée. Je suis juste venue inviter lord Swartingham à ma soirée de printemps.

Tout en parlant, elle passa le doigt sur l'un des barreaux de métal de l'échelle et fronça le nez à la vue de la poussière qu'il recueillit.

— Il n'est pas là pour le moment, dit Anna.

— Non ? Dans ce cas, je vais vous confier le carton d'invitation.

S'approchant du bureau, Félicity sortit de sa poche une enveloppe lourdement ornée de gravures en relief.

— Vous lui remettrez…

Elle s'interrompit, fixant Anna, qui se sentit mal à l'aise. Était-elle décoiffée ? Avait-elle une tache d'encre sur le visage ? Un bout de salade coincé entre les dents ? Félicity paraissait s'être transformée en statue.

L'enveloppe dans sa main trembla légèrement, puis tomba sur le bureau. Elle détourna les yeux, et ce fut tout.

Anna cilla. Peut-être avait-elle rêvé.

— Veillez à ce que lord Swartingham ait mon invitation, madame Wren. Je suis certaine qu'il ne voudrait pour rien au monde manquer l'événement mondain le plus important du comté.

Elle gratifia Anna d'un sourire crispé, puis tourna les talons et s'en alla.

Machinalement, Anna posa la main sur sa gorge et sentit du métal froid contre sa paume. Elle tressaillit, puis se rappela qu'elle avait voulu égayer un peu son châle, ce matin. Elle avait donc fouillé dans son petit coffret à bijoux, mais n'avait trouvé qu'une épingle, qui s'était révélée trop grosse. Elle s'était alors souvenue du médaillon trouvé dans l'écritoire de Peter. Bien décidée à ne pas laisser à un simple bijou le pouvoir de la faire souffrir, elle l'avait utilisé pour fermer son châle.

Elle le toucha de nouveau, et regretta d'avoir cédé à son impulsion.

Que le diable emporte cette maudite petite veuve !

Felicity enrageait. Assise dans sa voiture, elle regardait le paysage sans le voir, toute à sa colère. Elle n'avait tout de même pas passé onze années à se faire besogner par un vieux libidineux assez âgé pour être son grand-père pour que tout s'effondre maintenant !

On aurait pu croire que le désir d'enfants de Reginald Clearwater avait été satisfait par les quatre fils, aujourd'hui adultes, que lui avaient donnés ses deux premières femmes, en sus de ses six filles. D'autant que son épouse précédente était morte en donnant le jour au dernier héritier mâle. Mais non. Reginald était obsédé par sa virilité et son besoin d'accroître sa descendance. Parfois, lors de ses visites conjugales bi-hebdomadaires, Felicity se demandait pourquoi elle se sacrifiait ainsi. L'homme avait beau avoir copulé sans répit avec trois épouses, il demeurait un lamentable amant.

Cela dit, si l'on exceptait ces affreuses obligations, elle adorait être mariée à un châtelain. Clearwater House était la plus grande demeure du comté, après Ravenhill Abbey, bien sûr. En tant que Mme Clearwater, elle bénéficiait d'une généreuse dotation pour ses toilettes, possédait sa propre voiture et attendait avec impatience chacun de ses anniversaires qui lui valaient un bijou de grand prix. Dès qu'elle apparaissait les commerçants locaux lui faisaient quasiment une génuflexion. L'un dans l'autre, son existence n'était pas si pénible que cela.

Constat qui la ramena à la question d'Anna Wren.

Elle se toucha les cheveux, vérifiant qu'aucune mèche ne s'était échappée de sa coiffure, et se demanda depuis quand Anna savait. Car elle savait, c'était évident. Ce médaillon ne se trouvait pas sur son châle par hasard. Elle interprétait cela comme un acte de défi de la veuve, après toutes ces années.

La lettre qu'elle avait écrite à Peter à la suite d'ébats torrides était vraiment très, très compromettante. Elle l'avait pliée, glissée dans le médaillon qu'il lui avait offert, puis le lui avait rendu, persuadée que jamais il ne conserverait ni le bijou ni cette scandaleuse missive. Mais il était mort peu après, et Felicity, sur des charbons ardents, avait attendu que sa femme vienne la trouver, preuve en main. Au cours des deux années qui avaient suivi la disparition de Peter, il ne s'était rien passé, et elle avait commencé à croire qu'il avait soit vendu le médaillon après avoir détruit la lettre, soit l'avait caché quelque part, la lettre à l'intérieur.

Ah, les hommes !

Elle tapota nerveusement sur la vitre du bout des doigts. Selon elle Anna n'arborait ce médaillon que pour deux raisons : soit elle voulait se venger, soit elle comptait la faire chanter.

Elle passa la langue sur ses lèvres soudain desséchées par l'angoisse, puis sur ses dents. Bien lisses, mais aussi bien tranchantes. Si la petite Anna Wren s'imaginait pouvoir effrayer Felicity Clearwater, elle ne tarderait pas à le regretter.

— Il me semble que je vous dois un gage, madame Wren, déclara Edward en entrant dans la bibliothèque, plus tard dans l'après-midi.

Le soleil accrochait quelques fils d'argent dans ses cheveux sombres. Ses bottes étaient crottées, comme d'habitude.

— Je commençais à croire que vous aviez oublié, milord, répondit Anna en posant sa plume.

Il haussa un sourcil arrogant.

— Mettriez-vous mon sens de l'honneur en doute?

— Si tel était le cas, me défieriez-vous en duel?

— Non, parce que vous seriez probablement vainqueur. Je ne suis pas un très bon tireur, et je manque d'entraînement à l'épée.

— Alors, il serait peut-être sage que vous fassiez montre de prudence quand vous vous adressez à moi.

Edward eut un sourire en coin.

— Venez-vous avec moi visiter les jardins, ou préférez-vous poursuivre cette joute verbale?

— Je ne vois pas pourquoi nous ne pourrions pas faire les deux, repartit Anna en se levant.

Elle drapa sa pèlerine sur ses épaules et prit le bras qu'Edward lui offrait. Ils sortirent de la bibliothèque, Jock fermant la marche.

Le comte amena Anna au-delà des écuries, là où le sol pavé laissait place à un gazon ras. Ils longèrent un potager enclos d'une haie, mitoyen de l'entrée des domestiques. Quelqu'un avait déjà planté des poireaux. De délicates pointes vertes en ligne bien nette sortaient de la terre. Derrière le potager, une pelouse en pente douce aboutissait à un autre jardin, cerné de murs celui-là.

Ils empruntèrent l'allée qui la traversait jusqu'à une porte à demi cachée par la vigne vierge.

Edward tourna la poignée de métal rouillé et poussa. La porte s'entrouvrit en grinçant, puis se bloqua. Il jura entre ses dents et glissa un regard à Anna. D'un sourire, elle l'encouragea à persévérer. Il prit alors la poignée à deux mains et força. Le battant résista quelques secondes avant de céder. Jock se rua dans l'ouverture. Edward s'effaça et, d'un geste la main, invita Anna à entrer.

Une jungle. Le jardin n'était qu'une jungle! Des allées empierrées, à peine visibles sous des débris de diverses origines, se rejoignaient au centre, formant une croix. Le jardin était donc divisé en quatre petits rectangles. Dans le mur du fond, une autre porte apparaissait sous le squelette d'une plante grimpante. Cette porte donnait peut-être sur un autre jardin, et ainsi de suite.

— Ma grand-mère avait dessiné les plans, choisi les espèces pour les plates-bandes, et ma mère les a suivis et développés.

— Ce devait être magnifique, commenta Anna en avançant prudemment.

Par endroits, le dallage de l'allée se soulevait à cause des racines. Un arbre imposant se dressait dans un angle : un poirier? Difficile à déterminer, vu son piteux état.

— Il ne reste plus grand-chose du travail de ma mère ; observa le comte. Je me demande s'il ne serait pas plus simple d'abattre les murs et de raser tout cela afin de repartir de zéro.

— Oh, non, milord, vous ne pouvez pas faire cela! protesta Anna, outrée.

— Et pourquoi pas?

— Parce qu'il y a tellement d'espèces qui méritent d'être sauvées!

Edward balaya le jardin d'un regard sceptique.

— Je ne vois rien qui vaille la peine de...

— Les arbres en espaliers le long des murs, coupa Anna en pointant l'index.

Elle se dirigea vers le mur, trébucha sur une grosse pierre, reprit son équilibre et trébucha une deuxième fois. Des bras solides la rattrapèrent, la soulevèrent. En quelques enjambées, Edward fut près du mur. Il la déposa sur le sol.

— C'est cela que vous vouliez voir?

— Oui, murmura Anna, le souffle court, en lui lançant un coup d'œil de biais.

Il fixait l'arbre en espalier d'un regard sombre.

— Je crois que c'est un pommier, reprit-elle. Ou un poirier. Il y en a le long de tous les murs, mais celui-là est en bourgeons.

Edward examina les branches de plus près.

— Tout ce dont il a besoin, c'est d'une bonne taille, poursuivit Anna. Il donnerait des fruits, et vous pourriez faire du cidre.

— Je n'ai jamais beaucoup aimé le cidre.

— Dans ce cas, la cuisinière pourrait en faire de la gelée.

Face à la mine dubitative d'Edward, Anna s'apprêtait à défendre les mérites de la gelée de pommes quand son attention fut détournée par une fleur qui luttait pour se faire une place au soleil parmi les herbes folles.

— Serait-ce une violette ? s'interrogea-t-elle à voix haute. Peut-être une pervenche.

Elle se pencha en avant.

— À moins que ce ne soit du myosotis, bien qu'en principe il pousse en groupe. Non, attendez, je suis sotte. Regardez les feuilles.

Le comte était très, très près d'elle.

— Il s'agit plutôt d'une variété de jacinthe, conclut Anna en se redressant.

— Ah bon ?

La voix d'Edward sonnait étrangement. Rauque, enrouée. Anna cilla.

— Oui, acquiesça-t-elle. Et s'il y en a une, il y en a forcément d'autres.

— D'autres quoi ?

Elle étrécit les yeux.

— Vous n'avez pas écouté un seul mot, n'est-ce pas ?

— Non, répondit-il honnêtement.

Il la fixait si intensément que son souffle s'accéléra, en même temps que les battements de son cœur. Elle avait chaud au visage, et le soleil n'y était pour rien. La brise malicieuse plaqua une mèche folle sur sa bouche, mais elle était incapable de la chasser. Lentement, Edward leva la main et l'écarta. Ses doigts calleux lui frôlèrent les lèvres et elle ferma les yeux. Avec précaution, il coinça la mèche indisciplinée dans son chignon. Elle sentit sa main s'attarder à hauteur de sa tempe, son souffle lui caresser le visage.

« Oh, s'il vous plaît », le supplia-t-elle en silence.

Puis il laissa retomber sa main.

Anna rouvrit les paupières. Les prunelles couleur d'obsidienne la scrutaient. Elle leva la main à son tour – pour protester ou lui caresser le visage, elle n'aurait su le dire. De toute façon, cela n'avait plus d'importance. Le comte s'était déjà détourné et éloigné de quelques pas. Sans doute n'avait-il même pas remarqué son geste.

— Je vous demande pardon, fit-il en ne lui offrant que son profil.

— Pourquoi ? demanda-t-elle en s'efforçant de sourire. Je…

— Je pars à Londres demain, madame Wren, pour régler certaines affaires qui ne peuvent attendre. Vous pouvez continuer à admirer le jardin, si vous le souhaitez, mais quant à moi, je dois retourner à mes dossiers.

Sur ce, il s'éloigna à grands pas dans l'allée aux dalles disjointes.

Anna soupira, puis parcourut du regard le jardin à l'abandon. Tant de possibilités existaient. Quelques plants à mettre en terre ici, élaguer les arbres là, arracher le chiendent des plates-bandes, bêcher pour donner de l'air aux espèces qui avaient résisté… Un jardin n'était jamais vraiment mort. Juste endormi. Avec un peu de soin et d'amour…

Un voile humide obscurcit tout à coup sa vision. Elle s'essuya vivement les yeux, agacée. Elle avait oublié son mouchoir sur son bureau et n'avait rien pour tamponner les larmes qui ruisselaient à présent sur ses joues.

Elle se servit de sa manche pour les sécher. Quelle sorte de dame était-elle pour n'avoir pas de mouchoir sur elle ? Une pauvre femme pathétique, de toute évidence, qu'un gentilhomme ne pouvait se résoudre à embrasser.

Rageusement, elle se frotta le visage, mais les larmes continuèrent de couler. Quel menteur! Du travail à Londres? Elle savait parfaitement où lord Swarthin-gam comptait se rendre.

Dans cette ignoble maison de passe!

Sa respiration se brisa sur un sanglot. Le comte allait coucher avec une autre femme.

8

Le corbeau vola encore un jour et une nuit, et tout ce qu'Aurea voyait lui appartenait. Tant de possessions, une telle puissance dépassaient sa capacité d'entendement, car son père ne régnait que sur une petite portion de terres et une poignée de gens, en comparaison de cet oiseau. Enfin, le quatrième soir, un château apparut. Gigantesque, tout de marbre blanc et d'or. Le reflet du soleil sur ses murs était aveuglant.

— À qui appartient ce château ? souffla Aurea, en proie à une crainte sans nom.

L'oiseau tourna la tête pour la regarder.

— À votre mari ! crossa-t-il...

Extrait du *Prince Corbeau*

Ce soir-là, Anna rentra à pied chez elle. Après avoir passé un long moment dans le jardin à l'abandon, elle était retournée travailler dans la bibliothèque. En fin d'après-midi, alors qu'elle réunissait ses affaires, un valet lui avait apporté un message du comte. Quelques lignes expliquant qu'il partirait à l'aube pour Londres et ne la verrait donc pas avant son départ, ce dont il s'excusait.

Anna refusa la voiture. Sa façon à elle de se rebeller, de manifester son mécontentement, mais aussi par besoin de se ménager du temps pour réfléchir et se ressaisir. Il n'était pas question qu'elle arrive au cottage les yeux rouges et la mine triste. Mère Wren l'aurait interrogée jusqu'à plus soif et cette perspective lui était insupportable.

Elle venait de s'engager dans sa rue quand elle se figea.

Un attelage noir et rouge orné de dorures était arrêté devant chez elle. Le cocher et les deux valets de pied portaient des livrées assorties à la voiture, noires avec passepoils rouges et galons dorés. Une bande de gamins tournait autour d'eux, leur posant des questions. Ce qu'Anna comprenait. On aurait dit que quelque altesse royale était venue rendre visite aux dames Wren.

Dans le cottage, elle découvrit mère Wren et Pearl qui prenaient le thé dans le salon en compagnie d'une inconnue. Âgée d'une vingtaine d'années, elle portait une perruque poudrée d'un blanc de neige étonnamment sobre qui mettait ses yeux verts en valeur… Elle était vêtue d'une robe noire, couleur d'ordinaire réservée au deuil. Sauf qu'Anna n'avait jamais vu de robe de deuil qui ressemble à celle-là. Taillée dans une étoffe brillante, les pans de la sur-jupe étaient relevés, révélant les broderies écarlates du jupon. Le motif se répétait sur l'encolure carrée et les manches trois-quarts s'achevaient sur un triple volant de dentelle. Cette femme semblait aussi déplacée dans leur modeste salon qu'un paon dans une basse-cour.

Mère Wren leva vivement les yeux comme sa belle-fille pénétrait dans la pièce.

— Anna, voici Coral Smythe, la jeune sœur de Pearl. Nous prenions le thé. Mademoiselle Smythe, enchaîna-t-elle, je vous présente ma belle-fille, Anna Wren.

— Comment allez-vous, madame Wren ? fit Coral d'une voix de gorge surprenante chez une femme aussi jeune.

— Ravie de faire votre connaissance, dit Anna sans conviction en acceptant une tasse de thé.

— Nous allons devoir partir bientôt si nous voulons être à Londres avant le crépuscule, Coral, intervint Pearl.

— Te sens-tu assez bien pour entreprendre ce voyage ?

Coral affichait une expression impassible, mais elle observait sa sœur avec attention.

— Mais vous allez passer la nuit chez nous, mademoiselle Smythe ! lança mère Wren. Ainsi, Pearl sera bien reposée.

— Je ne voudrais pas vous déranger, madame Wren.

— Vous ne me dérangerez pas. En outre, il fait presque nuit, et je crains que ce ne soit pas très prudent pour deux jeunes dames de voyager après le crépuscule, dit mère Wren.

— Merci, fit Coral en inclinant brièvement la tête.

Le cérémonial du thé achevé, Anna conduisit Coral dans sa chambre, qui était celle de Pearl, afin qu'elle se rafraîchisse. Après lui avoir apporté des serviettes et un broc d'eau, elle tournait les talons quand Coral l'interpella :

— Madame Wren, attendez. Je voudrais vous remercier.

Son regard vert était indéchiffrable, et son expression ne reflétait certes pas la chaleur des paroles.

— C'est si peu de chose, mademoiselle Smythe. Nous ne pouvions décemment pas vous envoyer à l'auberge.

— Bien sûr que si, répliqua Coral avec un sourire sardonique. Mais mes remerciements ne concernent pas ce gîte que vous m'offrez. Ils sont pour Pearl. Vous l'avez aidée. Elle m'a dit combien elle a été malade. Si vous ne l'aviez pas secourue et amenée chez vous, elle serait morte.

Anna haussa les épaules, embarrassée.

— Si ça n'avait pas été moi, ç'aurait été quelqu'un d'autre et…

— … et on l'aurait laissée dans le fossé. Ne me dites pas que d'autres auraient tendu la main à ma sœur, madame Wren. Parce que c'est faux.

Anna ne sut que répliquer. Elle aurait aimé trouver quelque argument à opposer au cynisme de Coral, à sa triste opinion de l'humanité, mais elle savait que la jeune femme disait vrai.

— Quand nous étions plus jeunes, madame Wren, ma sœur s'est battue pour que j'aie toujours de quoi manger. Nous nous sommes retrouvées orphelines quand Pearl avait à peine quinze ans. Peu après, elle a perdu son emploi de domestique dans une bonne maison. Elle aurait pu choisir de me placer dans un orphelinat. Sans moi, elle aurait trouvé un autre travail respectable, peut-être même aurait-elle pu se marier et fonder une famille.

Une pause puis, les mâchoires crispées :

— Au lieu de cela, elle s'est prostituée.

Anna déglutit avec peine. Elle avait du mal à imaginer une vie aussi sinistre, une si totale absence de choix.

— Maintenant que je suis en mesure de le faire, j'ai tenté de la convaincre de me permettre de m'occuper d'elle. Mais vous n'avez certainement pas envie d'entendre notre histoire en détail. Alors je me contenterai de dire que Pearl est l'être que j'aime le plus au monde.

Anna garda le silence.

— S'il y a quoi que ce soit que je puisse faire pour vous, madame Wren, reprit Coral en plongeant son regard dans le sien, il vous suffit de le dire.

— Vos remerciements me suffisent, mademoiselle Smythe. J'ai été heureuse d'aider votre sœur.

— Vous ne prenez pas mon offre au sérieux, je le vois bien. Mais gardez-la à l'esprit. Tout ce qu'il est en mon pouvoir de faire pour vous, madame Wren, je le ferai.

Anna hocha la tête, puis se dirigea vers la porte. Au moment de franchir le seuil, elle se ravisa et, cédant à une impulsion, elle demanda en hâte avant de le regretter :

— Avez-vous entendu parler d'un établissement appelé La Grotte d'Aphrodite ?

Le visage fermé, Coral répondit :

— Oui. Et j'en connais la propriétaire, Aphrodite elle-même. Si c'est là votre souhait, je peux vous offrir une nuit ou une semaine à La Grotte d'Aphrodite.

Anna en demeura bouche bée. Coral s'approcha d'elle.

— Je peux vous offrir une nuit avec un vrai mâle – un professionnel –, ou un collégien puceau.

Une flamme s'alluma dans les prunelles vertes.

— Avec des voyous des rues, ou des libertins renommés, continua Coral. Un homme en particulier ou dix inconnus. Des Noirs, des roux, des Asiatiques, des hommes dont vous n'avez rêvé qu'au cœur de la nuit, seule entre vos draps. Ce dont vous avez envie, ce que vous désirez, ce qui vous manque, demandez-le-moi et vous l'aurez.

Anna fixait Coral telle une souris hypnotisée par un serpent.

Elle s'apprêtait à répliquer que, grands dieux, non, pareils fantasmes ne lui avaient jamais traversé l'esprit, lorsque Coral ajouta :

— Réfléchissez-y, madame Wren. Et donnez-moi votre réponse demain matin. Maintenant, si vous n'y voyez pas d'inconvénient, j'aimerais être seule.

Hébétée, Anna se retrouva dans le couloir, devant sa propre porte fermée. Seigneur… le diable pouvait-il prendre l'apparence d'une femme ?

Elle descendit l'escalier, la séduisante et choquante proposition de Coral lui trottant dans l'esprit. Elle s'efforça de l'oublier et s'aperçut, horrifiée, qu'elle n'y parvenait pas. Pis, plus elle y songeait, plus cette offre lui semblait recevable, et plus elle était tentée.

Durant la nuit, elle changea d'avis cent fois. Elle disait non à Coral, puis oui, puis non, et ainsi de suite. Son sommeil était intermittent. Quand elle dormait, elle continuait à débattre avec elle-même, et lorsqu'elle se réveillait, elle continuait à s'interroger. L'aube approchant, elle renonça à trouver le sommeil normal. Les mains jointes sous le menton comme une petite fille, elle pria Dieu de l'aider à ne pas céder à la diabolique proposition de Coral. Une femme vertueuse n'aurait eu aucune difficulté à y résister. Jamais elle n'aurait songé à se glisser furtivement dans un lieu de perdition pour séduire un homme qui lui avait clairement fait comprendre qu'elle ne l'intéressait pas.

Il faisait grand jour. Anna se leva, se lava rapidement, puis s'habilla et s'échappa sans bruit pour ne pas réveiller sa belle-mère dans la chambre de laquelle elle dormait.

Elle sortit dans le jardin. À la différence de celui du comte, il était petit et bien net.

Regarder ses fleurs l'apaisa, une paix de courte durée, car elle se rappela tout à coup que le comte partait pour Londres le matin même. Elle s'évertuait à chasser cette pensée de son esprit quand des pas la firent se retourner.

— Avez-vous pris votre décision, madame Wren ? s'enquit Coral Smythe en souriant.

Anna ouvrit la bouche, déterminée à décliner l'offre de la jeune femme, et s'entendit répondre :

— J'accepte votre proposition.

Le sourire de Coral s'élargit.

— Parfait. Vous pouvez nous accompagner à Londres, Pearl et moi.

Elle s'interrompit, le temps d'un gloussement, puis conclut :

— Cela risque de se révéler intéressant.

Là-dessus, elle pivota sur ses talons et rentra dans la maison sans laisser à Anna le temps de répliquer.

— Du calme, murmura Edward au cheval bai.

Il lui maintint la tête, attendant patiemment qu'il cesse de renâcler et de mâchouiller le mors. L'étalon se rebellait souvent le matin, et plus encore aujourd'hui, car il était fort tôt.

— Doucement, vieux grigou.

Pour la première fois, il se rendit compte que son cheval n'avait pas de nom. Depuis combien de temps le possédait-il? Une douzaine d'années, et jamais il ne s'était soucié de lui donner un nom. Si elle l'apprenait, Anna Wren le réprimanderait vertement.

Il grimpa en selle en songeant que s'il partait à Londres à cheval, c'était pour expulser cette femme de ses pensées. Galoper pendant des lieues lui viderait l'esprit, et la fatigue débarrasserait son corps de la tension qui l'habitait depuis l'entrée en fonction de sa nouvelle secrétaire. Ses bagages et son valet le suivraient dans la voiture.

Comme pour contrarier ses plans, Jock déboula dès que le bai eut franchi le portail des écuries. Il était manifestement allé se rouler dans la boue et Dieu savait quoi d'autre, car il empestait.

Edward tira sur les rênes, puis poussa un lourd soupir. Il partait rendre visite à sa fiancée et sa famille, et comptait bien achever les négociations du mariage. Un énorme et malodorant bâtard ne l'aiderait pas à plaider sa cause auprès des Gerard.

— Couché, Jock! ordonna-t-il.

Le chien s'assit et posa sur son maître ses grands yeux couleur café, la queue balayant le pavé.

— Désolé, mon vieux, mais il faut que tu restes ici.

Edward se pencha pour caresser le chien entre les oreilles.

Ce dernier inclina la tête de côté. Une bouffée de mélancolie submergea Edward. Pas plus qu'Anna Wren, ce chien n'avait de place dans sa vie, songea-t-il.

— Veille sur elle à ma place, Jock.

Vœu pieux. Jock était un piteux gardien. Et, de toute façon, Anna Wren n'était pas sous sa protection.

Tristement, Edward éperonna son cheval, qui partit au trot.

Après réflexion, Anna décida de dire à mère Wren qu'elle profitait de la voiture de Coral pour aller s'acheter du tissu à Londres afin de se coudre de nouvelles robes.

— Je suis tellement heureuse que nous puissions enfin payer du tissu, mon petit, mais êtes-vous sûre que ce soit convenable de partir avec ces dames?

Les joues légèrement empourprées, elle se pencha vers Anna et murmura:

— Elles sont charmantes, c'est certain, mais tout de même, ce sont des... courtisanes.

Anna baissa les yeux.

— Coral est très reconnaissante de ce que nous avons fait pour Pearl. Elles sont très proches...

— Oui, mais...

— ... et Coral, en remerciement, m'a offert de me conduire à Londres dans sa voiture et de me faire ramener lorsque j'aurai terminé mes achats.

Mère Wren doutait visiblement que l'idée soit judicieuse.

— C'est très généreux de sa part, poursuivit Anna. Non seulement nous économiserons le coût de la diligence, mais je voyagerai dans des conditions bien meilleures. En outre, avec l'argent ainsi épargné, je pourrai acheter davantage de tissu.

Sentant sa belle-mère hésiter, Anna porta le coup de grâce.

— Vous n'aimeriez pas avoir une nouvelle robe?

— Cela ne me déplairait pas, je l'avoue. Mais je m'inquiète surtout pour vous, mon petit. Si cet arrangement vous convient, alors soit.

Anna courut à l'étage terminer ses bagages. Lorsqu'elle redescendit, les chevaux piaffaient. Elle dit au revoir en hâte à sa belle-mère et à Fanny, puis monta dans la voiture où l'attendaient les sœurs Smythe. Elle s'assit et agita la main par la fenêtre, ce qui parut amuser Coral.

Elle s'apprêtait à s'adosser à son siège quand elle aperçut Felicity Clearwater au bout de la rue. La voi-

114

ture passa devant elle. Le regard d'Anna croisa celui de la châtelaine. Mal à l'aise, elle se rencogna dans l'angle de la banquette en se mordillant la lèvre. Puis elle se morigéna : Felicity ne pouvait savoir pourquoi elle allait à Londres ! N'empêche, qu'elle l'ait vue dans cette voiture l'ennuyait.

Installée en face d'elle, Coral arqua un sourcil, à quoi Anna répondit en levant fièrement le menton. Ce qui lui valut un demi-sourire et un hochement de tête.

Sur ordre de Coral, le cocher fit un détour par Ravenhill Abbey afin qu'Anna puisse prévenir Hopple de son absence de quelques jours. La voiture l'attendit au bout de l'allée, dissimulée par les arbres, mais ce ne fut qu'en la rejoignant qu'Anna s'aperçut que le chien l'avait suivie.

— Rentre à la maison, Jock.

Il s'assit au milieu de l'allée, le regard calme et déterminé.

— Tout de suite, monsieur le chien ! Tu m'entends !

Elle pointa l'index en direction du manoir. Jock tourna la tête, mais ne bougea pas d'un pouce.

— Très bien, fit Anna qui se sentait un peu stupide de se disputer avec un chien. Puisque c'est ainsi, je me contenterai de t'ignorer.

Elle parcourut le reste du chemin la tête haute, bien décidée à ne pas accorder la moindre attention au chien qui lui avait emboîté le pas. Mais lorsqu'elle franchit les imposantes grilles, elle comprit qu'elle avait un sérieux problème.

Le valet l'ayant vue arriver ouvrit la portière et déplia le marchepied. Il y eut des grattements frénétiques sur le sol gravillonné, et Jock, dépassant Anna à la vitesse de l'éclair, bondit dans la voiture.

— Jock ! Ici ! hurla-t-elle.

Un instant, la voiture se mit à osciller furieusement. Puis elle se stabilisa. Le valet jeta un coup d'œil à l'intérieur, et Anna l'imita.

Jock était assis sur l'une des banquettes tendues de velours. Face à lui, Pearl arborait une expression terrifiée tandis que Coral affichait son habituelle impassibilité. Quoiqu'une ombre de sourire se fût dessinée sur ses lèvres.

Anna avait oublié combien Jock pouvait être impressionnant.

— Je suis désolée! s'excusa-t-elle. Il est tout à fait inoffensif, je vous assure.

Pearl ne parut pas convaincue.

— Ne vous inquiétez pas, je vais le sortir d'ici, assura Anna.

Plus facile à dire qu'à faire, constata-t-elle un instant plus tard. Elle demanda son aide au valet, mais après avoir essuyé un grognement menaçant, celui-ci battit prudemment en retraite. Anna monta donc dans la voiture et entreprit de circonvenir Jock en le caressant. Celui-ci était d'accord pour les caresses, mais pas pour se laisser traîner à l'extérieur par la peau du cou. Bien campé sur son postérieur, il résista à tous les efforts d'Anna. Lorsque, à bout de souffle, elle le lâcha, il se coucha carrément.

Coral s'esclaffa.

— Il semble que votre chien veuille venir avec vous, madame Wren. Laissez-le donc. Un passager supplémentaire ne me dérange pas.

— Oh, mais je ne peux pas…

— Mais si. Allons, asseyez-vous, et protégez-nous, Pearl et moi, de ce monstre.

Une fois qu'il eut compris que sa position était bien établie, qu'on n'allait pas l'expulser, Jock s'étendit de tout son long et ferma les yeux. Pearl le fixa du regard un long moment puis, comprenant qu'il ne bougerait plus, elle ferma les yeux à son tour. Anna se cala contre les coussins moelleux, et se laissa envahir par une douce torpeur.

En fin d'après-midi, Coral demanda au cocher de faire halte dans une auberge pour prendre un en-cas.

Des garçons d'écurie vinrent s'occuper des chevaux tandis que les trois femmes allaient se restaurer.

Elles mangèrent du ragoût de bœuf accompagné de cidre. Anna alla ensuite nourrir Jock, qui attendait dans la voiture. Elle le laissa gambader dans la cour de l'auberge, terrorisant les garçons d'écurie au passage, puis ils reprirent la route.

Le soleil était couché lorsque la voiture s'arrêta devant une élégante maison bourgeoise. D'abord surprise, Anna songea que le luxe de cette demeure n'était que le reflet de celui de l'attelage et de la tenue de Coral. Cette dernière avait dû remarquer que son invitée contemplait la façade, car elle déclara avec un sourire énigmatique :

— Tout ceci est le fait de la grande bonté du marquis.

Son sourire se fit cynique tandis que, après un large geste de la main, elle ajoutait :

— Mon très cher ami.

Anna gravit la volée de marches du perron, et entra à sa suite dans un vestibule plongé dans la pénombre. Leurs pas résonnèrent sur le sol de marbre blanc. Les murs étaient habillés du même marbre et un lustre de cristal pendait du haut plafond ouvragé.

Quoique somptueuse, cette entrée était vide et froide. Et Anna ne put s'empêcher de se demander si elle était à l'image de son occupante ou de son propriétaire.

Se tournant vers Pearl, qui commençait à peine à récupérer après ce long voyage, Coral décida :

— Je veux que tu restes ici avec moi.

— Ton marquis n'appréciera pas que je reste longtemps, tu le sais bien.

— Je me charge du marquis. Il comprendra. De toute façon, il est absent et ne rentrera que dans deux semaines.

Pour la première fois, Anna vit un sourire presque chaleureux sur les lèvres de Coral.

— À présent, laissez-moi vous montrer vos chambres, reprit-elle.

Celle destinée à Anna était ravissante. Petite, décorée dans des tons de bleu foncé et de blanc. Après que Coral et Pearl lui eurent souhaité bonne nuit, elle se prépara à se coucher. Jock s'affala lourdement devant la cheminée, et elle s'approcha de lui pour le caresser en s'efforçant de ne pas songer à ce qui l'attendait le lendemain. Mais lorsqu'elle se mit au lit, toutes les pensées qu'elle avait réussi à tenir à distance affluèrent en force. Était-elle sur le point de commettre un péché mortel ? Après avoir mené son projet à bien, serait-elle capable de se regarder dans une glace ? Saurait-elle combler le comte ?

Consternée, elle se rendit compte que c'était cette dernière interrogation qui l'inquiétait le plus.

Felicity alluma une chandelle, et la posa sur le bureau. Reginald s'était montré particulièrement entreprenant ce soir. Un homme de son âge aurait dû diminuer son activité au lit.

Pfff... Le seul moment où il fonctionnait désormais au ralenti, c'était lors de la phase finale. Elle aurait eu le temps d'écrire une pièce en cinq actes pendant qu'il soufflait, ahanait et transpirait sur elle. Mais elle avait occupé ces interminables minutes à essayer d'imaginer ce qui avait bien pu pousser une veuve de province telle qu'Anna Wren à aller à Londres. À en croire la vieille Mme Wren, qu'elle avait interrogée, sa belle-fille allait acheter du tissu pour confectionner des robes. Une raison plausible, certes, mais il existait d'autres raisons susceptibles d'attirer une femme sans attaches dans la capitale. En fait, il y en avait tellement que Felicity décida que cela valait peut-être la peine de se renseigner.

Elle sortit un feuillet du tiroir du bureau de son mari et ouvrit l'encrier. Puis, la plume à la main, elle réfléchit. Qui, parmi ses connaissances à Londres, serait susceptible d'enquêter sur Anna Wren ? Veronica était par trop curieuse. Timothy, étalon hors pair au lit, avait, hélas, hors du lit le quotient intellectuel dudit animal. Et puis il y avait... Bien sûr!

Avec un sourire de satisfaction, Félicity commença à écrire. Le destinataire de sa lettre n'était pas vraiment honnête, pas vraiment un gentilhomme.

Et pas gentil du tout.

9

Le corbeau survola l'étincelant château de marbre. Des nuées d'oiseaux de toutes espèces jaillirent alors des remparts. Grives, mésanges, moineaux et étourneaux, rouges-gorges et troglodytes. Tous les oiseaux chanteurs que connaissait Aurea, mais également d'autres, dont elle ignorait le nom, vinrent lui souhaiter la bienvenue avec force trilles et harmonieux sifflements. Le corbeau se posa à terre et la présenta à ses loyaux serviteurs. Il était, à l'instar des humains, doué de la parole, mais pas les petits oiseaux chanteurs. Ce soir-là, les oiseaux-domestiques la conduisirent dans une magnifique salle à manger. Une longue table était apprêtée, et chargée de mets d'une rareté et d'une richesse inimaginables. Elle pensait que le corbeau dînerait avec elle, mais il ne se montra pas. Elle prit donc son repas seule. On l'amena ensuite dans une chambre de toute beauté. Une chemise de nuit de soie arachnéenne était étalée sur le lit. Elle la revêtit et se coucha. Elle sombra aussitôt dans un profond sommeil sans rêve...

Extrait du *Prince Corbeau*

Cette maudite perruque le démangeait à s'en arracher la peau du crâne !

Edward posa en équilibre un plat de meringues sur ses genoux, furibond, car il n'osait pas glisser le doigt sous la perruque poudrée pour se gratter. Encore moins l'enlever. Ces fichus accessoires étaient de mise dans la bonne société, et aller rendre visite à sa future belle-famille exigeait qu'il se plie à la tradition, d'autant que les Gerard appartenaient vraiment à la bonne société.

La veille, il avait chevauché toute la journée, et s'était levé très tôt ce matin, comme à son habitude. Il avait donc dû patienter une éternité avant d'aller frapper chez sa promise.

Fichue bonne société et ses stupides règles !

Il devait à présent endurer sa future belle-mère qui pérorait sur la mode en matière de chapeaux. À en juger par sa façon d'opiner à intervalles réguliers, sir Richard, son époux, n'était pas plus intéressé que lui-même par le sujet. Le problème, c'était que manifestement seul un miracle aurait pu faire taire la dame. Un éclair bien placé, par exemple. Et encore…

Sylvia était gracieusement assise en face de lui. Ses yeux étaient aussi grands et ronds que ceux de sa mère. Elle arborait ce teint de pêche si typiquement anglais, et d'épais cheveux blonds. Elle rappelait à Edward sa propre mère.

Il but une gorgée de thé, regrettant que ce ne soit pas du whisky. Sur le guéridon, le rouge écarlate d'un bouquet de pavots se détachait sur le jaune et l'orange des murs. Les Gerard, avec Sylvia en robe indigo, composaient un véritable tableau de maître où chacun semblait avoir pris la pose.

Sauf que les pavots ne fleurissaient pas en mars. Ce bouquet avait dû coûter une fortune, car il fallait quasiment regarder les fleurs à la loupe pour se rendre compte qu'elles étaient de cire et de soie.

Edward posa son assiette et profita de ce que lady Gerard reprenait son souffle pour demander :

— Verriez-vous un inconvénient à me faire visiter vos jardins, mademoiselle Gerard ?

Sa mère lui en donna la permission d'un sourire, puis reprit le fil de son discours.

Sylvia se leva et précéda Edward. Ils franchirent la porte-fenêtre qui donnait sur le petit jardin de ville, et empruntèrent l'allée, les doigts de la jeune fille délicatement posés sur le bras d'Edward. Il avait beau se creuser la tête à la recherche d'un sujet de conversation, son esprit demeurait obstinément vide. On ne discutait pas jachères, drainage, techniques de compostage avec une dame. Le problème, c'était qu'aucun des domaines qui l'intéressaient n'était susceptible de passionner une jeune fille.

Il dirigea le regard vers le sol et vit une petite fleur jaune. Pas une jonquille ni une primevère, non. Une autre espèce. Il se surprit à se demander si Mme Wren en avait dans son jardin.

— Connaissez-vous le nom de cette fleur ? demanda-t-il à Sylvia en la lui indiquant.

Elle se pencha pour examiner la corolle dentelée.

— Non, milord. Voulez-vous que je pose la question au jardinier ?

— Merci, mais ne vous donnez pas cette peine.

Ils étaient arrivés au fond du jardin où se trouvait un banc de pierre. Edward sortit un grand mouchoir de sa poche. Il essuya le banc, puis invita Sylvia à s'y asseoir d'un geste de la main.

— Je vous en prie.

Elle se posa avec grâce et croisa les mains sur ses genoux. Edward s'assit à son tour, puis fixa la petite fleur jaune d'un air absent.

— Est-ce que cette union vous convient, mademoiselle Gerard ?

— Parfaitement, milord.

La brusquerie de la question ne sembla pas le moins du monde la troubler.

— Dans ce cas, me ferez-vous l'honneur d'être ma femme ?

— Oui, milord.

— Bien.

Edward s'inclina pour effleurer d'un baiser la joue que Sylvia lui tendait.

Sa perruque le démangeait plus que jamais.

— Ah, vous voilà ! s'écria Coral, brisant le silence de la bibliothèque. Je suis heureuse que vous ayez trouvé de quoi vous distraire.

Anna sursauta si violemment qu'elle faillit lâcher le livre dans lequel elle était plongée. Elle fit volte-face, pour découvrir son hôtesse qui l'observait d'un air amusé.

— Je suis désolée, dit-elle. Je suis encore calée sur les horaires de la campagne. Lorsque je suis descendue dans la salle du petit déjeuner, vous n'étiez pas là. La bonne m'a proposé de regarder les livres.

Elle leva celui qu'elle avait à la main pour preuve, puis le baissa vivement en se rappelant soudain les gravures lestes qu'il contenait.

— Ce livre est bon, déclara Coral, mais j'en possède un autre qui vous sera plus utile pour vos projets de ce soir.

Elle traversa la pièce, s'empara d'un volume sur un rayonnage, et le fourra d'autorité entre les mains d'Anna qui bredouilla :

— Oh... euh... Merci.

Jamais de sa vie elle ne s'était sentie aussi mortifiée.

Dans sa robe jaune, Coral paraissait âgée d'à peine seize ans. Elle aurait pu être une jeune fille de bonne famille s'apprêtant à retrouver ses amies. Mais il suffisait de croiser son regard pour que l'illusion se dissipe.

— Allons prendre le petit déjeuner, suggéra Coral.

Elles retrouvèrent Pearl dans la petite salle à manger, mais celle-ci se retira dès qu'elle eut terminé son thé et ses toasts, laissant les deux femmes en tête à tête. Coral s'adossa confortablement à son siège, et pressentant une discussion embarrassante, Anna se crispa.

— Bien. Peut-être devrions-nous préparer la soirée à venir, dit son hôtesse.

— Que suggérez-vous ?

— D'abord, que vous choisissiez une robe parmi les miennes. N'importe laquelle pourra être ajustée à votre taille dans la journée. Ensuite, nous parlerons des éponges.

— Je vous demande pardon ?

Anna ne voyait pas en quoi des éponges pour le bain pouvaient lui être utiles.

— Vous l'ignorez peut-être, mais les éponges peuvent être insérées dans le corps féminin pour empêcher les grossesses.

Anna se raidit à cette pensée. Jamais elle n'avait entendu parler d'une méthode pareille.

— Je... ce n'est probablement pas nécessaire. J'ai été mariée quatre ans sans jamais concevoir.

— D'accord. Nous oublierons donc les éponges. Passons à la suite. Envisagez-vous d'attendre à la réception de La Grotte d'Aphrodite pour y choisir un homme, ou y a t-il une personne en particulier que vous souhaiteriez rencontrer là-bas ?

Anna avala une gorgée de thé pour gagner du temps. Jusqu'à quel point pouvait-elle faire confiance à Coral ? Jusqu'à présent, elle s'était fiée naïvement, à elle, s'était pliée à ses suggestions, mais après tout, elle ne la connaissait quasiment pas. Devait-elle vraiment lui avouer ce qu'elle projetait ? Et donc lui révéler le nom de lord Swartingham ?

Coral parut deviner la raison de son silence.

— Je suis une catin. Et en plus, je ne suis pas une femme très gentille. Mais je vous garantis que ma parole est d'or.

Elle fixait intensément Anna, comme si être crue était vital pour elle.

— D'or, répéta-t-elle. Je vous jure de ne jamais vous faire délibérément du mal, de ne pas vous trahir, ni vous ni quiconque qui vous serait cher.

— Merci.

— C'est moi qui devrais vous remercier. Peu de gens prennent la parole d'une putain au sérieux.

Anna ne releva pas.

— Comme vous l'avez compris, Coral, j'aimerais rencontrer un homme en particulier.

Elle prit une profonde inspiration puis lâcha :

— Il s'agit du comte de Swartingham.

Les yeux de Coral s'élargirent imperceptiblement.

— Avez-vous donné rendez-vous à lord Swartingham à La Grotte d'Aphrodite?

— Non. Il ignore tout de mon projet. Et je veux que cela demeure ainsi.

Coral eut un petit rire.

— Pardonnez-moi, mais je suis perplexe. Vous souhaitez passer une nuit très intime avec le comte sans qu'il le sache. Envisagez-vous de le droguer?

— Grands dieux, non! s'écria Anna, les joues en feu. Vous m'avez mal comprise. Je souhaite passer la nuit avec le comte, mais je ne veux pas qu'il sache que sa partenaire, c'est moi.

Devant l'air sceptique de Coral, Anna poursuivit:

— Je m'explique mal. Le comte est à Londres pour affaires et j'ai toutes les raisons de penser qu'il va venir à La Grotte d'Aphrodite, ce soir probablement. Encore que j'ignore à quelle heure.

— Ce n'est pas difficile à savoir, assura Coral. Mais comment comptez-vous procéder pour qu'il ne vous reconnaisse pas?

— Pearl m'a expliqué que nombre de dames et de demi-mondaines portaient un masque lors de leurs... activités à La Grotte d'Aphrodite. J'ai pensé les imiter.

— Mmm.

— Vous ne pensez pas que cela puisse marcher? demanda Anna anxieusement.

— Vous êtes l'employée du comte, n'est-ce pas?

— Oui. Sa secrétaire.

— Dans ce cas, vous devez être consciente qu'il y a de grandes chances qu'il vous reconnaisse.

— Mais si je porte un masque...

— Il y a aura toujours votre voix, vos cheveux, votre silhouette... Et même votre parfum s'il s'est trouvé suffisamment près de vous...

— Mon Dieu, vous avez raison, souffla Anna, au bord des larmes.

— Je ne dis pas que ce ne soit pas possible, la rassura Coral. Mais je veux que vous soyez consciente des risques.

Anna s'efforçait de réfléchir. Le problème, c'était qu'elle avait un mal fou à se concentrer.

— Je crois que je le suis, dit-elle enfin.

Coral l'observa quelques instants en silence, puis frappa dans ses mains.

— Très bien. Nous allons nous occuper en priorité de votre tenue. Et il nous faut un masque qui dissimule tout votre visage. Ma femme de chambre nous aidera. C'est une couturière hors pair.

— Mais comment saurons-nous si lord Swartingham doit bien venir ce soir ?

— Oh, j'ai failli oublier…

Coral sonna pour demander qu'on lui apporte de quoi écrire. Quelques minutes plus tard, elle commençait à rédiger sa lettre.

— Je connais la propriétaire de La Grotte d'Aphrodite, dit-elle tout en faisant courir sa plume sur le papier. Autrefois, elle se faisait appeler Mme Lavender. C'est une vieille sorcière avide, mais elle me doit une faveur. Une grosse faveur. Elle doit s'imaginer que je ne m'en souviens pas, cette lettre la prendra par surprise.

Les lèvres de Coral se retroussèrent en un sourire féroce.

— J'ai pour habitude de ne jamais oublier mes débiteurs donc, dans un certain sens, vous me rendez service.

Elle souffla sur la feuille pour sécher l'encre, puis la plia, la scella et sonna le valet.

— Les messieurs qui fréquentent La Grotte d'Aphrodite prennent souvent rendez-vous à l'avance afin d'être sûrs d'avoir une chambre et une femme. Mme Lavender pourra nous dire si le comte a réservé.

— Et s'il l'a fait ?

— Eh bien, nous mettrons notre plan au point.

Coral remplit de nouveau leurs tasses.

— Peut-être pourriez-vous prendre une chambre, poursuivit-elle, et nous demanderons à Mme Lavender de vous envoyer lord Swartingham dès son arrivée. Mmm… Oui, cela me semble la meilleure idée. Seulement quelques chandelles dans la chambre, ainsi, le comte ne vous verra pas nettement. Et, bien sûr, vous ne prononcerez pas un mot. Ce qui ne paraîtra pas curieux, les messieurs ne venant pas à La Grotte pour discuter.

— Magnifique, fit Anna avec un sourire.

Coral parut un instant déconcertée, puis sourit à son tour, avec une sincérité que jamais Anna ne lui avait vue jusque-là.

Le plan pouvait marcher.

La Grotte d'Aphrodite était un splendide trompe-l'œil, constata Anna ce soir-là en jetant un coup d'œil par la fenêtre de la voiture. Le bâtiment de trois étages avec, en façade, des colonnes de marbre blanc incrusté de feuilles d'or apparaissait somptueux. Mais si on le regardait avec attention, on s'apercevait que le marbre veiné des colonnes était du plâtre peint et les feuilles d'or, du vulgaire cuivre.

L'attelage se rangea dans la ruelle à l'arrière du bâtiment.

— Êtes-vous prête, madame Wren ? s'enquit Coral.

Anna prit une profonde inspiration, s'assura que son masque était bien en place, puis hocha la tête.

— Oui.

Les deux femmes descendirent de la voiture. Anna sentit ses jambes flageoler tandis qu'elle suivait Coral jusqu'à la porte qu'une unique lanterne rouge éclairait faiblement.

Une femme à la chevelure teinte au henné leur ouvrit.

— Ah, madame Lavender, fit Coral.

— Aphrodite, si cela ne vous dérange pas, corrigea sèchement la femme.

Coral acquiesça ironiquement.

Elles pénétrèrent dans un vestibule suffisamment éclairé pour qu'Anna puisse détailler Aphrodite. Elle était vêtue d'une espèce de toge violette et tenait un masque doré à la main. Elle posa sur Anna un regard rusé.

— Vous êtes... ?

— Une amie, répondit Coral à sa place.

Anna lui adressa un coup d'œil reconnaissant. Elle était heureuse d'avoir mis le masque avant de quitter la maison. Montrer son vrai visage à la tenancière n'aurait pas été très sage.

Aphrodite jeta à Anna un regard mauvais, puis la précéda dans un escalier, et de là le long d'un couloir avant de s'arrêter devant une porte. Elle l'ouvrit.

— Vous disposez de cette chambre jusqu'à l'aube. Dès son arrivée, j'informerai le comte qu'une dame l'attend.

Sur ces mots, elle tourna les talons et s'en fut dans un froissement d'étoffe.

— Bonne chance, madame Wren, chuchota Coral en esquissant un sourire.

Anna referma la porte derrière elle, se frotta les bras pour se réchauffer, puis s'efforça de calmer sa respiration tout en examinant la pièce. Étonnamment, la décoration était de bon goût. Du moins, pour un lupanar.

Des rideaux de velours masquaient la fenêtre. Un bon feu dansait dans une ravissante cheminée de marbre blanc. Deux fauteuils à haut dossier étaient disposés devant le foyer.

Elle ouvrit le lit. Les draps étaient propres. Enfin, ils semblaient l'être. Se débarrassant de sa cape, elle la drapa sur une chaise.

Coral lui avait prêté une chemise de nuit diaphane au corsage de dentelle. D'après la jeune femme, la dentelle était un élément de séduction. Le masque de satin était en forme d'ailes de papillon. Il lui couvrait le front, la naissance des cheveux et les joues. Les ouvertures pour les yeux étaient ovales et bridées aux extrémités, ce qui lui donnait un petit quelque chose d'exotique. Les cheveux d'Anna, qui cascadaient librement sur ses épaules, avaient été bouclés. Lord Swartingham ne l'avait jamais vue autrement qu'avec un chignon.

Tout était donc fin prêt.

Elle s'approcha de la cheminée sur le manteau de laquelle brûlait une unique chandelle.

Que faisait-elle là ? se demanda-t-elle soudain. Ce plan était une folie. Il allait lamentablement échouer. Mais à quoi avait-elle donc pensé en se lançant dans pareille entreprise ? Il était encore temps de se raviser. Il lui suffisait de sortir de cette chambre, de cette maison, de remonter dans la voiture et…

La porte s'ouvrit.

Anna fit volte-face et se pétrifia. Une silhouette masculine se découpait dans l'encadrement en ombre chinoise. Anna eut peur, recula. Elle était incapable de dire si c'était bien là lord Swartingham.

L'homme entra, et à son port de tête, sa démarche, le mouvement ample de ses bras lorsqu'il retira son manteau, elle sut qu'il s'agissait bien du comte.

Comme elle, il posa son manteau sur une chaise et s'avança, en chemise, gilet et culotte. Anna ne savait que faire ni que dire. Elle repoussa ses cheveux en arrière, les coinça derrière ses oreilles. La clarté de la bougie était trop chiche pour qu'elle puisse distinguer l'expression du comte, mais elle savait ce handicap réciproque. La pénombre l'empêchait lui aussi de la voir clairement.

Il la rejoignit et, sans hésiter, la prit dans ses bras. Comme par magie, elle se détendit et leva son visage vers le sien, espérant un baiser. Mais il dédaigna ses lèvres offertes et l'embrassa dans le cou.

Elle se surprit à trembler. S'être languie si longtemps de ses caresses, et avoir soudain sa langue qui courait du creux de son cou vers son épaule était à la fois merveilleux et choquant. Elle s'agrippa à lui comme il continuait son délicieux manège, approchant maintenant de son décolleté. Son haleine chaude lui arracha un frisson tandis que les pointes de ses seins se dressaient sous la fine dentelle de la chemise de nuit.

Lentement, il baissa l'une de ses bretelles. La dentelle ne lui opposa aucune résistance. Elle glissa, et d'un doigt habile, le comte la fit passer sous un sein. Anna se mit à respirer à petits coups. Aucun homme ne l'avait touchée depuis la mort de Peter. La chaleur de la paume du comte la chavirait. Il lui imprimait un doux mouvement de va-et-vient, s'interrompant de temps à autre pour prendre l'extrémité de son sein entre ses doigts, comme s'il mesurait son degré d'excitation. Tout à coup, il la pinça en même temps qu'il lui mordilla l'épaule.

Un éclair de plaisir traversa Anna. Son ventre palpita. Elle faisait courir fébrilement ses mains le long des bras du comte, rêvant de caresser sa peau nue.

Ses cheveux étaient humides de brume. Anna en huma le parfum vaguement forestier. Mais c'était l'odeur unique de son corps, mélange de transpiration, de vieux brandy et de musc, qui la grisait. Elle voulut lui offrir sa bouche, mais il écarta la tête. Elle suivit son mouvement, tant elle mourait d'envie de sentir ses lèvres sous les siennes. Il se déroba, et fit glisser la deuxième bretelle de la chemise de nuit qui glissa à terre.

Seigneur... Elle était nue devant lui.

Elle battit des paupières, bouleversée d'être aussi vulnérable. Puis il se pencha, prit un sein dans sa bouche, et son malaise naissant se dissipa pour laisser place à un indicible plaisir. À l'instar d'un chat, il donnait des petits coups de langue appuyés qui lui arrachèrent un gémissement. Le comte lui répondit d'un grondement sourd évoquant un félin se délectant de sa proie.

Ses jambes ne la soutenaient plus, soudain. Que lui arrivait-il? Jamais elle n'avait connu cela. Les émois que faisaient naître en elle les caresses du comte la liquéfiaient. Elle avait fait l'amour par le passé. Du moins le croyait-elle. Or elle découvrait que ce qu'elle avait éprouvé n'était rien. De simples et brefs spasmes de plaisir qui auraient dû monter en puissance, mais s'évanouissaient à peine nés. Son corps en feu lui semblait étranger. Elle ignorait qu'il recelât tant de sensualité, de ressource. De désirs.

Se rendant compte qu'elle vacillait, le comte la soutint, puis, sans pour autant mettre un terme à ses enivrantes caresses, la souleva dans ses bras et la porta jusqu'au lit.

Il l'y allongea et s'étendit sur elle, en appui sur les coudes, les hanches pesant sur les siennes. Il était le maître, elle lui appartenait. Le comte la considérait comme sienne, songea-t-elle fugacement, parce qu'il la payait. Alors qu'elle se donnait à lui sans contrepartie.

Le souffle court, il frottait doucement son sexe durci sur son mont de Vénus, prélude à ce qui allait suivre. Nul besoin de mots pour qu'elle comprenne combien il la désirait. Son sexe parlait pour lui, tandis que sa bouche brûlante titillait, aspirait, suçait un sein, puis l'autre avec une ardeur croissante. Incapable de se dominer, Anna laissait échapper des petits cris haletants en se cambrant à sa rencontre. Elle sentit ses doigts s'activer sur les boutons de la culotte. Ce faisant, il touchait une partie de son anatomie qui se révéla, ainsi stimulée, source d'un ineffable plaisir. Elle s'arqua davantage encore sous lui de façon à maintenir le contact avec les doigts qui achevaient leur besogne. Le sexe tendu jaillit soudain librement de sa prison d'étoffe, et le comte le guida entre les cuisses d'Anna.

Il la pénétra sans hésiter, mais elle vécut cette impétuosité comme un divin ensorcellement. Les pensées en déroute, elle voguait sur un nuage de bonheur, consciente néanmoins de ce que le comte était imposant. Il s'enfonçait de plus en plus profondément, et Anna n'avait pas mal. Comme si son propre sexe n'avait été conçu que pour accueillir celui de cet homme. Enfin, il fut en elle jusqu'à la garde, et laissa échapper un cri rauque. Anna leva les mains pour lui caresser le visage, mais il les repoussa doucement et, s'inclinant sur elle, lui mordilla l'oreille.

Son souffle se fit plus rapide tandis qu'il commençait à se mouvoir en elle. Plongeant les doigts sous la ceinture désormais lâche de la culotte, Anna se gorgea du plaisir de caresser les fesses dures, dont la peau avait la douceur du satin. Instinctivement, car jamais avec Peter elle n'avait fait cela, elle noua les jambes autour des hanches du comte. Stimulé par ce mouvement, qui leur permettait de s'unir encore plus étroitement, il accéléra le rythme, donna deux puissants coups de boutoir, puis leva la tête pour exhaler un long grognement en même temps qu'il se répandait en elle.

Et ce fut tout.

Il se laissa aller sur elle, pantelant, le corps secoué de spasmes. Elle l'entoura de ses bras, savourant de le sentir peser sur elle de tout son poids, s'efforçant de graver l'instant dans sa mémoire.

Ses halètements résonnaient à ses oreilles telle une musique si merveilleusement intime qu'elle en eut les larmes aux yeux. Elle prenait conscience d'avoir vécu l'expérience la plus exaltante de sa vie, même si elle pressentait que l'acte d'amour pouvait être plus enivrant encore. Elle devinait aussi, confusément, qu'il recelait une dimension autre, mais refusa de s'y attarder.

Les yeux clos, elle savourait la chaleur qui irradiait encore dans son bas-ventre, la délicieuse langueur qui s'était emparée de son corps tout entier.

Elle sourit, tourna la tête et effleura les cheveux du comte de ses lèvres.

D'un coup de reins, il se dégagea et bascula sur le dos. Il allait se lever, comprit-elle soudain. Une sensation de vide, de manque, s'insinua en elle. Dans quelques instants, il l'aurait quittée.

Effectivement, il était déjà debout, reboutonnant sa culotte. Il se rhabilla en un tournemain, récupéra son manteau et se dirigea vers la porte. Il l'ouvrit, puis s'arrêta sur le seuil.

— Retrouvez-moi ici demain soir, dit-il.

La porte se referma sans bruit sur lui.

Anna se rendit alors compte que ces mots étaient les seuls qu'il ait prononcés.

10

Au plus sombre de la nuit, Aurea fut réveillée par des baisers passionnés. Elle était somnolente, ne voyait rien, mais se rendait compte que les caresses étaient douces. Elle bascula sur le flanc et referma les bras autour d'un corps d'homme. Il la cajola avec une si exquise habileté qu'elle ne prit conscience de la disparition de sa chemise de nuit que lorsque les mains inconnues coururent sur sa peau nue. L'homme lui fit l'amour dans un silence que ne rompirent que les cris de plaisir d'Aurea. Il demeura auprès d'elle toute la nuit, insatiable, la comblant sans répit. À l'aube, Aurea s'endormit, repue de bonheur. À son réveil, son mystérieux amant était parti. Elle s'assit dans le grand lit et chercha du regard un signe de son passage. Elle ne trouva qu'une plume noire, et se demanda si tout cela n'avait été qu'un rêve…

Extrait du *Prince Corbeau*

Edward posa sa plume et repoussa ses lunettes sur son front pour se frotter les yeux. Il n'arrivait pas à écrire. Les mots lui échappaient.

Le vacarme de la rue montait jusqu'à lui. Le quartier n'était pas très élégant. La plupart des bruits émanaient de voitures de livraison.

La porte d'entrée claqua. Quelqu'un se mit à chantonner dans l'escalier. La bonne, comprit-il. Il faisait grand jour à présent. Depuis qu'il était levé, une chandelle brûlait sur son bureau. Il la souffla.

Cette nuit, le sommeil l'avait fui. Il ne s'était endormi qu'aux petites heures du matin. Étrange. La fabuleuse partie de jambes en l'air de la veille, la plus satisfaisante de sa vie, aurait dû le laisser épuisé et le plonger dans les bras de Morphée à la seconde où il avait retrouvé son lit. Au lieu de cela, il avait passé la nuit à penser à Anna Wren et à la petite catin qui l'avait si bien diverti à La Grotte d'Aphrodite. Mais s'agissait-il vraiment d'une catin ? La question n'avait cessé de le tarauder.

À son arrivée chez Aphrodite, la tenancière lui avait simplement dit qu'une femme l'attendait. Sans préciser s'il s'agissait d'une prostituée ou d'une dame de la haute société en quête d'une soirée de plaisir illicite. Il ne l'avait pas non plus demandé. Chez Aphrodite, on ne posait pas de questions, d'où le succès de l'endroit qui vous garantissait l'anonymat et des compagnes saines. Sa curiosité n'avait pas été aiguisée. Jusqu'à son départ.

Elle portait un masque, détail typique des dames soucieuses de cacher leur identité. Mais de temps à autre, les professionnelles aussi portaient des masques, histoire de s'entourer d'une aura de mystère. Ce qui le troublait au sujet de sa partenaire de la veille, c'était cette crispation dont elle avait fait montre lorsqu'il l'avait pénétrée. Comme si elle avait été longtemps privée d'homme. Mais peut-être n'était-ce là qu'un effet de son imagination. Il s'était fabriqué les souvenirs dont il avait envie.

Il serra les mâchoires. Se rappeler la femme ranimait son excitation, et le mettait mal à l'aise : d'une inexplicable façon, il se sentait coupable.

Ce sentiment de culpabilité – qui lui paraissait ridicule – était l'une des raisons pour lesquelles il avait eu tant de mal à trouver le sommeil. Il avait surgi lorsqu'il s'était mis à penser à Mme Wren, *Anna*, moins d'un quart d'heure après qu'il eut quitté La Grotte d'Aphrodite. Ce qu'il avait éprouvé alors – une espèce de mélancolie, l'impression désagréable d'avoir commis une faute – ne l'avait pas quitté de tout le trajet. Et continuait de le hanter. Il lui semblait avoir trahi sa secrétaire. À laquelle il ne devait pourtant rien. D'autant qu'elle n'avait jamais montré le moindre intérêt pour sa personne, jamais laissé deviner que le désir qu'elle éveillait en lui était partagé.

Peine perdue que tous ces raisonnements : la sensation de culpabilité demeurait, lui rongeant l'âme.

La petite catin avait la même morphologie qu'Anna. En la serrant dans ses bras, il avait imaginé ce qu'il aurait éprouvé s'il s'était agi de sa secrétaire. Et à l'instant où il lui avait embrassé la gorge, un désir brûlant s'était emparé de lui.

Il enfouit le visage entre ses mains ; cela devenait grotesque. Il devait absolument chasser Anna Wren de son esprit. Un gentilhomme ne se languissait pas de son employée ! C'était d'autant plus inconvenant qu'elle était veuve. Cette envie de corrompre une innocente, il devait à tout prix la dominer.

Se levant brusquement, il alla sonner son valet de chambre. Puis il retourna à son bureau, mit de l'ordre dans ses papiers et rangea ses lunettes.

Cinq minutes après son coup de sonnette, personne n'avait répondu. Il laissa échapper un soupir excédé, pianota sur le bureau un moment, puis, décidant que cela suffisait, fonça vers la porte.

— Davis ! hurla-t-il en ouvrant le battant à la volée.

Il y eut un bruit de pas traînants dans le grand escalier sombre, puis dans le couloir. Quelqu'un approchait. Lentement. Prudemment.

— À ce rythme, Davis, le temps que vous arriviez, il fera nuit ! cria Edward.

Il tendit l'oreille. Sa tirade n'avait, de toute évidence, eu aucun effet.

Soupirant de nouveau, il s'appuya au chambranle.

— Un de ces jours, je vous ficherai à la porte, Davis. Et je vous remplacerai par un ours dressé. Je suis sûr qu'il sera plus efficace que vous. Vous m'entendez, Davis ?

Le valet se matérialisa à l'angle du corridor. Il portait un plateau chargé d'un broc d'eau chaude. Le plateau tremblotait. Dès que le comte fut dans son champ de vision, le serviteur ralentit encore.

— C'est cela, ne vous pressez pas, fit le comte d'un ton sarcastique. Je n'ai rien d'autre à faire que de rester dans le couloir à vous attendre.

L'homme semblait sourd. Ses mouvements rappelaient les reptations d'un serpent. Davis était un vieux fripon voûté aux cheveux clairsemés et aux yeux d'un gris aqueux.

— Je sais que vous m'entendez, Davis, lui cria Edward dans l'oreille quand il passa devant lui.

Le valet sursauta, comme s'il venait juste de remarquer son maître.

— On s'est levé tôt, milord ? Les excès de débauche empêchent de dormir, hein ?

— J'ai dormi d'un sommeil sans rêve.

— Vraiment ?

Davis lâcha un rire saccadé qui évoquait le cri d'un busard.

— C'est pas bon de ne pas bien dormir, pour un homme de votre âge, milord, si je puis me permettre.

— Que marmonnez-vous là, vieux chnoque sénile ?

Davis lui glissa un regard malicieux tout en posant le plateau près de la table de toilette.

— Ça vide un homme de sa force virile, milord, si vous voyez de quoi je veux parler.

Edward versa le contenu du broc dans la cuvette, et riposta :

— Non, je ne vois pas de quoi vous voulez parler, Davis, Dieu merci.

Il commençait à s'humidifier les mâchoires et le menton lorsque le domestique se pencha pour chuchoter :

— Copuler, milord.

Et il souligna ses paroles d'un clin d'œil qu'Edward jugea abominable.

— C'est bon pour un jeunot, poursuivit Davis, mais vous en êtes plus un, milord. Les aînés doivent préserver leur force.

— Oh, je ne doute pas que vous mettiez ces précautions en pratique !

Le domestique fronça les sourcils, puis s'empara du rasoir. Edward le lui arracha pratiquement.

— Je ne suis pas assez fou pour vous laisser approcher cette lame de mon cou.

Et il entreprit de se raser lui-même.

— Sûr, il y en a qui ont pas à se soucier de préserver leur force, poursuivit Davis. Ils ont un problème du côté de leur queue... si vous voyez ce que je veux dire.

Outré, Edward fit un faux mouvement et s'entailla le menton.

— Fichez le camp, vieux sagouin !

Davis se dirigea vers la porte en poussant un soupir d'asthmatique. D'aucuns, en l'entendant, se seraient émus de la santé du vieil homme, mais Edward n'était pas le moins du monde ébranlé. Ce n'était pas tous les jours que son valet réussissait à avoir le dessus sur lui de si bon matin. Il n'était pas dupe : Davis riait.

Le rendez-vous galant ne s'était pas passé comme espéré, songea Anna ce matin-là. Oh, ils avaient fait l'amour, certes ! Et la supercherie avait fonctionné : le comte ne l'avait pas reconnue. À son grand soulagement. Mais plus elle pensait à la façon dont lord Swartingham l'avait honorée, plus elle était mal à l'aise. Il s'était montré bon amant. Mieux que cela, même. Jamais auparavant elle n'avait connu un tel bonheur. Il lui avait fait découvrir le plaisir physique. Mais cette façon qu'il avait eue de refuser de l'embrasser sur la bouche...

Pensive et troublée, elle porta sa tasse de thé à ses lèvres. Comme la veille, elle s'était levée très tôt. Elle avait donc la salle du petit déjeuner pour elle seule.

Il ne l'avait même pas laissée lui toucher le visage, si bien que, si intime soit-elle, leur relation lui avait paru totalement impersonnelle. Mais à quoi s'attendait-elle donc ? Il s'imaginait être avec une prostituée ou une femme dévoyée, pour l'amour du Ciel ! Il l'avait par conséquent traitée comme telle. Difficile de le lui reprocher.

Anna étêta un hareng et plongea sa fourchette dans son flanc. Elle aurait dû se douter que les choses se passeraient ainsi.

Elle adressa une grimace au hareng décapité. Qu'était-elle censée faire, ce soir ? Elle n'avait pas prévu de rester à Londres plus de deux nuits. En principe, elle aurait dû repartir aujourd'hui, et voilà qu'elle était assise chez Coral Smythe, occupée à massacrer un innocent hareng à coups de fourchette.

Son humeur ne s'était pas améliorée lorsque Coral fit son apparition, vêtue d'un peignoir rose bordé de duvet de cygne. Elle s'arrêta devant Anna, la dévisagea, puis demanda :

— Il n'est pas venu, hier soir ?

Anna ne comprit pas tout de suite la question.

— Quoi ? Oh si, si. Il est venu.

Rougissante, elle avala en hâte une gorgée de thé.

Coral alla se servir au buffet, puis s'assit avec grâce en face d'Anna.

— S'est-il montré trop brutal ?

— Non.

— Vous n'avez pas pris de plaisir ? insista Coral. Il n'a pas été capable de vous amener à la jouissance ?

Embarrassée comme jamais elle ne l'avait été, Anna faillit renverser son thé.

— Non ! Je veux dire *oui*. C'était très… agréable.

Imperturbable, Coral poursuivit son interrogatoire :

— Dans ce cas, pourquoi arborez-vous cette mine morose alors que vous devriez avoir les yeux pleins d'étoiles ?

— Je ne sais pas !

Horrifiée, Anna se rendit compte qu'elle avait haussé le ton. Que lui arrivait-il ? Coral avait raison, elle avait réalisé son souhait, passé une nuit avec le comte. Pourtant elle se sentait insatisfaite. Dieu qu'elle était contrariante !

Coral la fixait, les sourcils arqués. Anna se découvrit incapable d'affronter ce regard lorsqu'elle avoua :

— Il veut me revoir ce soir.

— Oh, vraiment ? Voilà qui est intéressant.

— Je ne devrais pas y aller.

Coral but son thé sans mot dire, attendant la suite.

— Il pourrait me reconnaître, poursuivit Anna avec répugnance tout en repoussant le hareng au bord de son assiette. Ce serait extrêmement inconvenant que j'aille une seconde fois là-bas.

— Je comprends votre problème. Une nuit dans un bordel est tout ce qu'il y a de respectable, deux confine à la déchéance.

La raillerie piqua Anna au vif. Elle trouva le courage de regarder Coral en face. Celle-ci affichait un sourire curieux.

— Madame Wren, pourquoi n'irions-nous pas faire quelques emplettes ? Acheter ce tissu que vous avez promis de rapporter à votre belle-mère, par exemple ? Cela vous donnerait le temps de réfléchir. Vous pourriez ne prendre votre décision qu'en fin d'après-midi.

— C'est une excellente idée. Merci.

Anna posa couverts et serviette, et se leva.

— Je vais me préparer.

Elle quitta la salle à manger d'un pas rapide, regrettant de ne pouvoir abandonner derrière elle ses pensées comme elle abandonnait son petit déjeuner. En dépit de ce qu'elle avait dit à Coral, elle craignait bien d'avoir déjà pris sa décision.

Elle retournerait à La Grotte d'Aphrodite et reverrait lord Swartingham.

Ce soir-là, le comte entra dans la chambre où l'attendait Anna. Il ne prononça pas un mot. Les seuls sons qui rompirent le silence furent le chuintement de la porte quand il la referma et le soudain crépitement du feu dans la cheminée, que le courant d'air avait ravivé.

Anna le regarda s'avancer. Son visage était dans l'ombre. Sans se presser, il se débarrassa de son manteau. Elle ne le laissa pas aller plus loin. Bien décidée à l'empêcher de prendre le contrôle de la situation, elle s'approcha de lui, et se hissa sur la pointe des pieds pour l'embrasser sur la bouche. Il détourna la tête en même temps qu'il l'attirait contre lui.

Elle ne se laissa pas décourager. Cette fois, c'était elle qui prendrait les initiatives. Elle voulait devenir réelle aux yeux du comte. Cesser d'être une marchandise. Parvenir à l'émouvoir autrement que physiquement.

Profitant de sa position, elle entreprit de déboutonner son gilet puis, ceci fait, s'attaqua à sa chemise.

Il tenta de lui attraper les mains. Trop tard. Elle avait déjà écarté les pans de la chemise. Elle posa les paumes à plat sur son torse, caressa ses pectoraux puissants, se délectant de sentir sa peau tiède sous ses mains. Une idée lui vint alors. Saugrenue peut-être, mais elle avait envie de la mettre en pratique : elle entreprit de lui titiller les mamelons comme il le lui avait fait la veille. À peine en avait-elle approché la bouche qu'il essayait de lui saisir les poignets. Pour renoncer aussitôt, se contentant de lui caresser le dos.

La haute stature du comte était un handicap. Elle ne parvenait pas à atteindre tout ce qui lui faisait envie. Elle le poussa donc dans l'un des fauteuils près de la cheminée. Remporter cette bataille-là lui apparaissait soudain vital.

Contraint et forcé, il se laissa donc tomber sur le siège. Elle s'agenouilla entre ses jambes, glissa les mains sous sa chemise, au niveau des épaules, puis les laissa redescendre le long des bras, entraînant le vêtement qu'elle lui retira carrément.

Il était à présent torse nu devant elle, livré à son bon vouloir. Elle pouvait enfin le caresser à satiété, savourer le contact de sa peau, sa chaleur.

Une perspective si enivrante qu'elle en éprouva un léger vertige.

Le comte s'agita, lui prit les mains pour les plaquer sur le devant de sa culotte. Il ne la repoussait pas, bien au contraire. Il aspirait à des caresses très spéciales, que les bonnes mœurs réprouvaient, mais dont, ce soir, elle se moquait comme d'une guigne.

Les doigts tremblant légèrement, elle commença à déboutonner son vêtement. Elle sentit son sexe tressaillir, puis durcir davantage encore. Pleine d'audace, elle l'extirpa de sa prison d'étoffe, et en eut le souffle coupé : quelle puissance ! Aucune statue antique ne pouvait rivaliser avec la splendeur virile du comte. Les flammes du foyer teintaient sa peau d'une subtile couleur ambrée. Sa toison bouclée formait comme un écrin à la base de ce qu'elle considérait comme un joyau, un bijou conçu pour donner du plaisir… et en recevoir.

Le comte laissa échapper un grognement tout en enfouissant les doigts dans les cheveux d'Anna. Puis il appuya doucement, guidant sa tête vers son sexe.

Elle eut une hésitation. Jamais elle n'avait fait pareille chose. Oserait-elle ? Elle se rappela alors la bataille dans laquelle elle s'était engagée. Ceci n'était qu'une escarmouche, mais elle ne pouvait se permettre de reculer. En outre, elle devait admettre qu'elle était terriblement excitée. Elle découvrait à quel point une femme pouvait, à l'instar d'un homme, éprouver des désirs charnels impérieux.

Elle referma timidement la main autour du pénis dressé, inclina la tête et le prit dans sa bouche.

Le comte gémit en s'arquant vers elle, et elle comprit dans l'instant qu'un homme dans cette situation était à sa merci. La maîtresse du jeu, c'était la femme. Le comte était sous son contrôle, subissait sa volonté, et elle trouvait cela grisant. Le fait qu'il prenne autant de plaisir à ce baiser si particulier ne faisait qu'ajouter à son propre plaisir, découvrait-elle, surprise. Donner du bonheur n'était pas à sens unique.

Elle venait de faire un immense pas dans la découverte des relations homme-femme. Les gémissements du comte, ses mains qui se crispaient dans ses cheveux, les spasmes qui agitaient son corps, tout concourait à l'exalter. Plus le comte se laissait emporter par le plaisir, plus elle en ressentait. Ce sexe qui emplissait sa bouche, elle le voulait en elle. Consumée de désir, elle sentait son ventre palpiter et ses seins se tendre sous la dentelle de sa chemise de nuit.

Lorsque le comte atteignit le paroxysme de l'extase, elle éprouva un bonheur sans nom. À l'ultime instant, il essaya de se dérober, mais elle le retint, déterminée à aller jusqu'au bout de cette expérience charnelle si intime qui les liait plus étroitement que tous les mots du monde. Arc-bouté sur son fauteuil, les mains agrippées aux accoudoirs, la tête renversée en arrière, les yeux clos, le comte libéra sa semence dans la bouche d'Anna. Désormais, elle partageait quelque chose avec cet homme. Un peu de sa force. Et elle connaissait le moyen de l'en priver à volonté.

Il se laissa aller dans le fauteuil et l'attira sur ses genoux. Elle posa la tête sur son épaule, et ils demeurèrent ainsi un moment, le comte enroulant et déroulant une boucle de ses cheveux autour de son doigt. Tandis que sa respiration hachée retrouvait peu à peu un rythme normal, il fit glisser doucement les bretelles de la chemise de nuit, prenant le temps de caresser l'arrondi de l'épaule, de suivre du bout du doigt l'arc d'un sein.

Les yeux mi-clos, Anna se laissait faire.

Il l'écarta de lui pour la dénuder complètement, puis la souleva et la déposa à califourchon sur ses cuisses, les jambes sur les accoudoirs.

Être exposée de la sorte, même dans une lumière très tamisée, lui faisait monter le rouge aux joues. Le regard d'un autre l'eût mortifiée, mais pas celui du comte. Elle voulait qu'il la voie, qu'il voie tout d'elle. Qu'il perçoive qu'en se livrant sans aucune retenue elle lui faisait don d'elle-même. Rien ni personne n'aurait pu l'y obliger. Cette offrande était un acte volontaire à lui seul destiné.

Elle tressaillit cependant lorsque, après lui avoir ceint la taille d'une main, il entreprit d'explorer sa féminité de l'autre. Ses doigts s'insinuèrent entre les pétales de son sexe, la caressèrent habilement. Elle aurait dû se sentir outragée d'être ainsi fourragée, songea-t-elle vaguement, consciente que le monde dans lequel elle vivait n'autorisait pas d'aussi choquants attouchements. Les sensations qui vibraient en elle avaient quelque chose d'animal, de primitif. Mais, grands dieux, qu'elles étaient ensorcelantes ! Elle était heureuse à en crier. Tout en poursuivant ses délicieuses caresses intimes, Edward se pencha pour aspirer la pointe d'un sein entre ses lèvres, et elle se cambra spontanément en gémissant.

Elle sentit le miel couler entre ses cuisses, et ne put retenir ce qui sonnait comme un sanglot lorsqu'il trouva un point particulièrement sensible et réceptif juste au-dessous de son mont de Vénus. Il le titilla du pouce et elle ne tarda pas à perdre toute retenue. Cramponnée à ses épaules, elle ondulait follement, au bord de l'évanouissement.

Le comte l'amena à plusieurs reprises aux portes d'un paradis dont elle ignorait l'existence. L'antichambre de celui qu'avait mentionné Coral, peut-être… Ne lui avait-elle pas demandé s'il l'avait amenée à la jouissance ?

Alors qu'elle gémissait tant et plus, réclamant l'assouvissement, le comte glissa soudain les mains sous

ses fesses, la souleva, puis l'empala doucement sur son sexe dressé, lui arrachant un cri de bonheur.

Il lui replia les jambes de façon que ses genoux s'appuient sur le fauteuil de chaque côté de ses cuisses, lui permettant ouvertement de prendre les rênes. Elle ne se fit pas prier. Spontanément, elle commença à le chevaucher, lentement d'abord, puis de plus en plus vite à mesure que son corps tout entier se disloquait en une myriade de sensations plus enivrantes les unes que les autres. Pas une once de son être n'échappait au plaisir qui rugissait en elle. Agitée de soubresauts vertigineux, elle haletait et s'agrippait aux épaules du comte. Une rigole de sueur coulait entre ses seins, elle avait la bouche sèche, et le ventre en feu, un feu divin dans lequel elle n'aspirait qu'à se consumer.

Le brasier de l'extase l'engloutit d'un coup, et aspira le comte quelques secondes plus tard.

Pantelante, elle se laissa aller contre sa poitrine. Il l'enveloppa de ses bras, et ils restèrent un long moment immobiles, cœurs battant en harmonie, souffles confondus.

Il avait la tête à demi tournée vers elle, et elle l'observa entre ses cils. Son expression avait perdu de sa dureté, nota-t-elle. Les rides qui marquaient d'ordinaire son front et le tour de sa bouche semblaient moins profondes. Elle aurait voulu laisser courir le doigt sur la mâchoire dépourvue de son habituelle contracture, mais s'en abstint : il aurait repoussé sa main.

Elle sentit les larmes lui brûler les yeux. En dépit de ce qu'ils venaient de partager – et c'était encore plus merveilleux que la veille –, de cette victoire qu'elle avait remportée, elle éprouvait une impression de vide intense. Son corps avait gagné, mais au prix de la perte d'une partie de son âme.

Le comte soupira, s'agita. Il ouvrit les yeux, se racla la gorge, puis se leva, Anna dans les bras. Il la porta jusqu'au lit et l'y allongea avec douceur. Frissonnante, elle remonta le couvre-lit sur elle. Elle aurait aimé lui

parler. Mais que dire? Et puis, sa voix... il l'aurait reconnue.

Alors, muette et malheureuse, elle le regarda se rhabiller, puis se diriger vers la porte de cette démarche conquérante de l'homme physiquement comblé.

— Demain, lança-t-il avant de franchir le seuil.

Anna écouta son pas décroître dans le couloir, et un flot de tristesse la submergea. Quelqu'un éclata de rire dans les profondeurs de la maison. Sans doute était-elle la seule à éprouver de la mélancolie entre ces murs.

Elle soupira, sortit du lit et s'approcha de la table de toilette. Elle se lava, s'essuya avec soin. Son regard s'attarda sur la bassine et les serviettes mises à la disposition des partenaires d'une nuit, et elle ressentit du dégoût. Elle se sentait aussi souillée qu'une femme abusée. Sauf qu'elle ne l'était pas. Elle avait choisi de se conduire comme une catin, et avait le sentiment de ne valoir guère mieux. Elle avait laissé le désir physique la gouverner au point d'aller chercher un amant dans un bordel.

De son sac de voyage dissimulé dans un coin, elle sortit une robe noire passe-partout, une cape munie d'une capuche et des bottillons. Elle s'habilla, fourra la chemise de nuit dans le sac, puis vérifia qu'elle n'avait rien laissé de personnel dans la pièce. La capuche rabattue sur la tête, le masque toujours en place, elle quitta la chambre en tapinois.

La veille, Coral lui avait conseillé d'être très prudente dans les couloirs et de ne sortir de La Grotte d'Aphrodite que par l'escalier de service, à l'arrière du bâtiment. Une voiture l'attendrait dans la cour.

Anna suivit ses instructions à la lettre, et poussa un soupir de soulagement en découvrant la voiture.

Le masque lui blessait l'arête du nez, aussi le retira-t-elle. Trois jeunes gens choisirent ce moment pour surgir à l'angle de la maison. À en juger par leur démarche, ils avaient beaucoup bu. Anna se hâta vers l'attelage. L'un des membres du trio en frappa un autre

amicalement dans le dos, mais ce dernier était tellement saoul qu'il perdit l'équilibre et s'abattit contre
Anna, l'entraînant dans sa chute.

— Dé... désolé, ma chère, balbutia-t-il d'une voix
pâteuse.

Le jeune homme gigotait comme un beau diable
pour tenter de se relever, donnant dans la foulée de
grands coups de coude dans l'estomac d'Anna. Il réussit à prendre appui sur les avant-bras, puis resta là,
vacillant, comme s'il avait le mal de mer. La porte de
service de La Grotte d'Aphrodite s'ouvrit soudain et un
rai de lumière venu du vestibule éclaira le visage
d'Anna.

Le dandy sourit, dévoilant une canine en or.

— Mais c'est que tu n'es pas mal du tout, ma chérie!

Il se pencha sur Anna, en ce qu'il pensait sans doute
être un mouvement empreint de séduction et lui souffla son haleine empestant l'alcool en pleine figure.

— Cela te tenterait, toi et moi? Qu'on...

— Bas les pattes, monsieur!

Anna repoussa rudement l'entreprenant personnage,
qui bascula sur le flanc en lâchant un juron. Elle en
profita pour s'éloigner de lui en rampant.

— Viens ici, petite putain! cria-t-il. Je vais te...

L'un des amis du jeune homme épargna à Anna un
commentaire sans nul doute obscène en l'attrapant par
le col de sa chemise pour le hisser sur ses pieds.

— Viens, mon vieux. Pourquoi vouloir jouer avec du
bas de gamme quand du premier choix t'attend à l'intérieur?

Les trois hommes s'esclaffèrent bruyamment, puis
pénétrèrent dans l'établissement.

Anna s'engouffra dans la voiture en tremblant de
tous ses membres et claqua la portière. Quel horrible
incident! Qui aurait pu tourner fort mal.

Jamais on ne l'avait prise pour une femme de mauvaise vie, une... une traînée. Elle se sentait souillée,
dégradée.

Elle inspira à fond, et parvint à se raisonner : elle n'avait pas de raisons de s'inquiéter. Elle ne s'était pas blessée lors de sa chute, et ce sale type n'avait pas posé les mains sur elle.

Certes, il avait vu son visage.

Mais quelle importance ? Après tout, le risque de se retrouver nez à nez avec lui dans une rue de Little Battleford était inexistant...

Deux pièces d'or volèrent dans les airs. Elles scintillèrent dans la lumière, à la porte de service de La Grotte d'Aphrodite. Les mains qui les récupérèrent étaient remarquablement fermes et précises.

— Tout s'est bien passé.

— Content de te l'entendre dire, mon vieux, fit l'un des prétendus jeunes gens ivres. Cela t'ennuierait de nous expliquer le pourquoi de toute cette affaire ?

— Je crains de ne pas pouvoir, ricana son compagnon, dévoilant sa canine en or. C'est un secret.

11

Bien des mois s'écoulèrent. Aurea vivait dans le château de son mari-corbeau. Pendant la journée, elle se distrayait en lisant l'un des livres enluminés parmi les milliers que recelait la bibliothèque de son époux ou se promenait dans les jardins. Le soir, elle savourait des mets dont, avant ces étranges épousailles, elle n'avait fait que rêver. Elle possédait désormais de sublimes toilettes et de somptueux joyaux. De temps à autre, le corbeau lui rendait visite. Il apparaissait soudain dans ses appartements ou la rejoignait sans s'annoncer au dîner. Aurea trouvait que son étrange mari était doté d'une intelligence exceptionnelle. Ils avaient ensemble de fascinantes conversations. Mais invariablement, l'oiseau disparaissait au moment du coucher, et chaque nuit, un inconnu venait la retrouver dans le lit conjugal et lui faisait exquisément l'amour...

Extrait du *Prince Corbeau*

— Salut à toi, Ô défenseur des navets et maître des brebis ! lança une voix moqueuse. Content de te voir, ami agriculteur.

Edward plissa les yeux pour tenter d'apercevoir à travers la fumée qui obscurcissait la lumière de la taverne celui qui venait de s'adresser ainsi à lui. Il était assis à une table dans un angle. Défenseur des navets, hein ?

Il se fraya un chemin entre les tables placées au petit bonheur la chance, s'immobilisa devant l'homme et lui tapa cordialement dans le dos.

— Iddesleigh ! Il n'est pas 17 heures. Comment se fait-il que tu sois debout ?

Simon, vicomte Iddesleigh, ne vacilla pas sous la tape amicale. Il avait dû anticiper le coup. Mais il tressaillit néanmoins. Grand et élégant, il portait une perruque poudrée dernier cri et une chemise à jabot. Nombre de gens devaient le prendre pour un dandy, mais dans son cas, les apparences étaient trompeuses.

— Je suis réputé me lever avant midi, même si cela n'est guère fréquent.

D'un coup de pied, il fit reculer une chaise vers Edward.

— Assieds-toi, ami, et partage avec moi ce breuvage béni qui s'appelle café. L'eussent-ils connu que les dieux de l'Olympe auraient dédaigné l'ambroisie.

Edward fit signe au gamin qui servait à boire, puis s'assit. Il salua d'un hochement de tête l'homme silencieux installé à côté d'Iddesleigh.

— Harry, comment allez-vous ?

Harry Pye était intendant d'un domaine dans le nord de l'Angleterre. Il ne venait pas souvent à Londres. Il devait être ici pour affaires, se dit Edward. Dans ses habits couleur de muraille, il se confondait quasiment avec le décor, et offrait un contraste saisissant avec le flamboyant vicomte. S'il passait inaperçu, Edward savait cependant qu'il dissimulait une redoutable dague dans sa botte.

— Heureux de vous voir, milord, répondit Harry sans sourire.

Une lueur amusée brillait néanmoins dans ses yeux verts.

— Par tous les saints, Harry, combien de fois vous ai-je dit de m'appeler Edward ? s'écria le comte en faisant de nouveau signe au serveur.

— Ou Ed, ou encore Eddie, renchérit Iddesleigh.

— Ah, non, pas Eddie ! protesta Swartingham.

Le serveur posa enfin une tasse fumante devant lui. Il en avala une longue gorgée.

— Oui, milord, murmura Harry.

Edward ne releva pas. Il examina la salle. Le café, dans cet établissement, était excellent, et c'était pour cette raison que la Société Agraire s'y réunissait. Certainement pas, en tout cas, pour l'architecture et le décor. Le plafond était trop bas, de même que le linteau de la porte auquel les hommes de haute taille se cognaient systématiquement la tête, les tables n'avaient pas été nettoyées depuis des siècles, et les tasses et pichets dépareillés étaient d'une propreté douteuse. Le personnel répondait en outre quand cela lui chantait, et peu importait le rang social du client. Mais le café était frais et corsé, et tout homme s'intéressant à l'agriculture était le bienvenu en ces lieux.

Edward reconnut plusieurs personnages titrés, mais il vit également de petits propriétaires ainsi que des intendants comme Harry. La Société Agraire était connue pour accueillir toutes sortes de gens et les traiter en égaux.

— Qu'est-ce qui t'amène dans notre ravissante sinon odoriférante capitale, Edward ? s'enquit Iddesleigh.

— Je négocie une alliance matrimoniale.

Harry le gratifia d'un regard aigu.

— Oh, que voilà un homme plus brave que moi ! s'écria le vicomte. J'imagine que tu fêtais tes futures noces lorsque je t'ai croisé la nuit dernière à la très respectable Grotte d'Aphrodite.

— Tu étais là ? fit Edward, qui se sentait soudain étrangement réticent à discuter du sujet avec son ami. Je ne t'ai pas vu.

— Je sais. Tu semblais, comment dirais-je ? très *détendu* lorsque tu as quitté l'établissement. Quant à moi, j'étais très occupé avec deux charmantes nymphes, sinon je t'aurais salué.

— Seulement deux ? fit Harry pince-sans-rire.

— Une troisième nous a rejoints plus tard, avoua Iddesleigh, les yeux pétillants de malice. Mais j'hésitais à vous le révéler, messieurs, de peur que vous ne vous preniez à douter de vos capacités viriles au regard des miennes.

Harry ricana, et Edward sourit, tout en levant le doigt pour demander au serveur un autre café.

— Grands dieux, posséderais-tu un accessoire secret dont tu te servirais discrètement, pour accomplir de si athlétiques performances ?

Le vicomte plaqua la main sur sa poitrine.

— Dieu m'est témoin que lorsque je les ai quittées, les trois gaillardes avaient des mines fort réjouies, et que je n'ai usé d'aucun trucage.

— Elles souriaient sans doute à cause des pièces d'or qu'elles serraient entre leurs doigts, railla Edward.

— Tu m'offenses, mon cher. Et j'imagine que tu t'es livré de ton côté à quelque débauche chez la déesse Aphrodite. Reconnais-le.

— Je le reconnais. Mais ces distractions appartiendront bientôt à une époque révolue.

Le vicomte, qui étudiait les broderies sur son gilet, leva les yeux, surpris.

— Ne me dis pas que tu entends être un époux chaste.

— Si.

— N'est-ce pas là une interprétation un peu trop… littérale – sinon archaïque – du serment du mariage ?

— Possible, mais je suis persuadé que c'est dans son respect que réside le secret d'une heureuse union. Cette fois, je tiens à ce que tout se passe au mieux : j'ai besoin d'un héritier.

— Je te souhaite bonne chance, mon ami. Je suppose que tu as choisi ta promise avec le plus grand soin ?

— En effet, dit Edward en fixant le fond de sa tasse. Elle vient d'une famille dont la lignée est encore plus ancienne que la mienne. Mes cicatrices ne lui répugnent pas : je lui ai posé la question, ce que j'avais omis de faire avec ma première femme. Elle est intelligente et calme. Jolie sans être exceptionnelle. Et elle a une large fratrie. Si Dieu le veut, elle devrait être capable de me donner des fils robustes.

— Une dame de bonne race pour un gentilhomme de bonne race, commenta Iddesleigh avec un sourire en coin. Ta maison ne tardera pas à résonner des cris de ta progéniture braillarde. J'imagine que tu as hâte de réaliser ton projet.

— Et qui est la dame ? intervint Harry.

— L'aînée des enfants de sir Richard Gerard, Mlle Sylvia…

Iddesleigh émit une exclamation sourde, ce qui lui valut un regard noir de la part de Harry.

— … Gerard, acheva Edward. Tu la connais ?

Tout à coup, Iddesleigh semblait passionné par ses manchettes en dentelle.

— La femme de mon frère Ethan était une Gerard. Si je me fie à mes souvenirs, la mère s'est comportée en véritable harpie le jour des noces.

— Elle n'a pas changé, mais je ne pense pas que nous la verrons beaucoup après le mariage.

Harry leva solennellement sa tasse.

— Félicitations pour vos fiançailles, milord.

— Oui, félicitations, dit Iddesleigh en écho, levant lui aussi sa tasse. Et bonne chance, mon ami.

La sensation d'un nez froid collé contre sa joue réveilla Anna. Elle ouvrit les yeux, et plongea directement dans le regard brun d'un chien. Il y avait de l'impatience dans les pupilles dilatées, et l'haleine qu'elle recevait en plein visage lui parut quelque peu âcre. Marmonnant une protestation, elle tourna la tête vers la fenêtre. L'aube se levait. Le soleil commençait à darder ses rayons, parant le ciel d'un éclat pêche annonciateur d'un azur limpide.

— Bonjour, Jock, fit-elle en réprimant un bâillement.

Ce dernier recula, s'assit sur son arrière-train, et demeura immobile, le corps tendu, à l'affût du moindre mouvement lui indiquant qu'elle avait compris sa requête.

Jock était l'image même du chien pressé de sortir.

— Oh, d'accord, je me lève !

Anna procéda à une toilette rapide, puis enfila sa robe. Quelques instants plus tard, tous deux dévalaient l'escalier de service.

Coral habitait une rue élégante, bordée de demeures récentes, dans le quartier de Mayfair. À cette heure matinale, tout était calme hormis, ici ou là, une bonne qui lavait un perron ou polissait un bouton de porte. Normalement, Anna aurait dû se sentir mal à l'aise de marcher sans escorte dans un lieu étranger, mais elle avait Jock. Il demeurait près d'elle comme pour la protéger, reniflant de temps à autre les odeurs inhabituelles de la ville.

La nuit passée, elle avait retourné la situation en tous sens, et en était arrivée à la conclusion suivante : elle ne devait pas aller retrouver le comte ce soir. À trop jouer avec le feu, elle finirait par se brûler. Elle désirait si ardemment lord Swatingham qu'elle en avait oublié toute prudence. Elle était partie en trombe de chez elle pour s'offrir des ébats dans un bordel avec la même insouciance que s'il s'agissait d'assister à un concert à Little Battleford. C'était un miracle que lord Swartingham ne l'ait pas démasquée, au propre comme au figuré. L'incident avec les trois jeunes gens à sa sortie de La Grotte d'Aphrodite lui avait remis les idées en place. Elle aurait pu se faire violer, être blessée, voire les deux. Quelle hypocrisie de sa part que de blâmer des hommes qui ne faisaient rien d'autre que ce qu'elle-même avait fait deux nuits d'affilée ! Qu'aurait dit lord Swartingham s'il l'avait reconnue ? Le comte était fier et ombrageux. Il n'aurait pas apprécié d'être dupé, et sa colère… Seigneur… Elle tremblait rien que de l'imaginer !

Elle regarda devant elle. À peine quelques maisons la séparaient de celle de Coral. Soit elle avait rebroussé chemin sans s'en rendre compte, soit l'instinct de Jock les avait ramenés à leur foyer temporaire.

Elle lui caressa la tête.

— Tu es un brave garçon. Nous ferions bien d'aller préparer nos affaires. Il est temps de rentrer à la maison.

À l'énoncé du mot « maison », les oreilles du chien frémirent.

Anna ralentit soudain le pas : une voiture venait de s'arrêter devant chez Coral. Elle hésita, recula jusqu'au coin de la rue, puis attendit. Un valet de pied sauta de son perchoir et posa un marchepied devant la portière avant de l'ouvrir. Une jambe masculine apparut, puis disparut. Le valet déplaça le marchepied de quelques centimètres sur la gauche et un homme corpulent descendit de la voiture. Il échangea quelques mots avec le domestique qui inclina respectueusement la tête. Tandis que l'homme pénétrait dans la maison, Anna se demanda s'il s'agissait du marquis de Coral.

Elle avait beau ne pas savoir grand-chose de lui, elle devinait que le rencontrer ne serait pas judicieux. Elle ne voulait pas créer de problèmes à Coral, et ne tenait pas non plus à ce qu'un homme de son rang la voie chez la jeune femme. Même s'il était hautement improbable qu'elle croise un jour le chemin du marquis, l'incident de la veille avec les fêtards ivres la rendait circonspecte. Elle décida donc d'entrer par la porte de service et d'en ressortir avec ses bagages dans les plus brefs délais. Avec un peu de chance, nul ne la remarquerait.

Il régnait une activité fébrile dans les cuisines, découvrit-elle quelques secondes plus tard. Les bonnes s'agitaient en tous sens. Les valets charriaient des montagnes de bagages. Personne ne sembla s'apercevoir de sa présence comme elle gravissait sans bruit, Jock sur ses talons, l'escalier noyé dans la pénombre. Elle ouvrit la porte de sa chambre.

Pearl l'attendait, l'air anxieux.

— Dieu merci, vous voilà, madame Wren !

— J'ai fait faire sa petite promenade à Jock. Est-ce le marquis de Coral que je viens de voir entrer par la grande porte ?

— Oui. Elle ne l'attendait pas avant la semaine prochaine. Il sera en colère s'il s'aperçoit qu'elle a des invitées.

— Ne vous inquiétez pas, je comptais faire mes bagages et m'en aller discrètement.

— Merci, madame Wren. Cela facilitera les choses pour Coral.

— Mais, et vous, Pearl? Qu'avez-vous l'intention de faire? s'enquit Anna en sortant son sac de voyage. Coral aimerait vous garder chez elle, apparemment, mais le marquis sera-t-il d'accord?

— Ma sœur croit pouvoir le convaincre d'accepter, mais j'ai des doutes. Il est d'une mesquinerie, parfois, même si c'est un lord. Et puis, il est ici chez lui.

Anna hocha la tête tout en rangeant ses affaires.

— Je suis heureuse que Coral habite une si jolie maison, avec des domestiques, une voiture, et tout ça, poursuivit Pearl, mais le marquis me rend nerveuse.

Cessant soudain de remplir son sac, Anna demanda :

— Vous ne pensez pas qu'il pourrait lui faire du mal, n'est-ce pas?

— Je ne sais pas, avoua Pearl sombrement.

Edward arpentait la chambre du lupanar tel un lion en cage privé de repas. Où donc était cette femme?

Il consulta pour la énième fois la pendule sur la cheminée. Une demi-heure de retard. Maudite soit-elle! Comment osait-elle le faire attendre? Il s'approcha du foyer et baissa les yeux sur les flammes. Jamais auparavant il n'avait souhaité revoir la même femme. Or celle-là, il avait recherché sa compagnie non pas une mais trois fois!

Faire l'amour avec elle avait été tellement bon... Elle avait répondu à ses caresses sans la moindre retenue, réagissant comme si elle était aussi ensorcelée par lui qu'il l'était par elle. Oh, il n'était pas naïf! Il savait que les femmes qui pratiquaient le sexe tarifé feignaient souvent le plaisir. Mais les réactions naturelles de leur corps, elles ne pouvaient les simuler. Et le sexe de celle-ci était trop moite de désir pour qu'il s'agisse là de comédie.

Il laissa échapper un soupir irrité. Penser à elle le mettait dans un état d'excitation inimaginable. Mais où diable était-elle ?

Il jura, appuya les mains et le front contre le mur, et inspira profondément pour se calmer. Dire qu'il était venu à Londres pour se débarrasser de cette fascination que sa petite secrétaire exerçait sur lui avant de se marier ! Les pensionnaires de La Grotte d'Aphrodite lui feraient oublier Mme Wren, s'était-il dit. Et voilà qu'à présent une autre femme – une mystérieuse prostituée – l'obsédait ! Sans que, pour autant, Mme Wren ait été expulsée de ses pensées. Oh que non ! Son désir pour elle n'avait fait qu'empirer. Maintenant, il se languissait non plus d'une femme, mais de deux. Elles se confondaient dans son esprit en déroute. Ah, le beau résultat !

Mais peut-être perdait-il la raison ? Cela expliquerait son désarroi. Mais ne changerait rien à son état physique. Fou ou sain d'esprit, il se consumait de désir pour sa secrétaire et la catin masquée.

Il se rendit compte qu'il se frappait la tête contre le mur. Il s'arrêta, jeta un coup d'œil à la pendule. Trente-trois minutes de retard. Par Dieu, il ne patienterait pas une seconde de plus !

Il ramassa son manteau et sortit en trombe de la chambre. Deux gentilshommes aux cheveux gris remontaient le couloir. Ils lui jetèrent un regard plein de curiosité lorsqu'il passa comme une flèche près d'eux. Il dévala l'escalier principal et débula dans le grand salon où des messieurs discutaient avec des pensionnaires de l'établissement. Parmi elles se cachaient des dames de la bonne société avides de sensations fortes. Il s'arrêta, balaya la pièce du regard. Il y avait là plusieurs filles vêtues de robes aux couleurs vives, chacune flanquée d'un partenaire. Un peu à l'écart, une femme de haute taille, le visage dissimulé sous un masque doré, observait les activités des clients. Son masque avait une expression lisse et sereine, avec des sourcils délicatement arqués au-dessus des ouvertures oblongues pour les yeux.

Aphrodite surveillait ses brebis de son œil d'aigle.

Edward marcha droit sur elle.

— Où est-elle ? demanda-t-il.

La tenancière, habituellement impassible, sursauta.

— Lord Swartingham, n'est-ce pas ?

— Oui. Où est la femme avec laquelle j'ai rendez-vous ce soir ?

— Elle n'est pas dans la chambre, milord ?

— Non, fit Edward entre ses dents serrées. Elle n'y est pas. Croyez-vous que je serais là pour m'enquérir d'elle si elle y était ?

— Nous avons d'autres jeunes femmes, milord, répondit Aphrodite d'un ton doucereux. Peut-être puis-je envoyer l'une d'entre elles dans votre chambre ?

— Je ne veux pas d'une autre. Je veux celle que j'avais la nuit dernière et la nuit d'avant. Qui est-ce ?

Aphrodite étrécit les yeux.

— Enfin, milord, vous savez bien que je ne puis révéler l'identité de nos charmantes colombes. Secret professionnel oblige.

— Je me fiche comme d'une guigne du secret professionnel d'un bordel ! rétorqua-t-il. Qui est-ce ?

Il avait crié. Aphrodite recula prudemment, et fit un petit signe de la main par-dessus son épaule. Edward s'en aperçut. Il ne disposait plus que de quelques minutes avant que les gros bras de la maison interviennent.

— Je veux son nom, articula-t-il. Tout de suite. Sinon vous aurez droit à une rixe dans votre salon.

— Inutile de me menacer, milord. Pensez plutôt à toutes les autres dames ici, prêtes à vous satisfaire.

Un temps, puis, d'un ton narquois :

— Il y en aura bien une parmi elles qui ne se souciera pas d'une cicatrice ou deux sur votre figure.

Edward se figea. La maudite insolente ! La venimeuse maquerelle ! Il savait très bien à quoi ressemblait sa figure. Cela ne le gênait plus depuis longtemps. Il avait passé l'âge de la vanité. Mais il était vrai que ses cicatrices en rebutaient plus d'une. La petite catin ne s'était cependant pas arrêtée à ce détail. Quoique... La veille, ils avaient fait l'amour dans un fauteuil devant la cheminée. Peut-être n'avait-elle vraiment vu son visage qu'à ce moment-là... et en avait conçu un tel dégoût qu'elle avait préféré ne pas se montrer ce soir.

Le diable l'emporte !

Il pivota sur ses talons, s'empara d'un faux vase chinois en porcelaine, leva le bras et le jeta sur le sol où il se fracassa. Toutes les conversations s'arrêtèrent tandis que les regards convergeaient sur lui.

Trop réfléchir ne réussissait pas à un homme, décida-t-il. Ce dont il avait besoin, c'était d'action. S'il ne pouvait employer son trop-plein d'énergie dans un lit, un bon pugilat ferait l'affaire.

Des bras de fer le ceinturèrent par-derrière tandis qu'un poing se dirigeait droit sur sa mâchoire. Il se pencha prestement, esquivant le coup qui passa au ras de sa tempe. Il sentit le déplacement d'air et songea que son assaillant n'y allait pas de main morte. En retour, le type eut donc droit à un direct au plexus qui le plia en deux. Dans la foulée, Edward frappa au creux de l'estomac un deuxième homme manifestement avide d'en découdre. Aphrodite avait lâché ses cerbères ! Les poumons de l'homme se vidèrent dans un gargouillis. Un son jouissif, qui enchanta Edward.

Trois autres types vinrent à la rescousse, prenant le relais des deux à terre. Il s'agissait des portiers chargés d'escorter les fauteurs de trouble jusque dans la rue. L'un d'eux réussit à atteindre Edward à la pommette. Celui-ci vit des étoiles, mais parvint à lui retourner un très joli uppercut. Plusieurs clients l'applaudirent.

Puis ce fut la confusion totale.

Il se révéla que nombre de clients étaient tout disposés à participer à la bagarre. Ils se jetèrent allégrement dans la mêlée, et entreprirent avec enthousiasme de distribuer des horions. Enjambant les sofas, les filles s'égaillèrent comme une volée de moineaux maladroits, renversant au passage meubles et bibelots. Aphrodite se tenait au milieu de la pièce, hurlant des ordres que personne n'entendait, et que de toute façon personne n'était disposé à écouter. Elle se tut brusquement lorsque quelqu'un fit un vol plané et s'abattit tête la première dans la grande vasque à punch. Des tables passaient au-dessus des crânes tels des oiseaux migrateurs extrêmement pressés. Une catin astucieuse battit en retraite dans le vestibule et commença à prendre des paris auprès de ceux qui s'étaient agglutinés là pour profiter du spectacle sans y participer. Quatre gros bras supplémentaires déboulèrent et foncèrent dans le tas. Mais l'équilibre des forces se rétablit immédiatement lorsque quatre clients quittèrent leur refuge sur l'escalier pour se joindre au joyeux grabuge. Quelques messieurs ayant été interrompus en pleine activité dans les chambres ne portaient que leur caleçon. L'un d'eux, très distingué hobereau par ailleurs, n'était même vêtu en tout et pour tout que d'une chemise.

Edward s'amusait comme un fou.

Du sang coulait sur son menton, il avait la lèvre fendue et sentait son œil droit enfler. Un coup méchamment bien ciblé entre les épaules le fit chanceler. Face à lui, un colosse s'attaqua à ses jambes, essayant de le faire chuter. Edward l'esquiva d'un bond et riposta d'une ruade dans les tibias. L'homme perdit l'équilibre et s'affala lourdement sur le sol. Mais le type qui lui martelait le dos commençait à l'agacer sérieusement. Il l'attrapa donc par les cheveux et le projeta dans le mur. Il entendit un choc sourd quand la tête du type heurta la surface dure, et, satisfait, le vit glisser lentement le long du mur, entraînant dans sa chute une pluie de débris de plâtre.

Le sourire aux lèvres, Edward regarda autour de lui en quête d'une nouvelle cible. Ravi, il aperçut l'un des cerbères qui filait vers la porte. Il se précipita sur lui. L'autre chercha désespérément des yeux l'un de ses camarades susceptible de venir lui prêter main-forte. Mais c'était le désert dans l'armée des soldats d'Aphrodite.

— Ayez pitié, milord! s'écria l'homme. Je suis pas payé suffisamment pour me laisser massacrer comme mes camarades!

Il leva les mains en un geste de reddition.

— Vous avez même eu Gros Billy, milord. Et pourtant, j'ai jamais vu un gaillard aussi rapide que lui!

— Très bien, concéda Edward. Ça m'arrange d'autant plus que mon œil droit est fermé. Alors on arrête là.

L'homme lui sourit piteusement.

— Vous ne pourriez pas m'indiquer un endroit dans le secteur où un homme déterminé pourrait se saouler? hasarda Edward.

Peu après, le comte se retrouvait dans la taverne la plus sordide de l'East End en compagnie des brutes d'Aphrodite, y compris Gros Billy, dont le nez ressemblait désormais à une pomme de terre et qui avait les yeux au beurre noir. Le bras passé autour des épaules de son nouvel ami Edward, Gros Billy s'efforçait d'apprendre à ce dernier les paroles fleuries d'une chanson vantant les charmes d'une fille prénommée Titty. Edward avait l'impression que tous les mots étaient à double sens, mais il n'en saisissait pas la subtilité. Il faut préciser qu'il buvait sans discontinuer depuis deux heures, ses idées étaient donc passablement embrouillées.

— Qui... qui c'était, la poule que... que vous cherchiez, celle à cause de qui tout a... a commencé, milord? demanda en bredouillant Jacky, un autre gros bras.

Jacky n'avait manqué aucune des tournées et son regard vague se perdait au-dessus de la tête du comte.

— Une femme perfide, marmonna Edward.

— Toutes les femmes sont perfides, approuva Gros Billy doctement.

Les autres hochèrent la tête sombrement, et faillirent, dans la foulée, dégringoler de leur tabouret.

— Non, c'est pas vrai, riposta Edward d'une voix pâteuse.

— Qu'est-ce qu'est pas vrai ?

— Que toutes les femmes sont perfides. J'en connais une qui est... est... aussi pure que... la neige.

— Et c'est qui, milord ? s'exclamèrent les gros bras avec un bel ensemble.

Manifestement, ils brûlaient de connaître le nom de cette créature d'exception, voire mythique. Un parangon de vertu, cela existait donc ?

— Mme Anna Wren, annonça Edward en levant sa chope à la santé de l'absente.

Le chœur reprit.

— Un toast ! Un toast ! Un toast pour la plus... pure des dames d'Angleterre ! Mme Anna Wren !

Dans la taverne, ce fut une éruption d'acclamations, de beuglements. Tous les verres se levèrent en l'honneur de la dame en question

Edward ouvrit la bouche, déterminé à faire son éloge, quand une question lui traversa l'esprit : pourquoi les lumières s'étaient-elles éteintes subitement ?

Edward ouvrit les yeux, puis les referma en hâte : tout tournait autour de lui. Avec précaution, il se tâta la tempe, s'efforçant de comprendre pourquoi le dessus de son crâne cherchait à s'ouvrir comme une grenade mûre. Une implosion menaçait son cerveau. Que lui arrivait-il ?

La Grotte d'Euridyce, se souvint-il.

La femme qui ne s'était pas montrée.

La bagarre.

Il fit la grimace, puis se passa avec prudence la langue sur les dents. Le compte semblait y être. Bonne nouvelle.

162

Après la bagarre, qu'avait-il fait ? Il revit soudain ses joyeux copains de beuverie. L'un d'eux s'appelait… Comment, déjà ? Gros Bob ? Gros Bert ? Non, Gros Billy. Et avec eux, il avait… Oh, Seigneur… porté des toasts en l'honneur d'Anna dans la plus répugnante des tavernes.

Son estomac se mit à gronder de façon inquiétante. Avait-il vraiment prononcé le nom d'Anna dans ce sordide troquet ? Oui. Et la salle entière l'avait repris en chœur, chantant la gloire de sa secrétaire.

Il laissa échapper un gémissement.

Davis ouvrit la porte, qui alla cogner le mur. Edward eut la sensation qu'on le scalpait.

— Pas maintenant, Davis, geignit-il.

Le valet continua d'avancer vers le lit d'un pas traînant.

— Je sais que vous m'entendez, Davis, reprit Edward en haussant la voix, à peine cependant de crainte que sa tête n'explose pour de bon.

— On en a pris une belle, hein, milord ? cria Davis.

— Je ne savais que vous aviez vous aussi abusé de la bouteille, commenta Edward en se voilant le visage des mains.

— Ils étaient vraiment élégants, poursuivit imperturbablement Davis, les gens qui vous ont ramené hier soir. De nouveaux amis ?

Edward adressa un regard mauvais à son valet entre ses doigts écartés, mais ce dernier n'y prêta aucune attention.

— C'est pas bon tous ces excès, à votre âge, milord. Vous finirez par avoir la goutte.

— Votre sollicitude me touche, répliqua Edward aigrement.

Il regarda le plateau que le valet avait réussi à caler sur la table de nuit. Il y avait une tasse de thé, qui devait être à peine tiède, et un bol de lait.

— Que diable m'apportez-vous là, Davis ? s'insurgea Edward. Un petit déjeuner pour bébé ? Allez me chercher un brandy, histoire de me remettre les idées en place.

Davis jouait les sourds avec un tel talent qu'il n'aurait pas déparé sur une scène londonienne. Cela dit, il avait de longues années de pratique.

— C'est un délicieux petit déjeuner qui vous rendra toute votre vigueur, milord, beugla-t-il dans l'oreille d'Edward. Le lait est un excellent fortifiant pour les hommes de votre âge.

— Fichez le camp! Fichez le camp! rugit le comte avant de se prendre la tête à deux mains.

Davis battit en retraite, mais avant de sortir, il ne put résister au plaisir de lancer une dernière flèche.

— Vous devriez contrôler votre humeur, milord. Sinon, votre figure va devenir toute rouge et vous aurez une crise d'apoplexie. Sale façon de partir, je vous le garantis.

Sur ce, il détala avec une célérité confondante.

Edward grogna, appuya la tête sur l'oreiller et referma les yeux. Il fallait qu'il se lève, fasse ses bagages et rentre à Ravenhill Abbey. Son séjour à Londres s'achevait. Il avait désormais une fiancée, était allé deux fois à La Grotte d'Aphrodite... Tout ce qu'il projetait de faire dans la capitale, il l'avait fait. Même s'il se sentait autrement plus mal qu'à son arrivée, rien ne justifiait qu'il s'attarde à Londres. La petite catin au masque de papillon ne reviendrait pas. Il ne la reverrait jamais, et des responsabilités l'attendaient au domaine. C'était ainsi.

Il n'y avait place dans sa vie ni pour une mystérieuse femme masquée ni pour le plaisir qu'elle savait lui donner.

12

Jours et nuits s'écoulaient comme dans un rêve et Aurea se sentait bien. Peut-être même était-elle heureuse. Mais elle avait passé de longs mois loin de son père et avait envie de le revoir. Un besoin qui allait sans cesse croissant. Chaque matin, elle se réveillait en songeant à son père, et la tristesse la submergeait au point qu'elle n'avait plus goût à rien. Un soir au dîner, le corbeau tourna vers elle un œil d'un noir de jais et lui demanda :

— Quelle est la cause de ce malaise que je perçois en vous, mon épouse ?

— Je me languis de mon père, milord. J'aimerais tant l'embrasser...

— Impossible ! croassa le corbeau.

Et il quitta la table sans ajouter un mot.

Aurea, qui ne s'était jamais plainte, souffrait si fort d'être loin de ses parents qu'elle cessa de s'alimenter, à l'exception de quelques douceurs. Elle commença à dépérir jusqu'au jour où, ne supportant plus de la voir ainsi, le corbeau vola jusqu'à sa chambre, très en colère.

— Fort bien. Allez rendre visite à votre père, mais veillez à rentrer dans deux semaines, car vous me manqueriez si vous restiez plus longtemps.

Extrait du *Prince Corbeau*

— Ô mon Dieu ! s'écria Anna. Qu'est-il arrivé à votre visage, milord ?

Edward la foudroya du regard. Elle ne l'avait pas vu depuis cinq jours, et ses premiers mots étaient

165

désagréables! Jamais aucun de ses secrétaires hommes n'avait fait de commentaires sur son apparence. Ils n'auraient pas osé. Tout bien réfléchi, *personne* n'aurait osé hormis cette femme. Elle, elle se permettait des remarques impertinentes. Et, curieusement, il devait admettre que cela ne lui déplaisait pas.

Non pas qu'il ait l'intention de le lui laisser voir.

Haussant un sourcil, il tenta de remettre la dame à sa place.

— Je n'ai rien fait à mon visage, merci, madame Wren.

La repartie hautaine n'atteignit pas sa cible.

— Vous n'allez tout de même pas prétendre qu'un œil au beurre noir et des bleus sur la mâchoire ne sont rien? répliqua-t-elle. Avez-vous au moins appliqué du baume dessus?

Elle était assise à sa place habituelle, derrière son petit bureau en bois de rose. Elle semblait sereine, resplendissante dans la lumière du matin, comme si elle n'avait pas bougé de là depuis son départ pour Londres, songea le comte. Une pensée étrangement rassurante.

Il nota qu'elle avait une petite tache d'encre sur le menton. Et que quelque chose avait changé dans son apparence.

— Je n'ai pas mis de baume, madame Wren, parce que cela n'était pas nécessaire.

Il s'approcha de son propre bureau en s'efforçant de ne pas trop traîner la jambe. Mais rien n'échappait aux yeux de lynx de Mme Wren.

— Votre jambe, milord! s'exclama-t-elle. Pourquoi boitez-vous?

— Je ne boite pas.

En réponse, elle arqua les sourcils. Après l'avoir de nouveau fusillée du regard, Edward se creusa la cervelle pour lui servir une explication dont son honneur sortirait intact. Pas question de révéler à sa secrétaire qu'il avait déclenché une bagarre dans un bordel.

— Avez-vous eu un accident ? interrogea Mme Wren avant qu'il ait eu le temps de forger un mensonge qui tienne à peu près debout.

Elle lui tendait la perche, il l'attrapa sans hésiter.

— Oui, un accident, c'est cela.

Sa coiffure n'était pas la même, remarqua-t-il. Avait-elle changé de style ? Décidément, Mme Wren lui semblait différente et cela l'intriguait au plus haut point.

Il s'était cru sauvé par le prétendu accident, mais son répit fut de courte durée.

— Êtes-vous tombé de cheval ?

— Non !

Ses cheveux, oui… Elle était là, la différence : il les *voyait*.

— Non, je ne suis pas tombé de cheval. Où est votre bonnet, madame Wren ?

— J'ai décidé de ne plus le porter, répondit-elle d'un air pincé. Milord, si vous n'êtes pas tombé de cheval, que vous est-il arrivé ?

Seigneur, cette femme aurait remporté un grand succès durant l'Inquisition !

— Je…

Il n'alla pas plus loin. Aucun mensonge cohérent ne lui venait à l'esprit.

— Votre voiture ne s'est pas renversée, j'espère ?

Elle paraissait inquiète.

— Non.

— Auriez-vous été heurté par un véhicule dans les rues de Londres ? J'ai entendu dire que le trafic était très dense.

— Non. Et je n'ai pas non plus été écrasé par une charrette.

Il essaya un sourire charmeur.

— J'aime bien sans votre bonnet. Vos cheveux brillent comme un champ de marguerites sous le soleil.

Mme Wren étrécit les yeux. Au temps pour sa tentative de jouer la carte charme.

— Je n'avais pas remarqué que les marguerites étaient brunes, lâcha-t-elle avant d'enchaîner : Êtes-vous sûr de ne pas être tombé de cheval ?

Il serra les dents, formant des vœux pour ne pas perdre patience.

— Je ne suis pas tombé de cheval ! Je n'ai *jamais… presque* jamais, rectifia-t-il comme elle le considérait d'un air narquois, été désarçonné !

Son visage s'éclaira.

— Il n'y a pas de honte à avoir, vous savez, fit-elle d'un ton insupportablement compréhensif. Même les meilleurs cavaliers chutent parfois.

C'en était trop. Edward s'approcha du petit bureau, posa les mains sur le plateau, et se pencha vers Mme Wren. Les yeux à quelques centimètres de ceux de la jeune femme, il déclara en détachant bien chaque syllabe :

— Je n'ai pas honte. Et je ne suis pas tombé de cheval. Je souhaiterais donc mettre un terme à cette discussion. Cela vous semble-t-il possible, madame Wren ?

— Oui. Oui, cela me semble possible, milord, assura-t-elle en déglutissant avec peine.

— Parfait, fit-il, le regard rivé sur ses lèvres qu'elle avait humectées nerveusement. J'ai pensé à vous, pendant mon absence, madame Wren. Et vous ? Vous ai-je manqué ?

— Je…

Elle n'alla pas plus loin : Hopple venait d'entrer.

— Bienvenue au château, milord. Votre séjour dans notre belle capitale a-t-il été plaisant ?

Se redressant sans quitter Anna des yeux, Edward répondit :

— Mon séjour a été assez plaisant, oui. Mais je me suis surpris à me languir de ma charmante… contrée.

Anna parut troublée. Edward ne put s'empêcher de sourire.

— Lord Swartingham ! s'écria l'intendant. Qu'est-il arrivé à votre…

— Monsieur Hopple, coupa Anna, auriez-vous le temps de montrer au comte le nouveau fossé de drainage ?

— Le fossé ? Mais…

— Celui qui a été creusé dans le champ de M. Grundle. Vous en avez parlé, l'autre jour.

— Ah, le fossé, oui ! Si vous voulez m'accompagner pour inspecter les travaux, milord.

— Je vous retrouve là-bas dans une demi-heure, Hopple. Je dois discuter avec ma secrétaire.

— Ah… oui ! Euh… Très bien. À tout à l'heure, milord. L'air quelque peu égaré, Hopple se retira.

— De quoi souhaitez-vous discuter avec moi, milord ? s'enquit Anna.

Edward s'éclaircit la voix.

— En fait, j'aimerais vous montrer quelque chose. Voulez-vous bien me suivre ?

Bien que déconcertée, Anna se leva néanmoins, et prit le bras que le comte lui offrait. Ils empruntèrent le couloir, mais au lieu de se diriger vers l'entrée, Edward bifurqua et pénétra dans l'office.

En les voyant, la cuisinière faillit lâcher sa tasse de thé. Elle se dressa sur ses jambes, et les trois servantes assises à la table avec elle l'imitèrent. D'un geste, Edward leur fit signe de se rasseoir. À coup sûr, ils venaient d'interrompre la séance de cancans du matin.

Sans fournir d'explication, il traversa la cuisine et ouvrit la porte de derrière. Les talons de ses bottes claquèrent sur le sol pavé de la cour tandis qu'il se dirigeait vers les écuries. Il contourna le bâtiment, puis s'immobilisa. Anna jeta un coup d'œil autour d'elle, de plus en plus déroutée.

Edward fut soudain la proie d'une affreuse incertitude. N'avait-il pas eu tort d'acheter un cadeau à sa secrétaire ? Ne risquait-elle pas de se formaliser de ses largesses ? Pire, de s'estimer insultée ?

— C'est pour vous, dit-il en indiquant d'un geste brusque un tas informe recouvert d'une bâche.

Anna fixa un instant le tas, puis le visage du comte. Ce dernier s'en approcha et souleva un coin de la bâche, révélant ce qui ressemblait à des branches mortes hérissées d'épines. La jeune femme poussa un petit cri aigu qu'il interpréta comme étant un cri de satisfaction typiquement féminin. Enfin du moins l'espérait-il.

Il la regarda et ses espoirs furent confirmés. Le sourire qu'elle lui adressait était si radieux qu'il lui réchauffa le cœur.

— Des rosiers ! s'exclama-t-elle.

Elle se laissa à tomber à genoux pour les examiner. Il avait pris soin d'envelopper les racines dans la bâche avant de quitter Londres pour éviter qu'elles ne se dessèchent.

— Attention aux piquants, madame Wren, la prévint-il.

Anna comptait fébrilement.

— Il y en a deux douzaines ! Projetez-vous de tous les planter dans votre jardin, milord ?

Edward fronça les sourcils.

— Ils sont pour vous. Pour votre cottage.

Anna ouvrit la bouche, mais aucun son n'en sortit.

— Mais… même si je les acceptais, dit-elle enfin, je… Cela coûte très cher, milord !

Edward eut peur : ses craintes se confirmaient. Elle refusait son cadeau.

— Pourquoi ne pouvez-vous les accepter ? demanda-t-il.

— Eh bien, d'abord parce qu'ils sont trop nombreux pour mon petit jardin.

— Ah. Et pour combien auriez-vous de la place ?

— Trois ou quatre, je suppose.

Edward s'autorisa un soupir de soulagement.

— Dans ce cas, prenez-en quatre, et je renverrai les autres à l'horticulteur. Ou je les brûlerai.

— Les brûler ! s'écria Anna, horrifiée. Vous ne pouvez pas faire une chose pareille ! Pourquoi ne pas les garder pour votre jardin ?

— Je ne sais pas comment on les plante.

— Moi, si. Je peux m'en charger à votre place. Ce sera ma façon de vous remercier.

Un nouveau sourire, un peu timide cette fois.

— Merci pour ces rosiers, lord Swartingham.

— Je vous en prie, madame Wren, fit-il en se raclant la gorge.

Seigneur, il se sentait aussi gauche qu'un gamin.

— Bien. Je crois qu'il est temps que j'aille voir Hopple.

Elle se contenta de le regarder.

— Oui… oui, c'est cela, je dois aller voir Hopple, répéta-t-il comme un imbécile.

Il marmonna un vague « au revoir », tourna les talons et s'éloigna à grands pas.

Jamais il n'aurait imaginé que faire un présent à sa secrétaire puisse mettre les nerfs à si rude épreuve.

Anna suivit d'un regard absent la silhouette du comte. Elle avait serré le corps nu de cet homme contre le sien, savait comment il bougeait lorsqu'il faisait l'amour, et quels sons s'échappaient de sa gorge à l'instant de la jouissance. Elle le connaissait de la manière la plus intime qui soit, et pourtant, elle ne parvenait pas à associer ce qu'elle savait de lui à l'homme qu'elle voyait à présent en plein jour, à relier l'amant merveilleux à l'aristocrate qui lui avait rapporté ces rosiers de la capitale.

Elle n'avait aucune idée de ce qu'elle éprouverait en le retrouvant après avoir passé deux nuits dans ses bras. Maintenant, elle le savait. Elle ressentait de la tristesse, comme si elle avait perdu quelque chose qui ne lui avait jamais vraiment appartenu. Elle était partie à Londres avec la ferme intention de faire l'amour avec lui sans qu'aucune considération d'ordre émotionnel intervienne. Elle voulait prendre plaisir à l'acte physique comme un homme, somme toute. Sauf qu'elle n'était pas un homme. Et qu'en tant que femme, là où le corps allait, les émotions suivaient bon gré mal gré.

Ces deux nuits d'amour avaient, d'une certaine façon, créé un lien entre eux, ce que, évidemment, le comte ne soupçonnait pas.

Et jamais il ne l'apprendrait. Ce qui s'était passé entre eux dans cette chambre de La Grotte d'Aphrodite devait demeurer son secret.

Elle baissa les yeux sur les plants de rosiers. Peut-être devait-elle voir dans ces arbustes un signe.

Pourquoi pas ? Un gentilhomme n'offrait pas sans raison un aussi joli cadeau, si judicieusement choisi, à sa secrétaire, n'est-ce pas ?

Comme elle touchait un rameau constellé d'épines, elle se piqua. Elle suça distraitement la goutte de sang qui perlait sur son pouce. Peut-être y avait-il un espoir, après tout. À condition que le comte ne découvre *jamais* qu'elle l'avait dupé.

Debout dans de l'eau boueuse, Edward inspectait le nouveau fossé de drainage tandis que deux hommes ôtaient les débris qui l'encombraient à l'aide d'une pelle.

À deux pas, Hopple affichait un air chagrin. Sans doute parce que, ayant glissé dans la boue, son gilet, à l'origine jaune canari orné d'un passepoil vert, était ruiné.

Tout en surveillant le travail des paysans, et en acquiesçant aux remarques de son intendant, Edward se remémorait la réaction d'Anna lorsqu'il lui avait offert les rosiers. Lorsqu'elle parlait, il avait du mal à détourner les yeux de sa bouche. Comment une femme aussi banale pouvait-elle être dotée d'une bouche aussi sensuelle ? C'était là un captivant mystère. Cette bouche aurait conduit droit au péché l'archevêque de Canterbury en personne.

— ... n'est-ce pas votre avis, milord ? demanda Hopple.

— Si. Absolument.

L'intendant lui adressa un regard suspicieux.

— Poursuivez, Hopple, soupira Edward.

Jock apparut soudain dans son champ de vision, un infortuné petit rongeur entre les dents. Il bondit pardessus le fossé et retomba de l'autre côté en soulevant un jet d'eau boueuse qui acheva de dévaster le gilet de Hopple. Remuant fièrement la queue, il présenta sa proie à Edward. De toute évidence, la pauvre créature était passée de vie à trépas depuis belle lurette.

Hopple recula précipitamment, et sortit un mouchoir de sa poche pour se l'appliquer sur le nez.

— Seigneur! marmonna-t-il, irrité. Quand je me suis rendu compte que ce chien n'était pas revenu depuis plusieurs jours, j'ai bien cru que nous en étions définitivement débarrassés.

Edward caressa la tête de Jock qui ne semblait pas décidé à lâcher son malodorant trésor. Un asticot s'en décrocha et tomba dans l'eau au grand dam de Hopple qui se détourna à demi d'un air dégoûté, puis reprit ses explications techniques à propos du fossé.

De son côté, Edward poursuivit sa réflexion. À vrai dire, depuis qu'il avait appris à connaître Mme Wren, il ne la trouvait plus si banale. Il se demandait même comment il avait pu penser une chose pareille. Car c'était un fait, il l'avait jugée plutôt ordinaire. Sa bouche exceptée, bien sûr…

C'était une dame, songea-t-il. De cela jamais il n'avait douté. En tant que gentilhomme, il ne devait pas nourrir le moindre fantasme à son sujet. Il y avait les catins pour cela, après tout. Les dames ne s'agenouillaient pas entre les jambes d'un homme, n'approchaient pas leur belle bouche pulpeuse de…

Edward s'agita d'un pied sur l'autre, mal à l'aise. Maintenant qu'il était officiellement fiancé avec Mlle Gerard, il devait cesser de penser à la bouche de Mme Wren. Ou à toute autre partie de son corps, d'ailleurs. S'il voulait réussir son deuxième mariage, il fallait qu'il expulse Anna… Non… Mme Wren de son esprit.

Sa future famille en dépendait.

Que les rosiers étaient étranges… Solides en apparence et pourtant si fragiles, songeait Anna ce soir-là. De tous les arbustes à fleurs, c'étaient les plus exigeants. Ils nécessitaient bien plus de soin que les autres plantes. Mais une fois enracinés, ils continuaient de croître des années durant, même si on les abandonnait.

Le jardin à l'arrière du cottage ne mesurait que soixante-dix mètres carrés, mais il y avait tout de même une petite cabane au fond dans laquelle Anna avait réussi à dénicher une vieille cuvette et deux seaux. Après avoir plongé les pieds des plants dans les récipients remplis d'eau, elle reprit le cours de ses pensées.

Lord Swartingham l'avait évitée après lui avoir offert les rosiers. C'était du moins son impression. Il ne s'était pas montré au déjeuner et n'était passé qu'en coup de vent dans l'après-midi. Cela dit, il s'était absenté cinq jours. Il devait avoir du travail en retard. Elle enveloppa de nouveau les plants dans la bâche et les déposa à l'ombre de la cabane pour les protéger du soleil, car elle n'aurait pas le temps de les planter avant un jour ou deux.

Elle retourna dans la maison pour y faire un brin de toilette avant le dîner. Ce n'est qu'à la fin de celui-ci que mère Wren s'exclama soudain :

— Oh, très chère, j'ai oublié de vous dire ! Pendant votre absence, Mme Clearwater est venue nous inviter à la fête de printemps qu'elle donne après-demain.

— Qu'est-ce qui nous vaut un tel honneur ? Elle ne nous invite jamais d'ordinaire.

— Elle vous sait amie avec lord Swartingham, et compte sans doute sur vous pour le pousser à venir.

— Je vous rappelle que je n'ai aucune influence sur le comte, mère.

— Dommage, commenta mère Wren. Depuis son arrivée, lord Swartingham n'a fait aucun effort pour s'intégrer à notre communauté. Il ne participe à aucune de nos activités sociales, refuse toutes les invitations, et ne se soucie même pas d'apparaître à l'église le dimanche.

— Je suppose qu'il préfère être seul.

— D'aucuns prétendent qu'il est trop orgueilleux pour participer à nos fêtes locales.

— C'est absolument faux !

— Oh, je sais qu'il est tout à fait charmant ! Après tout, il a accepté volontiers de prendre le petit déjeuner sous notre toit et s'est montré fort aimable. Mais en dehors de cela, il n'a pas cherché la compagnie de quiconque au village, ce qui n'améliore pas sa réputation.

Anna fronça les sourcils.

— Je ne me rendais pas compte que les gens le voyaient ainsi. Ses fermiers l'adorent.

— Ses fermiers, peut-être, mais il devrait veiller à être avenant avec ses pairs.

Anna carra les épaules.

— J'essaierai de le persuader d'assister à cette fête, mère. Mais la tâche s'annonce difficile. Les événements mondains ne l'intéressent guère.

— En attendant, mon petit, nous devons réfléchir à notre toilette pour cette soirée.

Anna se rembrunit.

— Ce sera vite fait. En dehors de ma vieille robe de soie verte, je n'ai pas de tenues élégantes. Et je n'aurai certes pas le temps d'en confectionner une avec l'étoffe que j'ai achetée à Londres.

— C'est bien dommage. Cela dit, votre robe verte vous va à ravir. Je crains toutefois que le décolleté ne soit un peu démodé.

— On pourrait peut-être se servir du galon que Mme Wren a rapporté de Londres pour l'arranger, suggéra timidement Fanny, qui n'en avait pas manqué une miette.

— Quelle bonne idée ! s'exclama mère Wren. Je propose que nous nous y mettions dès ce soir.

Anna acquiesça, puis se leva, et alla fouiller dans le vieux buffet.

— Que cherchez-vous donc ? s'enquit sa belle-mère au bout d'un moment.

La jeune femme se redressa en brandissant triomphalement un petit flacon poussiéreux.

— Le baume de ma mère pour les bleus et les égratignures !

Mère Wren regarda le flacon d'un air dubitatif.

— Mon petit, votre mère était une herboriste amateur remarquable, et je dois admettre qu'elle a utilisé ce baume sur moi avec succès à maintes reprises par le passé, mais il a une odeur repoussante. Êtes-vous sûre d'en avoir besoin ?

— Oh, ce n'est pas pour moi, c'est pour le comte. Il a eu un accident de cheval.

— Un accident de cheval ? Est-il tombé ?

— Non. Lord Swartingham est trop bon cavalier pour faire une chute. Je ne sais pas ce qui s'est passé exactement. Il n'a pas voulu en parler. Mais le fait est qu'il a de vilains hématomes sur le visage.

— Sur le visage, répéta mère Wren, songeuse.

— Il a l'œil enflé et la mâchoire de toutes les couleurs, expliqua Anna.

— Ainsi, vous envisagez de lui appliquer ce baume sur le visage ? Eh bien, j'imagine que vous savez ce que vous faites, commenta sa belle-mère d'un ton dépourvu de conviction.

Dès son arrivée à Ravenhill, le lendemain matin, Anna fila aux écuries. Lord Swartingham était dans la cour, débitant ses instructions à Hopple qui s'efforçait de les noter tant bien que mal dans un carnet. Comme Jock s'élançait au-devant de la jeune femme, le comte s'interrompit pour le suivre des yeux. Il sourit en découvrant Anna.

— Bonjour, madame Wren, lança Hopple.

Puis, à lord Swartingham :

— Dois-je commencer avec ceci, milord ?

— Oui, oui, répondit le comte avec impatience.

L'intendant s'éloigna, manifestement soulagé.

— Avez-vous besoin de quelque chose, madame Wren ? s'enquit Edward.

Il s'était avancé à la rencontre d'Anna.

— Oui, milord. J'ai besoin que vous ne bougiez plus.

— Je vous demande pardon ? fit-il, stupéfait.

— J'ai apporté un baume pour vos blessures, expliqua-t-elle en sortant le flacon de son panier.

Comme le comte l'examinait avec méfiance, elle crut bon d'ajouter :

— C'est une recette de ma défunte mère. Elle ne jurait que par ses propriétés miraculeuses.

Anna retira le bouchon. Le comte eut un mouvement de recul, tandis que Jock tentait de renifler ledit baume. Edward le tira en arrière par la peau du cou.

— Grands dieux ! s'écria-t-il Cela empeste comme de la… euh… du crottin, acheva-t-il piteusement.

— Eh bien, voilà qui est tout à fait approprié pour une cour d'écurie, non ? répliqua Anna d'un ton enjoué.

— Cela ne contient pas du… crottin, tout de même ? s'enquit le comte, l'air inquiet.

— Bien sûr que non ! répliqua Anna, choquée. Il y a de la graisse de brebis, des herbes et d'autres ingrédients. Je ne sais pas exactement lesquels. Il faudra que je lise la recette de ma mère. Mais je suis certaine qu'il n'y a pas une once de crottin. À présent, ne bougez plus, milord.

Edward haussa un sourcil circonspect, mais resta obligeamment immobile. Anna recueillit sur le bout des doigts une noix de graisse, se dressa sur la pointe des pieds et entreprit d'étaler la mixture sur la pommette du comte. Il était si grand qu'elle devait se tenir très près de lui pour atteindre son visage. Elle percevait son souffle profond et régulier, sentait son regard intense rivé sur elle tandis qu'elle massait doucement le pourtour de son œil tuméfié. Elle reprit un peu de baume et entreprit de l'étaler sur sa mâchoire jusqu'à complète disparition.

Bien que concentrée sur sa tâche, elle avait une conscience aiguë de la chaleur de son corps tout proche. Elle fit mine de reculer lorsque le comte lui agrippa le poignet.

Elle retint son souffle. Allait-il...

Il desserra les doigts. La main d'Anna retomba comme un oiseau mort.

— Merci, madame Wren. Je... Euh... J'ai du travail. Je vous reverrai dans l'après-midi.

Il la salua d'un bref hochement de tête, et pivota sur ses talons.

Anna le suivit des yeux, soupira, puis reboucha le flacon.

13

Aurea alla donc rendre visite à son père. Elle voyagea dans une voiture d'or tirée par des cygnes volants, et chargée de merveilleux présents pour sa famille et ses amis. Mais lorsque ses sœurs aînées découvrirent les superbes cadeaux qu'elle leur avait apportés, elles éprouvèrent non de la gratitude et de la joie, mais de la jalousie et du dépit. Elles entreprirent d'interroger Aurea sur sa demeure et son étrange mari. Et c'est ainsi qu'elles apprirent que le château dépassait en somptuosité tout ce qui était imaginable, que les serviteurs étaient des oiseaux, les mets rares et inégalables en saveur, mais aussi, et surtout, qu'un mystérieux amant rendait des visites nocturnes à Auréa. Dissimulant un sourire mauvais derrière leurs belles mains blanches, elles se mirent en devoir de planter les graines du doute dans l'esprit de leur jeune sœur...

Extrait du *Prince Corbeau*

— Un peu plus haut, indiqua Felicity Clearwater.

Les sourcils froncés, elle fixait le plafond de son grand salon. Les rideaux tirés empêchaient le soleil d'entrer.

— Non, non, davantage vers la gauche.

Une voix masculine marmonna une remarque inintelligible.

— C'est cela, oui, approuva Felicity. Tu y es presque.

De l'angle partait une lézarde qui zigzaguait jusqu'au centre du plafond. Felicity ne l'avait jamais remarquée. Elle devait être récente.

— Non, ce n'est pas là… Mais enfin, pourquoi ne peux-tu trouver ? s'énerva-t-elle.

Chilton Lillipin, « Chilly » pour les intimes dont faisait partie Felicity, cracha un poil.

— Ma petite oiselle chérie, essaye donc de te détendre. Tu perturbes mes prouesses artistiques.

Un artiste, lui ? Felicity réprima un ricanement.

Elle ferma les paupières et tenta de se concentrer sur son amant et ce à quoi il était occupé. Peine perdue. Elle rouvrit donc les yeux. Il fallait absolument que les plâtriers réparent cette fissure. Mais lors de leur dernière intervention, Reginald s'était montré extrêmement désagréable. Un ours mal léché. Il avait tempêté, juré, comme si les ouvriers n'étaient là que pour le déranger.

— C'est bon, mon ange, lança Chilly. À présent laisse le maître de l'amour t'emmener au paradis.

Felicity, à laquelle la caresse intime n'avait fait ni chaud ni froid, leva les yeux au ciel. Elle avait failli oublier la présence du *maître de l'amour*. Elle soupira. C'était vraiment sans espoir.

Elle s'obligea à quelques gémissements de bon aloi pendant que Chilly s'efforçait vainement d'être à la hauteur de son titre. Quinze minutes plus tard, debout devant le miroir du salon, il rajustait sa perruque. Il étudia son reflet, puis déplaça légèrement sur la gauche la perruque qui avait glissé sur son crâne rasé.

Chilly était beau garçon, mais tout en lui était *un peu*, de l'avis de Felicity. Ses yeux d'un bleu céruléen étaient *un peu* rapprochés, ses traits réguliers, mais son menton *un peu* fuyant. Il était musclé, mais ses jambes *un peu* courtes, ce qui gâchait l'harmonie de son corps. Et ses défauts physiques se retrouvaient dans sa personnalité. Felicity avait entendu des bruits selon lesquels bien que fort habile à l'épée, Chilly avait *un peu* tendance à ne défier en duel que des hommes moins doués que lui, qu'il tuait donc *un peu* trop facilement.

Felicity songea qu'elle n'aurait pas aimé rencontrer Chilly dans une ruelle sombre, mais il avait néanmoins son utilité.

— As-tu trouvé où la veuve était allée, à Londres ?

— Bien sûr, répondit Chilly en souriant à son reflet, dévoilant sa canine en or.

Une ultime vérification de sa perruque, puis il se retourna vers Felicity.

— La petite poule s'est offert de la distraction dans une maison de passe du nom de La Grotte d'Aphrodite. Et pas une seule, mais deux fois ! Incroyable, non ?

— La Grotte d'Aphrodite ?

— Un établissement de haute volée. Des femmes de la haute société y donnent parfois rendez-vous à leurs amants.

— Vraiment ? fit Felicity en s'efforçant de ne pas laisser transparaître son intérêt.

Chilly se versa un généreux verre du meilleur brandy du châtelain.

— Il me semble que c'est un peu au-dessus des moyens d'une veuve campagnarde.

Indiscutablement, se dit Felicity. Où Anna Wren avait-elle trouvé l'argent pour s'offrir un tel endroit ? L'établissement était de toute évidence fort cher. Son amant devait donc être riche et bien introduit à Londres. Or, le seul gentilhomme de Little Battleford qui corresponde à cette description, le seul qui soit allé à Londres au cours de la même période qu'Anna Wren était lord Swartingham.

Un frisson de triomphe courut le long de l'échine de Felicity.

Edward arracha sa lavallière froissée et la jeta sur le dossier d'une chaise. Il fallait à tout prix qu'il contrôle ses impulsions !

Avec son mobilier lourd et sombre, ses couleurs ternes, sa chambre à Ravenhill était vraiment lugubre, songea-t-il. Elle était si peu propice aux ébats que c'était un miracle que la lignée de la famille de Raaf ne se soit pas éteinte.

Comme d'habitude lorsqu'il avait besoin de lui, Davis demeurait invisible. Edward cala le talon dans le tire-botte et commença à extirper son pied. Il avait été à deux doigts de succomber, dans la cour. Il avait bien failli embrasser Anna. Exactement le genre d'égarement dont il devrait se garder au cours des semaines à venir.

La première botte tomba par terre. Il entreprit de retirer la deuxième.

Le voyage à Londres était censé avoir réglé le problème Anna Wren. Le projet de mariage était désormais sur des rails. Il ne lui restait plus maintenant qu'à endosser, et à tenir sans faillir, son rôle de futur époux. Ce qui impliquait de ne plus se demander pourquoi Anna Wren ne portait plus de bonnet. De ne plus songer combien elle avait été proche de lui pendant qu'elle appliquait le baume. Et surtout, de ne pas penser à sa bouche, et à ce qu'il éprouverait s'il insinuait la langue...

Enfer et damnation, voilà qu'il recommençait!

La deuxième botte céda, et Davis, avec un décalage horaire exquis, apparut.

— Par les cornes de Belzébuth! Qu'est-ce que c'est que cette odeur? Ça pue la pisse!

Il avait à la main un paquet de lavallières propres, ce qui expliquait qu'il daigne faire une incursion dans la chambre de son maître.

Edward soupira.

— Bonsoir à vous aussi, Davis.

— Vous êtes tombé dans une bauge, c'est ça?

Edward retira ses bas.

— Davis, savez-vous que certains valets consacrent du temps à aider leur maître à se vêtir et à se dévêtir au lieu de se livrer à de peu délicats commentaires sur leur personne?

— Ha! Vous auriez dû me dire que vous aviez des problèmes pour boutonner votre culotte, milord. Je vous aurais donné un coup de main.

Edward lui adressa un regard noir.

— Contentez-vous de ranger ces cravates, maugréa-t-il. Et sortez.

Davis s'approcha de la commode, ouvrit le tiroir, et y fourra son fardeau. Cela fait, il revint à la charge.

— Qu'est-ce que c'est, ce truc visqueux sur votre figure ?

— Mme Wren a très gentiment passé un baume sur mes blessures ce matin, répondit Edward d'un air digne.

Son valet inhala très fort, produisant un bruit de forge.

— C'est de là que vient l'odeur. En fait, ça pue pas la pisse, mais la merde de cheval.

— Davis !

— Ben quoi ? J'avais pas senti une odeur pareille depuis que vous étiez tombé dans le lisier de la ferme du vieux Peward, quand vous étiez tout gamin. Vous vous souvenez ?

— Comment pourrais-je l'oublier vu que vous me le rappelez constamment ?

— On a bien cru qu'on pourrait jamais vous enlever l'odeur, cette fois-là. J'ai dû jeter tous vos habits.

— Si plaisant que soit ce souvenir...

— Sûr que vous seriez pas tombé si vous aviez pas lorgné la fille de Peward.

— Je ne lorgnais personne, comme vous dites. J'ai glissé.

— Pfff... Les yeux vous sortaient de la tête à force de zieuter ses gros nichons.

Edward serra les mâchoires.

— J'ai *glissé* et je suis tombé.

— Probablement le Seigneur qui vous a envoyé un signe, philosopha Davis. On regarde les nichons d'une fille et on tombe dans le lisier.

— Oh, pour l'amour du Ciel, Davis ! J'étais assis sur la barrière de la porcherie et j'ai glissé.

— Elle avait de gros pis, hein, la fille Peward ?

— Davis, vous n'étiez même pas présent.

— Mais cette odeur de lisier avait rien à voir avec celle de crottin de votre figure.

— Davis !

Le valet partit à reculons vers la porte en agitant la main devant son nez.

— Ça doit être agréable de laisser une femme vous barbouiller la figure de…

— *Davis !*

— … crottin.

Le valet sortit, mais Edward l'entendit continuer à marmonner dans le couloir. Vu la lenteur de sa progression, ses réflexions furent audibles pendant cinq bonnes minutes. Curieusement, plus il s'éloignait, plus il haussait le ton.

Edward plissa le nez. C'était vrai que ce baume sentait horriblement mauvais. Il remplit la cuvette sur sa table de toilette, humecta une serviette, puis hésita. L'onguent était déjà sur son visage, et cela avait fait plaisir à Anna de l'appliquer. Il passa le pouce sur son menton, se rappelant la douceur de sa main.

Et remit la serviette en place.

Il s'en débarrasserait en se rasant demain matin. Laisser ce baume agir toute la nuit ne pouvait lui faire de mal, décida-t-il en se déshabillant. Qu'il ait un valet sortant de l'ordinaire présentait un avantage : il était capable de se débrouiller seul pour se vêtir et se dévêtir. Il bâilla, s'étira, et grimpa dans le grand lit à colonnes. Il se pencha pour souffler la chandelle et s'allongea.

Le clair de lune s'infiltrait entre les rideaux si bien que la pièce n'était pas complètement obscure. Comme il commençait à s'assoupir, il crut discerner une silhouette féminine près de la porte.

Il cilla. Et soudain, elle fut près de lui.

Elle lui souriait. Eve devait avoir un sourire semblable lorsqu'elle avait tendu la pomme à Adam. Elle était nue, le visage caché derrière un masque en forme de papillon.

La catin de La Grotte d'Aphrodite.

Il devait rêver, se dit-il. Mais la vision était tellement réaliste... La femme fit glisser lentement ses mains le long de son buste en un mouvement langoureux qu'il suivit du regard avec avidité. Elle prit ses seins en coupe et entreprit d'en titiller les pointes. La caresse était si torride que la bouche d'Edward se dessécha d'un coup. Il se redressa pour lui embrasser les seins, mais elle recula, un sourire aguicheur aux lèvres. Elle plongea les doigts dans sa longue chevelure bouclée qu'elle souleva en cambrant le dos. La pose était si provocante que le sexe d'Edward, déjà dressé, se mit à palpiter contre son ventre.

Cette petite coquette savait exactement à quel supplice elle le soumettait. Sans le quitter des yeux, elle laissa sa main s'aventurer vers le triangle sombre entre ses cuisses, s'y attarder un instant, avant de s'enfoncer plus avant.

Edward avait cessé de respirer. Elle s'enhardit encore davantage, se caressant avec impudeur, révélant son sexe moite. Puis, la tête renversée en arrière, elle s'amena à la jouissance de deux doigts habiles en laissant échapper un gémissement.

Le regard embrumé de désir, Edward s'aperçut alors que le masque avait disparu.

Anna...

Son excitation ne connut plus de bornes. La sève monta en lui. Il jouit entre ses draps.

Et se réveilla en sursaut.

Anna pénétra dans les écuries de Ravenhill Abbey, et attendit un instant que sa vision s'adapte à la pénombre qui régnait dans le vieux bâtiment. Celui-ci avait été construit en même temps que le manoir, et agrandi à plusieurs reprises. Une allée séparait les stalles, qui pouvaient accueillir une cinquantaine de chevaux. Pour l'heure, il n'y en avait que dix, ce qui attristait Anna. Cet endroit, qui avait dû déborder d'activité autrefois, ressemblait à présent à un géant endormi. Une odeur de foin et de cuir vieille de plusieurs décennies, de plusieurs siècles peut-être, flottait dans l'air.

Anna était censée retrouver lord Swartingham dans les écuries afin d'aller inspecter d'autres champs. Elle l'aperçut au bout de l'allée, qui discutait avec le palefrenier en chef de la boiterie chronique d'un hongre. Il jeta un coup d'œil par-dessus son épaule en l'entendant approcher, lui sourit et poursuivit sa discussion.

Elle s'arrêta près de la stalle ouverte de Daisy, qui était déjà harnachée, et lui parla à mi-voix tout en observant discrètement le comte. Il accordait toute son attention à son employé qui, à l'instar de bien des gens de la campagne, s'exprimait avec lenteur. Lord Swartingham l'écouta patiemment, sans l'interrompre ni le presser, puis, lorsque le vieil homme eut terminé, il lui tapa cordialement sur l'épaule. Il attendit qu'il se soit éloigné avant de se tourner vers Anna.

C'est alors que Daisy, d'ordinaire si gentille et placide, se mit à ruer si violemment que ses sabots passèrent à quelques centimètres du visage d'Anna. La jeune femme se plaqua contre la cloison de la stalle, le souffle coupé par la surprise et la peur. Daisy rua une deuxième fois, et des éclats de bois volèrent dans les airs.

Au milieu du fracas et des hennissements frénétiques de la jument, Anna entendit le comte hurler son prénom.

Un rat jaillit sous le portillon et disparut dans les profondeurs des écuries. Mais déjà, lord Swartingham attrapait la jument par la bride et la tirait hors de sa stalle. Il y eut un autre hennissement, un portillon claqua.

Et soudain, des bras puissants enveloppèrent la jeune femme tandis que la voix du comte murmurait tout près de son oreille :

— Mon Dieu, Anna, vous n'êtes pas blessée, n'est-ce pas ?

Elle se découvrit incapable de répondre. Les mains du comte se mirent à lui caresser les bras, si douces, si apaisantes que ses tremblements commencèrent à se calmer.

— Anna, souffla-t-il en lui soulevant le menton de l'index.

Elle le vit s'incliner sur elle, ferma les yeux.

Ses lèvres étaient sèches et chaudes. Légères au début, il en accentua la pression tout en penchant la tête de côté pour faciliter leur baiser. Sa peau exhalait une odeur de paille et de cuir. Anna songea qu'elle associerait à jamais lord Swartingham aux chevaux.

Edward...

Il lui frôla les lèvres de la langue, si délicatement qu'elle crut d'abord l'avoir imaginé. Mais le mouvement se précisa, s'amplifia. Une caresse à la douceur soyeuse qui incita Anna à entrouvrir la bouche, à laisser cette langue se livrer à un manège enivrant.

Spontanément, elle noua les doigts derrière la nuque d'Edward, qui répondit à cette audace en l'attirant contre lui. Il lui effleura la joue de la main tandis qu'il approfondissait son baiser. Seigneur, c'était si délicieux qu'elle ne put retenir un gémissement ! Elle vacilla, les jambes soudain si faibles qu'elle serait tombée s'il ne l'avait retenue.

Un grand bruit la ramena brutalement sur terre. Edward releva la tête, tendit l'oreille. Au loin, l'un des palefreniers se mit à injurier copieusement un garçon d'écurie.

Le comte baissa de nouveau les yeux sur Anna. Du pouce, il suivit le contour de sa joue.

— Anna, je...

Il n'alla pas plus loin, comme s'il était à court de mots, secoua la tête, puis reprit sa bouche. Il la frôla, s'attarda, mais tandis que leur baiser montait en intensité, Anna perçut que quelque chose n'allait pas.

Il se dérobait. Elle le perdait.

Elle se pressa contre lui pour tenter de le retenir. Il lâcha ses lèvres, déposa une pluie de baisers légers sur ses pommettes, ses paupières closes dont les cils frémissaient sous son souffle.

Et soudain, ses bras retombèrent. Il recula d'un pas. Anna ouvrit les yeux et le vit se passer nerveusement les doigts dans les cheveux.

— C'était... commença-t-il. Bon sang, je suis vraiment désolé.

— Je vous en prie, ne vous excusez pas.

Elle parvint à un sourire, et, s'armant de courage, ajouta :

— J'avais autant envie de ce baiser que vous. En fait...

— Je suis fiancé.

— Quoi ? s'écria Anna.

Elle eut un mouvement de recul comme s'il l'avait frappée.

— Je suis fiancé. Je vais me marier.

Il arborait une mine sinistre. Pire, il semblait souffrir.

Aussi immobile qu'une statue, Anna tentait de donner un sens à ces mots. Lentement, la déclaration d'Edward fit son chemin dans son esprit, laissant derrière elle une traînée de glace.

— C'est la raison pour laquelle je suis allé à Londres, expliqua-t-il. Pour mettre au point le contrat.

Il se mit à marcher de long en large, visiblement dans un état de grande agitation.

— Ma promise est la fille d'un baronet. Une très vieille famille. Je crois que leurs ancêtres ont débarqué avec Guillaume le Conquérant, ce qui n'est pas le cas des miens, loin s'en faut. Ses terres...

Il se tut abruptement comme si Anna l'avait interrompu.

Leurs regards se croisèrent. L'espace de quelques déchirantes secondes, le temps parut se suspendre. Puis Edward détourna les yeux, et Anna eut l'impression que la corde invisible qui les reliait venait de se rompre irrémédiablement.

— Je suis désolé, madame Wren, répéta-t-il. Je me suis comporté avec vous d'une manière inadmissible. Vous avez ma parole que cela ne se reproduira pas.

— Je... je... vais aller travailler, milord, balbutia-t-elle, la gorge tellement nouée que les mots peinaient à sortir.

Il n'était pas question de lui laisser voir sa douleur, mais c'était une torture. Pressée de se soustraire à son regard – de fuir ! –, elle pivota sur ses talons. Elle n'avait pas fait deux pas que la voix du comte résonna :

— Sam...

— Pardon ? dit-elle en regardant par-dessus son épaule.

Elle n'aspirait qu'à se rouler en boule dans un coin sombre, mais quelque chose dans l'expression d'Edward la fit s'arrêter.

Il avait levé la tête et fouillait des yeux le grenier ouvert. Anna suivit son regard. Là où, autrefois, se trouvaient des montagnes de fourrage, il n'y avait plus que de la poussière. Le foin était désormais entreposé dans les stalles inoccupées. Pourtant, Edward continuait de fixer le grenier.

— C'était le repaire favori de mon frère, dit-il enfin d'une voix sourde. Il s'appelait Samuel. Il avait neuf ans, six de moins que moi. Trop petit pour que je joue avec lui. Le moins qu'on puisse dire, c'est que je ne lui prêtais pas grande attention. C'était un enfant paisible. Il adorait se réfugier dans ce grenier. Cela inquiétait notre mère. Elle avait peur qu'il ne fasse une chute mortelle, mais cela n'arrêtait pas Sam. Il passait le plus clair de son temps là-haut, à s'amuser avec ses soldats de plomb ou ses toupies. Parfois il me jetait du foin sur la tête, histoire de me rappeler qu'il était là, ou juste pour m'agacer. Avec le recul, je pense qu'il voulait que je m'intéresse à lui. Mais à quinze ans, je ne songeais qu'à apprendre à manier un fusil et à boire, à m'efforcer de devenir un homme, somme toute. Je n'avais pas de temps à consacrer à un gamin de neuf ans.

Edward fit quelques pas, les yeux toujours rivés au grenier. Anna avait la gorge serrée par l'émotion. Pourquoi maintenant ? se demandait-elle. Pourquoi se confiait-il à elle au moment où cela n'avait plus d'importance ?

— C'est étrange, poursuivit-il. La première fois que je suis revenu ici, je m'attendais à le trouver dans ce grenier. Je suis entré dans l'écurie et, spontanément, j'ai levé les yeux.

Un temps, puis, dans un murmure :

— Cela m'arrive encore, parfois.

Anna aurait voulu se boucher les oreilles, ne plus entendre les confidences de cet homme, ne plus éprouver de sympathie pour lui.

— Autrefois, ces écuries étaient entièrement occupées. Mon père adorait les chevaux. Il en faisait l'élevage. Il y avait une foule de garçons d'écurie et d'amis de mon père qui parlaient chevaux et chasse. Ma mère donnait des soirées au manoir et préparait l'entrée dans le monde de ma sœur. Ravenhill vibrait de vie, d'énergie, de joie. C'était le plus bel endroit du monde.

Du bout des doigts, Edward effleura le portillon d'une stalle vide.

— Jamais je n'aurais cru que je partirais un jour. Je ne l'ai jamais voulu. Mais il y a eu cette épidémie de variole. Et ils sont morts. L'un après l'autre. D'abord Sam, puis mon père, ensuite ma mère. Elizabeth, ma sœur, a été la dernière à succomber. À cause de la fièvre, il avait fallu lui couper les cheveux. Elle en avait pleuré toutes les larmes de son corps. Elle prétendait que ses cheveux étaient ce qu'elle avait de mieux. Deux jours plus tard, on la mettait dans le caveau familial. D'une certaine façon, nous avons eu de la chance, si on peut appeler cela ainsi ; d'autres familles ont été obligées d'attendre le printemps pour enterrer leurs proches. À cause de l'hiver, le sol était gelé.

Il inspira à fond, puis :

— Je ne me souviens pas de cela. Je le sais parce qu'on me l'a raconté. À ce moment-là, j'étais déjà tombé malade.

Il se passa l'index sur la pommette, là où les cicatrices étaient les plus nombreuses. Anna se demanda combien de fois il avait fait ce geste au cours des années.

— Et j'ai survécu.

Il la regarda, eut un sourire amer.

— Je suis le seul à avoir survécu. Ils sont tous morts et moi, j'ai guéri.

Il ferma un instant les yeux. Lorsqu'il les rouvrit, son expression était indéchiffrable.

— Je suis le dernier de la lignée. Il n'y a pas de lointains cousins susceptibles d'hériter du titre et du domaine, pas de descendants cachés. Quand je mourrai, si je n'ai pas de fils, tout reviendra à la Couronne.

Bien que frissonnante, Anna s'obligea à soutenir son regard.

— Je dois avoir un héritier, madame Wren. Vous comprenez ? Je dois épouser une femme capable de concevoir.

Il avait lâché ces mots entre ses dents serrées, comme si les prononcer le mettait au supplice.

14

Ses sœurs interrogeaient Aureas sans relâche, affectant une grande inquiétude. Qui était ce mystérieux amant ? Pourquoi ne se montrait-il pas à la lumière du jour ? Ne l'ayant pas vu, comment Aurea pouvait-elle être sûre qu'il s'agissait d'un humain ? Peut-être était-il si horrible qu'il préférait se cacher. Peut-être allait-il lui faire un enfant, et porterait-elle une créature répugnante.

Plus Aurea écoutait ses sœurs, plus elle s'alarmait. Peu à peu, elle perdit toutes ses certitudes, ne sut plus que faire.

Ce fut à ce moment-là que ses sœurs lui suggérèrent un plan...

Extrait du *Prince Corbeau*

Anna vécut le reste de la journée comme une épreuve. Elle s'obligea à s'asseoir à son bureau, à tremper méticuleusement sa plume dans l'encrier, à retranscrire proprement les notes du comte, en un mot, à faire son travail de secrétaire.

Car elle n'était que cela, finalement. Une simple secrétaire.

Longtemps auparavant, lorsque Peter lui avait demandé sa main, elle avait tout de suite songé aux enfants. Auraient-ils des cheveux roux ou bruns ? Quels noms leur donneraient-ils ? Mentalement, elle avait commencé à dresser une liste. Quand ils s'étaient installés dans le cottage, elle s'était inquiétée de son exiguïté : jamais il ne pourrait abriter une famille nombreuse.

Pas une seule seconde elle n'avait envisagé de ne pas être mère.

Au cours de sa deuxième année de mariage, elle avait commencé à s'inquiéter un peu. La troisième l'avait vue pleurer à chaque retour de ses menstrues. La quatrième, elle savait que Peter la trompait. Soit parce qu'elle était incapable de procréer, soit parce qu'il la trouvait mauvaise amante. Soit les deux...

Après sa disparition, elle avait enfoui au plus profond de son cœur ses rêves d'enfants, de famille nombreuse, et s'était obligée à les oublier. Elle y était parvenue. Jusqu'à aujourd'hui, où le comte, en quelques phrases, avait exhumé son rêve et ravivé sa souffrance. Ses espoirs, son besoin viscéral de porter un bébé avaient ressurgi, aussi ardents que lors de son mariage.

Oh, Seigneur, être capable de donner cet héritier à Edward ! Que n'aurait-elle fait, que n'aurait-elle accepté pour avoir la joie d'enfanter ? Pour mettre au monde un bébé issu de l'union de leurs âmes et de leurs corps ? Ce désir était si puissant qu'elle en souffrait physiquement, et devait lutter pour ne pas se courber en deux.

Car elle ne pouvait se laisser aller. Elle se trouvait dans la bibliothèque d'Edward, lequel était assis à son bureau. Il n'était pas question qu'elle lui montre son chagrin. Orgueilleusement, elle s'efforçait donc de faire ce que l'on attendait d'elle. Sa plume courait sur le papier. Et tant pis s'il y avait quelques bavures, des lettres mal formées. Elle recopierait tout cet après-midi.

La journée s'écoula avec une lenteur torturante. Lorsque vint l'heure de partir, Anna entreprit de ranger ses affaires. C'est alors qu'elle tomba sur l'invitation de Felicity Clearwater. Elle la fixa un moment. Un siècle plus tôt, lui semblait-il, elle avait projeté de rappeler au comte cette soirée dansante. Cela lui paraissait sans importance désormais.

Sauf que mère Wren n'était pas de cet avis, se souvint-elle. Elle allait remplir la mission dont l'avait chargée sa belle-mère, décida-t-elle, puis elle rentrerait chez elle.

Elle redressa les épaules.

— Milord, la soirée de Mme Clearwater aura lieu demain soir.

— Je n'ai pas l'intention d'y assister.

Anna s'était refusée à regarder le comte, mais sa voix, nota-t-elle, était aussi atone que la sienne.

— Vous êtes l'aristocrate le plus titré de la région, milord. Votre présence à cette soirée serait fort bien perçue.

— Sans doute.

— Ce serait aussi un bon moyen d'apprendre les derniers potins du village.

— Mmm.

— Mme Clearwater sert un punch spécial dont tout le monde s'accorde à dire qu'il n'y en a pas de meilleur.

— Je ne...

— Je vous en prie, allez-y.

Bien qu'elle ne le regardât toujours pas, elle sentit que lui la fixait.

— Si tel est votre souhait, céda-t-il finalement.

— Parfait, milord.

Anna ajusta son chapeau, puis s'apprêta à gagner la porte quand un détail lui revint. Elle ouvrit le tiroir de son bureau, en sortit *Le Prince Corbeau*, et alla le déposer sur le bureau du comte.

— Ceci est à vous, milord.

Elle quitta la bibliothèque sans lui laisser le temps de dire quoi que ce soit.

Il faisait épouvantablement chaud et l'orchestre jouait faux. Mais il s'agissait de la soirée de printemps de Felicity Clerwater, et chaque année, les habitants de Little Battleford qui avaient l'insigne honneur de recevoir un carton d'invitation enfilaient leurs plus beaux atours pour aller boire le punch coupé d'eau de la châtelaine.

Felicity accueillait ses invités à la porte, vêtue pour l'occasion d'une nouvelle robe de mousseline bleu indigo dont la sous-jupe bleu pâle était ornée d'une frise d'oiseaux cramoisis en plein vol ; oiseaux que l'on retrouvait au bord du décolleté en V du corsage. Son époux, un homme corpulent qui arborait des bas orange et la longue perruque à la mode au temps de sa jeunesse, se tenait près d'elle, mais il était évident que cette réception était celle de Felicity.

À son arrivée, Anna n'avait eu droit qu'à un salut glacial de la part de Felicity et à un vague grognement de celle de son mari. Soulagée d'avoir passé cette épreuve, elle se tenait à présent dans le salon, un peu à l'écart. Elle regrettait d'avoir accepté le verre de punch que le vicaire lui avait proposé, car elle était maintenant obligée de le boire.

Mère Wren était à côté d'elle, lui jetant de temps à autre des regards anxieux. Anna ne lui avait rien dit de ce qui s'était passé avec lord Swartingham dans les écuries, et n'avait pas l'intention de le faire, mais sa belle-mère avait néanmoins senti que quelque chose n'allait pas. D'autant qu'elle était incapable de feindre une gaieté qu'elle ne ressentait pas.

La tête ailleurs, elle avala une gorgée de punch. Elle avait revêtu la fameuse robe verte. Avec l'aide de Fanny, elle avait réparé les dommages dus à l'usure, et agrémenté le décolleté, désormais plus profond, comme l'exigeait la mode, d'un liseré de dentelle blanche. Lors d'un étonnant accès d'inventivité artistique, Fanny avait confectionné un petit bouquet à partir de dentelle et de ruban vert. Il ornait maintenant les cheveux d'Anna. Même si elle n'était pas d'humeur festive, elle n'avait pu se résoudre à décevoir la petite bonne en refusant de le porter.

— Le punch n'est pas mauvais, chuchota mère Wren.

Anna, qui n'avait pas remarqué, en but une autre gorgée.

— En effet, admit-elle. Meilleur que ce que les gens en disent.

— Je trouve dommage que Rebecca n'ait pas pu venir.

— Oui, et je ne comprends pas pourquoi.

— Vous savez bien qu'elle ne peut se montrer en public, mon petit. Elle est presque à terme. De mon temps, dès que notre état commençait à se voir, nous ne mettions plus le pied dehors.

Anna fronça le nez.

— C'est tellement ridicule. Tout le monde sait qu'elle est enceinte. Ce n'est pas comme si c'était un secret.

— C'est uniquement une question de bienséance. Du reste, la grossesse de Rebecca est trop avancée pour que, à mon sens, elle ait envie de rester debout des heures durant. Il n'y a jamais assez de sièges lors de ces soirées dansantes.

Mère Wren balaya la salle du regard, puis demanda :

— Pensez-vous que votre comte viendra ?

— Ce n'est pas *mon* comte, rétorqua Anna d'un ton si amer que sa belle-mère lui décocha un regard aigu. Je lui ai dit que ce serait une bonne idée d'accepter l'invitation, ajouta-t-elle d'une voix plus neutre.

— J'espère qu'il arrivera avant que les danses ne commencent. J'adore voir un bel homme viril danser.

— J'ai bien peur qu'il ne se montre pas, mère. Auquel cas, vous devrez vous contenter d'admirer M. Merriweather.

Les deux femmes posèrent les yeux sur M. Merriweather, un échalas squelettique aux genoux cagneux qui bavardait avec une imposante matrone en robe couleur pêche. Comme il se penchait vers son interlocutrice pour quelque confidence, il inclina malencontreusement son verre de punch, si bien qu'un peu de liquide coula dans l'opulent décolleté de la dame.

Mère Wren secoua tristement la tête.

— Je crois, fit Anna pensivement, que M. Merriweather n'a jamais réussi à danser un quadrille sans se tromper de place.

Avec un soupir navré, mère Wren détourna le regard. Elle jeta un coup d'œil vers la porte, et son visage s'éclaira.

— Mon petit, je n'aurai pas à me contenter de M. Merriweather, finalement, annonça-t-elle. Voici *votre* comte.

Anna pivota légèrement tout en portant son verre à ses lèvres. Et suspendit son geste à la vue d'Edward en culotte noire, manteau couleur saphir et gilet. Ses cheveux de jais noués en un catogan d'une netteté inhabituelle luisaient à la clarté des chandelles. Il dépassait d'une tête tous les autres hommes présents. Felicity semblait au comble du bonheur : elle avait réussi à attirer chez elle l'insaisissable lord Swartingham ! Une main possessive posée sur son bras, elle le présentait aux invités les plus proches.

Anna réprima un sourire ironique. À en juger par son expression et la raideur de sa posture, Edward n'était pas à la fête. Il rongeait son frein, et contenait difficilement sa mauvaise humeur. Il semblait à deux doigts de planter là Mme Clearwater, l'offense suprême s'il en était pour une hôtesse.

Il leva les yeux à cet instant, et croisa le regard d'Anna, qui retint son souffle. L'expression du comte était soudain indéchiffrable.

Reportant son attention sur son hôtesse, il lui dit quelques mots, puis l'abandonna et fendit la foule pour venir droit sur Anna. La jeune femme sentit un liquide froid sur son poignet, et s'aperçut qu'elle tremblait si fort que le punch avait débordé de son verre. Elle agrippa ce dernier à deux mains, soudain prise d'une envie folle de s'enfuir à toutes jambes. Mais à quoi cela aurait-il servi ? Elle ne pourrait éviter éternellement le comte. Alors l'affronter tout de suite ou plus tard, quelle différence ?

Felicity devait avoir fait signe aux musiciens, car les violons commencèrent à s'accorder.

— Madame Wren, quel plaisir de vous revoir, dit Edward en se penchant sur la main de la belle-mère d'Anna.

Il ne sourit pas, mais la vieille dame ne parut pas se formaliser.

— Milord, je suis si contente que vous ayez pu venir. Anna mourait tellement d'envie de danser.

Anna aurait voulu se glisser dans un trou de souris. L'allusion de mère Wren flotta dans l'air un interminable moment avant qu'Edward ne rompe le silence.

— M'accorderiez-vous ce plaisir, madame Wren? dit-il à Anna.

Il n'avait même pas daigné la regarder. Cet homme qui l'avait embrassée deux jours auparavant!

— J'ignorais que vous dansiez, milord, rétorqua-t-elle d'un air pincé.

— Je vous rappelle que je suis comte.

— Comme si je pouvais l'oublier, murmura-t-elle.

Il fixa sur elle son regard sombre, et fronça les sourcils. Ah, il la voyait enfin!

Elle prit sagement la main gantée qu'il lui offrait. Mais à peine avait-elle posé les doigts sur les siens qu'elle en sentit la chaleur à travers la soie. L'espace d'un instant, elle se rappela le bonheur qu'elle avait éprouvé à caresser sa peau nue, brûlante, moite de transpiration. Seigneur, elle ne devait pas penser à cela! Pas maintenant!

Il adressa un hochement de tête à mère Wren, puis conduisit Anna jusqu'à la piste où elle découvrit qu'il savait indéniablement danser, quoique sans grâce excessive.

— Vous connaissez en effet les pas, admit-elle alors qu'ils se rejoignaient dans l'allée entre les danseurs lors d'une figure du quadrille.

Du coin de l'œil, elle le vit se renfrogner.

— Je ne suis pas né dans une caverne, riposta-t-il. Je sais me comporter en société.

La musique cessa avant qu'Anna ait eu le temps de trouver une repartie appropriée. Elle fit une brève révérence, puis voulut dégager sa main, mais Edward la retint, et la cala au creux de son bras.

— Ne vous avisez pas de m'abandonner, madame Wren. Si je suis venu à cette maudite soirée, c'est votre faute.

— Peut-être un verre de punch vous ferait-il plaisir ? proposa Anna, désireuse de quitter ce terrain glissant.

Il lui adressa un regard soupçonneux.

— Vous croyez ?

— Eh bien, pour être franche, non, je ne crois pas. Mais il n'y a rien d'autre à boire, et la table où l'on sert les rafraîchissements se trouve à l'opposé de Mme Clearwater.

— Dans ce cas allons essayer le punch.

Comme ils se frayaient un chemin parmi les invités, Anna remarqua que ceux-ci s'écartaient spontanément devant le comte. Son titre impressionnait sans doute, mais pas moins que sa haute stature, sa carrure et son air ombrageux, devina-t-elle.

Anna sirotait un deuxième verre de punch tandis qu'Edward échangeait quelques mots avec le vicaire lorsqu'une voix s'éleva tout près d'elle.

— Je suis étonné de vous voir ici, madame Wren. J'avais entendu dire que vous exerciez un nouveau « métier ».

Edward avait senti Anna se crisper à ses côtés. Il se tourna lentement vers l'homme qui venait de parler. Son visage rougeaud surmonté d'une perruque de guingois ne lui était pas familier. Il glissa un regard à la jeune femme ; elle semblait pétrifiée.

— Avez-vous appris de nouvelles techniques de vos récentes invitées, madame Wren ? insista l'homme.

Elle ouvrit la bouche pour répliquer, mais Edward la prit de vitesse.

— Je crains de ne pas avoir saisi vos paroles, monsieur.

Le goujat parut alors s'apercevoir de la présence du comte. Il écarquilla les yeux. Le silence qui s'était fait autour d'eux se répandit dans toute la salle. L'incident n'était pas passé inaperçu, et tout le monde attendait la suite.

L'homme était plus courageux qu'il n'en avait l'air, car il répondit :

— J'ai dit que…

— Faites très, très attention à ce que vous allez ajouter, le coupa Edward en se redressant de toute sa hauteur.

L'homme parut comprendre enfin qu'il était en fâcheuse position. Il déglutit avec peine, mais ne poursuivit pas.

— Bien, approuva Edward. Peut-être aimeriez-vous présenter vos excuses pour ce que vous n'avez *pas* dit à Mme Wren.

L'homme s'éclaircit la voix.

— Je… je suis désolé si j'ai prononcé des paroles qui vous ont offensée, madame Wren.

Anna accepta les excuses d'un hochement de tête, mais l'homme ne la regardait pas. C'était la réaction d'Edward qu'il guettait. Il attendait un signe lui montrant que ses regrets satisfaisaient le comte.

Manifestement pas, si elle se fiait à l'expression d'Edward.

Une goutte de sueur perla sur la tempe de l'homme qui ajouta :

— J'ignore ce qui m'a pris. Je suis tellement navré de vous avoir causé de la peine… Mon inconséquence me fait honte. Madame Wren, je ne suis qu'un imbécile.

— En effet, murmura Edward.

Ce qui déclencha chez l'homme un indéniable malaise.

— Il est temps d'aller danser, intervint Anna, désireuse d'en finir. L'orchestre ne doit-il pas jouer un nouveau morceau ?

Elle avait parlé suffisamment fort pour être entendue des musiciens, qui levèrent aussitôt leur archer. Elle prit d'autorité le bras d'Edward et l'entraîna vers la piste. Pour une femme de son gabarit, elle avait de la poigne, songea-t-il en jetant un dernier regard noir au goujat.

— Qui est-ce ? demanda-t-il à Anna.

— Ses paroles ne m'ont pas réellement blessée, vous savez, éluda-t-elle.

Edward dut attendre qu'une figure les rapproche pour répéter :

— Qui est-ce ?

La question parut l'agacer.

— John Wiltonson. Un ami de mon défunt mari.

Comme il attendait visiblement qu'elle en dise plus, elle précisa :

— Il m'a fait des propositions après la mort de Peter.

— Il voulait vous épouser ?

— Il s'agissait de propositions indécentes, milord. Il était – il est – déjà marié.

Edward s'immobilisa si abruptement que les autres danseurs faillirent les heurter.

— Il vous a molestée ?

Anna lui tira le bras, mais il ne bougea pas d'un pouce.

— Non. Il voulait juste que je sois sa maîtresse. J'ai refusé, naturellement.

Les danseurs commençaient à s'agglutiner derrière le comte.

— Milord, je vous en prie !

De mauvais gré, Edward se remit dans la file, mais ils avaient perdu le rythme.

— Je ne veux plus jamais entendre quelqu'un vous parler de la sorte, madame Wren.

— C'est là un noble sentiment, milord, mais je vous imagine mal passer le reste de votre vie à me suivre pour me protéger des impertinents.

Edward resta coi. Elle avait raison, bien sûr. Elle n'était que sa secrétaire. Il ne pourrait empêcher qu'on l'insulte, ni qu'on lui fasse des avances déplacées. Seul un mari jouissait de ce genre de prérogatives.

— Je n'aurais pas dû vous entraîner dans une deuxième danse si tôt après la première, remarqua-t-elle, interrompant le cours de ses pensées. Ce n'est pas convenable.

— Je me fiche comme d'une guigne de ce qui est convenable ou pas ! Cela dit, je vous ferai remarquer que vous m'avez obligé à danser parce que c'était le seul moyen de m'éloigner de ce misérable babouin.

Anna lui sourit. Une émotion indicible lui étreignit la poitrine. Il l'avait chevaleresquement défendue, et était encore prêt à en découdre. Jusqu'où irait-il pour empêcher que l'on salisse son honneur ?

Cette question, Edward se la posait toujours deux heures plus tard tandis que, appuyé au mur, il regardait Anna danser un quadrille avec un gentilhomme à bout de souffle. Elle avait besoin d'un mari, c'était évident, mais il ne parvenait pas à l'imaginer avec un homme. Plus précisément, avec un *autre* homme que lui.

Quelqu'un toussota près de lui. Il tourna la tête et découvrit un jeune homme coiffé d'une perruque coupée au carré. Le vicaire Jones. Ce dernier lui adressa un sourire en le regardant par-dessus son pince-nez.

— Lord Swartingham. C'est si gentil à vous d'avoir accepté de participer à ce petit événement local.

Edward se demanda comment un homme d'à peine trente ans pouvait avoir la voix d'une personne deux fois plus âgée.

— Je prends beaucoup de plaisir à la soirée de Mme Clearwater, répondit-il.

À sa grande surprise, il se rendit compte que c'était vrai.

— Parfait, milord, parfait ! s'exclama le vicaire. Les réceptions de Mme Clearwater sont toujours merveilleusement organisées, et ses rafraîchissements sont tout simplement délicieux.

Il en fournit la preuve sur-le-champ en avalant une longue gorgée de punch. Edward baissa les yeux sur son propre verre, et nota mentalement de vérifier le traitement que touchait le vicaire. Manifestement, ce dernier n'était habitué ni aux boissons de qualité ni aux nourritures raffinées.

— Madame Wren est vraiment une danseuse accomplie, enchaîna Jones en suivant du regard les évolutions des couples sur la piste. Et elle a une bien jolie allure. Je la trouve différente, ce soir.

— C'est parce qu'elle ne porte pas de bonnet.

— Oh, vous croyez? Vous êtes plus observateur que moi, milord. Je pensais qu'elle s'était peut-être acheté une nouvelle robe lors de son voyage.

Edward, qui s'apprêtait à boire, resta la main en l'air.

— Quel voyage? s'enquit-il, les sourcils froncés.

— Mmm?

Jones s'intéressait davantage aux danseurs qu'à la conversation. Edward se préparait à répéter sa question quand Felicity Clearwater s'interposa.

— Ah, lord Swartingham! Je constate que vous connaissez le vicaire.

Les deux hommes sursautèrent comme s'ils avaient été surpris en train de commettre quelque forfait. Edward adressa un sourire contraint à son hôtesse. Du coin de l'œil, il vit le vicaire tenter une manœuvre de repli.

— En effet, j'ai déjà rencontré M. Jones, Mme Clearwater.

— Lord Swartingham nous a généreusement aidés pour la réfection du toit de l'église, recnhérit le vicaire tout en cherchant à croiser le regard d'un autre invité, tactique qu'il mena à bien.

» N'est-ce pas M. Merriweather, là-bas? enchaîna-t-il. J'ai un mot à lui dire. Si vous voulez bien m'excuser, madame Clearwater?

Sans attendre de réponse, il s'esquiva. Edward le regarda s'éloigner avec envie. De toute évidence, le vicaire avait déjà assisté à nombre de soirées chez les Clearwater et connaissait la recette pour échapper aux griffes de leur hôtesse.

— Je suis ravie de passer quelques instants en tête à tête avec vous, milord, commença cette dernière. Je voulais vous parler de votre voyage à Londres.

— Ah, fit vaguement Edward en balayant la pièce des yeux à la recherche de la vieille Mme Wren.

Elle ferait une parfaite planche de salut. Il ne pouvait décemment pas laisser une dame seule, n'est-ce pas ? Du moins serait-ce ce qu'il dirait à Mme Clearwater dès qu'il aurait localisé la belle-mère d'Anna.

— On m'a rapporté vous avoir vu dans des endroits inhabituels, souffla Felicity en se penchant vers lui.

— Vraiment ? répondit distraitement Edward.

Mais où se cachait la vieille Mme Wren ?

— Oui. En compagnie d'une dame que nous connaissons tous deux.

Dans la seconde, Felicity eut toute l'attention d'Edward. De quoi diable parlait cette femme ?

— Fe-liiii-ciiii-ty ! iodla soudain une voix masculine avinée.

Mme Clearwater grimaça. Son époux s'avançait vers elle d'une démarche chaloupée.

— Felicity, ma ch... ère, ne monopolisez donc pas le comte. Parler de... de mode et de fanfreluches ne l'intéresse pas.

Clearwater ponctua ses paroles d'un coup de coude dans l'abdomen d'Edward.

— Pas vrai, milord ? continua-t-il. La chasse, voilà un sujet masculin ! Un sport viril.

— Je dois avouer que je ne chasse guère.

— Quoi ? Les hurlements des chiens, les chevaux au galop, l'odeur du sang... débita Clearwater d'un ton extasié.

Il était dans son univers. À l'autre bout de la salle, Edward vit Anna attacher sa cape. S'apprêtait-elle à partir sans même lui dire au revoir ?

— Excusez-moi.

Edward s'inclina devant ses hôtes, puis les planta là. La réception battait son plein et le salon était particulièrement bondé si bien qu'il dut jouer des coudes pour le traverser. Le temps qu'il atteigne la porte, les dames Wren étaient déjà dehors.

— Anna ! cria-t-il en bousculant le valet de pied qui commençait à refermer le battant.

La jeune femme et sa belle-mère se retournèrent.

— Vous ne devriez pas rentrer seule à pied, Anna, fit-il en la foudroyant du regard. Ni vous, madame Wren.

Nom d'un chien, quelle bévue ! Il avait appelé la jeune femme par son prénom. Elle semblait embarrassée, mais pas mère Wren, qui lui adressa un sourire radieux et demanda :

— Êtes-vous venu pour nous escorter jusqu'à la maison, milord ? s'enquit-elle.

— Ce serait un honneur et un plaisir, répondit-il.

La voiture d'Edward attendait à proximité. Il aurait pu inviter les deux femmes à y monter, mais la nuit était douce, et puis, raccompagner Anna à pied lui permettrait de profiter de sa compagnie quelques minutes de plus. Il fit donc signe à son cocher de les suivre au pas, puis offrit un bras à Anna et l'autre à mère Wren. Même si, selon les normes d'une soirée, les dames Wren partaient tôt, il faisait néanmoins nuit noire et l'heure était tardive. La lune brillait haut dans le ciel pur, étirant de longues ombres devant le trio.

Ils approchaient d'un croisement quand des pas lourds retentirent. Quelqu'un courait dans leur direction. Immédiatement, Edward repoussa les deux femmes derrière lui.

— Meg ? Que se passe-t-il ? s'écria Anna en reconnaissant la silhouette qui approchait.

— Oh, madame…

La jeune fille s'arrêta, haletante, et se plia légèrement, la main sur le flanc.

— C'est Mme Fairchild, madame. Elle est tombée dans l'escalier, et j'arrive pas à la relever ! Je crois que le bébé va être là d'un instant à l'autre !

15

*Aurea retourna chez son mari dans son carrosse d'or, rumi-
nant le plan de ses sœurs.*

*Le corbeau l'accueillit avec une certaine indifférence. Aurea
partagea un somptueux dîner avec lui, lui souhaita bonne nuit
et gagna sa chambre pour y attendre son sensuel visiteur.*

*Soudain, il fut là, près d'elle, plus empressé et passionné que
jamais. Ses attentions laissèrent Aurea comblée et somnolente,
mais elle s'obligea à demeurer éveillée, écoutant la respiration
de son amant. Lorsque celle-ci se fit régulière, qu'elle eut la certitude qu'il dormait, elle s'assit dans le lit et chercha à tâtons
la chandelle qu'elle avait pris soin de poser plus tôt sur la table
de nuit...*

Extrait du *Prince Corbeau*

Anna étouffa un cri et essaya désespérément de se
rappeler quand le bébé était censé arriver.

Sûrement pas dans un mois.

Edward fit signe à l'attelage d'approcher.

— Le Dr Billings est à la réception, dit-il. Tu vas
prendre ma voiture pour aller le chercher, petite.

Il donna ses instructions à son cocher.

— Je vais avec Meg, décida mère Wren.

Edward aida la vieille dame à gravir le marchepied,
puis se tourna vers Anna.

— Ne faut-il pas aussi une sage-femme ?

— Rebecca devait faire appel à Mme Stucker et...

— Elle est auprès de Mme Lyle, qui habite à quatre ou cinq lieues du village, coupa mère Wren.

— Allez d'abord chercher le Dr Billings et conduisez-le auprès de Mme Fairchild. J'enverrai ensuite ma voiture prendre Mme Stucker.

Edward ferma la portière, et l'attelage s'ébranla. Il attrapa la main d'Anna.

— Où se trouve la maison de Mme Fairchild ?

— Droit devant.

Elle empoigna ses jupes, et ils se mirent à courir.

La porte d'entrée était entrouverte. Un rai de lumière s'en échappait, éclairant un peu l'allée. Edward poussa la porte et entra, Anna sur ses talons. Ils se tenaient dans le vestibule, face à l'escalier. Le haut des marches était plongé dans l'obscurité. Rebecca n'était nulle part en vue.

« Aurait-elle réussi à se relever par ses propres moyens ? » s'interrogea Anna.

C'est alors qu'un geignement provenant de l'étage leur parvint. D'un même mouvement, Edward et elle s'élancèrent en avant et gravirent les marches deux à deux.

Rebecca gisait à mi-hauteur de l'escalier. Anna éprouva une bouffée de peur rétrospective. Si son amie avait dévalé jusqu'au rez-de-chaussée, elle se serait tuée. Recroquevillée sur le flanc, le visage blême et le souffle saccadé, elle gémit de nouveau.

— Rebecca, m'entendez-vous ? demanda Anna en s'accroupissant près d'elle.

— Anna…

Rebecca lui prit la main et la serra convulsivement.

— Dieu merci, vous êtes là, Anna.

— Le bébé…

— Il arrive, Anna. Je le sens.

— Pouvez-vous vous lever ?

— Je ne crois pas. Ma cheville… Elle me fait mal. Et je crois que le bébé est en avance.

Sa voix se brisa, et les yeux d'Anna s'emplirent de larmes. Elle se mordit la lèvre. Pleurer n'aiderait en rien son amie.

— Laissez-moi vous porter jusqu'à votre chambre, madame.

La voix profonde d'Edward arracha un tressaillement à Anna. Elle leva les yeux vers lui. Il arborait une expression grave. Elle se redressa et s'écarta pour qu'il puisse s'approcher de Rebecca. Il glissa les mains sous les aisselles de la jeune femme, la mit en position assise puis, la calant dans ses bras, la souleva d'un mouvement fluide en veillant à ce que sa cheville blessée ne heurte pas la rampe. Rebecca s'était agrippée au revers de sa veste. Edward fit signe à Anna qui le précéda dans l'escalier, puis dans le couloir jusqu'à la chambre où brûlait une unique chandelle.

Elle s'empressa d'en allumer d'autres tandis que le comte franchissait la porte de biais. Il déposa Rebecca sur le lit avec précaution. Ce n'est qu'à ce moment-là qu'Anna remarqua sa pâleur.

Elle repoussa une mèche sur le front poisseux de sueur de son amie et lui demanda doucement :

— Où est James ?

La jeune femme ne put répondre. Un spasme de douleur venait de la transpercer. Le dos arqué, elle laissa échapper un long gémissement qui la laissa pantelante.

— James est à Drewsburry pour affaires, murmura-t-elle. Il rentrera demain après-midi. Il sera fâché.

Edward marmonna dans son coin, puis se mit à arpenter la chambre.

— Allons donc, Rebecca, la gronda gentiment Anna. Ce n'est pas votre faute.

— Si seulement je n'étais pas tombée dans l'escalier...

Anna s'efforçait de réconforter la jeune femme lorsque le bruit de la porte d'entrée ouverte à la volée résonna dans la maison. Le Dr Billings était manifestement arrivé. Edward s'excusa et descendit à sa rencontre.

Quelques secondes plus tard, le médecin pénétrait dans la pièce. Il avait beau s'efforcer d'arborer une mine impassible, son inquiétude sautait aux yeux. Il commença par bander la cheville de Rebecca, qui avait enflé et pris une vilaine teinte violette. Anna s'était assise près de la jeune femme et lui tenait la main. Elle lui parlait doucement, essayant de la rassurer, ce qui n'était pas aisé, car d'après ses calculs, le bébé était en avance d'un mois.

Les heures passant, les souffrances de Rebecca s'amplifièrent. Et le découragement la saisit. Elle était persuadée qu'elle allait perdre son bébé. Rien de ce que pouvait dire Anna, qui ne quittait pas son chevet, ne semblait la réconforter.

Trois heures après l'arrivée du Dr Billings, Mme Stucker, la sage-femme, fit enfin son apparition, au grand soulagement de tous.

— Mais c'est la nuit des bébés ! s'exclama la petite femme rondelette aux cheveux striés de gris. Mme Lyle a eu un fils, son cinquième, vous vous rendez compte ? Je ne sais même pas pourquoi elle m'appelle. Je m'assieds simplement dans un coin et je tricote jusqu'au moment de sortir le petit.

Mme Stucker se débarrassa de sa cape et de son cachenez et se tourna vers Meg.

— Auriez-vous du savon et de l'eau ? J'ai pour habitude de me laver les mains avant d'aider une dame.

Le Dr Billings affichait une moue désapprobatrice, mais ne s'opposa pas à ce que la sage-femme examine sa patiente.

— Comment allez-vous, madame Fairchild ? demanda Mme Stuckers. En dehors de cette cheville, bien sûr ? Seigneur, cela a dû être fort douloureux.

Elle posa la main sur le ventre proéminent de Rebecca.

— Le petit ange est impatient, n'est-ce pas ? Il a décidé d'arriver en avance juste pour causer du désagrément à sa maman. Mais ne vous en faites pas, madame Fairchild, les bébés ont souvent leurs idées bien à eux. Ils sortent quand ils en ont envie.

— Vous croyez qu'il ira bien ? demanda Rebecca d'une voix plaintive.

— Je ne peux rien vous promettre, mon petit. Mais vous êtes une jeune femme solide. Et je ferai tout mon possible pour vous aider, le bébé et vous.

Cette femme avait le don de ranimer l'espoir. Elle fit asseoir Rebecca dans le lit, expliquant que les bébés descendaient plus facilement qu'ils ne remontaient. Gagnée par son énergie communicative, la jeune femme sembla retrouver confiance. Elle réussit même à bavarder entre deux contractions.

Anna était sur le point de tomber de sa chaise tant elle était fatiguée quand les gémissements de Rebecca s'accentuèrent et se succédèrent à un rythme plus soutenu. Anna commença par s'alarmer, persuadée que quelque chose se déroulait mal. Mais Mme Stucker ne paraissait pas le moins du monde inquiète. Au contraire. Elle encourageait la future mère, lui assurant que le bébé n'allait plus tarder. Et en effet, trente minutes plus tard, il vint au monde. Une minuscule petite fille toute ridée, mais capable de pousser de grands cris qui éclairèrent d'un sourire le visage las de sa mère.

Le nouveau-né avait une touffe de cheveux noirs et des yeux bleus qui clignaient dans la lumière. Dès que Rebecca la cala contre son sein, elle se mit à téter.

— Alors ? N'est-ce pas le plus joli des bébés que nous avons là ? lança la sage-femme. Madame Fairchild, je sais que vous êtes épuisée, mais peut-être prendrez-vous un peu de thé ou un bouillon.

— Je vais voir à la cuisine ce que je peux trouver, proposa Anna en étouffant un bâillement.

Elle descendit l'escalier, titubant presque. Au rez-de-chaussée, une lueur dans le salon attira son attention. Intriguée, elle s'approcha de la porte entrouverte, et l'ouvrit en grand.

Edward était étendu sur le divan, ses longues jambes pendant dans le vide. Il avait retiré sa lavallière et déboutonné son gilet. Un bras était replié en travers de ses yeux, l'autre retombait sur le sol, la main serrée autour d'un verre à demi rempli de ce qui ressemblait au brandy de James. Anna entra dans la pièce, et Edward enleva aussitôt le bras qui reposait sur son visage. Il donnait l'impression de se réveiller.

— Comment va-t-elle ? s'enquit-il d'une voix râpeuse.

Entre les hématomes encore visibles sur sa mâchoire, son teint blême et sa barbe naissante, il avait tout d'un débauché au sortir d'une nuit de stupre.

Anna eut honte de ne pas avoir songé à lui une seconde. À vrai dire, elle avait supposé qu'il était rentré à Ravenhill. Il lui paraissait incroyable qu'il ait pu attendre tout ce temps des nouvelles de Rebecca.

— Elle va bien, milord, répondit-elle. Elle a mis au monde une petite fille.

— Vivante ?

— Oui. La mère et l'enfant sont en bonne santé.

— Merci, mon Dieu, souffla-t-il.

Il semblait extrêmement tendu, et Anna commença à se sentir mal à l'aise. Pourquoi était-il aussi soucieux ? Après tout, il connaissait à peine Rebecca.

— Que se passe-t-il, milord ?

Il soupira, reposa le bras sur ses yeux. Il y eut un long silence, puis, alors qu'Anna pensait qu'il ne répondrait pas à sa question, il lâcha :

— Ma femme est morte en couches. Et le bébé avec elle.

Anna s'assit lentement sur une chaise près de la banquette. Elle ne s'était jamais vraiment interrogée sur la vie du comte. Elle savait qu'il avait été marié et que son épouse avait disparu alors qu'elle était très jeune, mais elle ignorait tout des circonstances de sa mort. L'avait-il aimée ? L'aimait-il encore ?

— Je suis désolée, murmura-t-elle.

Il lâcha son verre, eut un geste impatient, puis le reprit, comme s'il était trop las pour chercher un autre endroit où poser la main.

— Je ne vous ai pas dit cela dans le but de susciter votre pitié. Elle est morte il y a bien longtemps. Dix ans, en fait.

— Quel âge avait-elle ?

— Elle avait fêté ses vingt ans quinze jours avant. J'en avais vingt-quatre.

Une longue pause, puis, d'une voix si basse qu'Anna dut se pencher pour l'entendre :

— Elle était jeune et en bonne santé. Jamais l'idée qu'elle puisse mourir parce qu'elle portait un enfant ne m'avait traversé l'esprit. Elle a fait une fausse couche à sept mois. Le bébé était trop petit pour survivre. On m'a dit que c'était un garçon. Elle s'est mise à perdre du sang...

Il retira son bras, et regarda devant lui d'un air absent.

— Ils n'ont pas pu arrêter l'hémorragie, reprit-il. Les médecins, les sages-femmes... Ils en ont été incapables. Les servantes ne cessaient d'aller chercher des linges. Elle a saigné... saigné jusqu'à ce que sa vie s'en aille. Il y avait tellement de sang dans le lit que le matelas était trempé. Il a fallu le brûler.

Les larmes qu'Anna avait réussi à retenir devant Rebecca jaillirent. Perdre un être aimé d'aussi horrible, d'aussi tragique façon était la pire des épreuves. Et Edward désirait si fort un enfant. Il tenait tant à fonder une famille...

Elle pressa son poing fermé sur sa bouche, geste qui arracha Edward à ses pensées. Il jura doucement en voyant les larmes ruisseler sur ses joues, se redressa en position assise et l'attira sur ses genoux. Après avoir glissé le bras derrière son dos pour l'installer confortablement, il pressa doucement sa tête jusqu'à ce qu'elle repose contre son épaule.

— Je suis désolé, murmura-t-il en lui caressant les cheveux. Je n'aurais pas dû vous raconter tout cela.

C'était d'autant plus malvenu que vous venez de passer une terrible nuit auprès de votre amie.

Anna se laisser aller contre lui, savourant sa chaleur et le réconfort que lui procurait sa caresse.

— Vous avez dû aimer beaucoup votre femme.

La main s'immobilisa un instant, puis reprit son va-et-vient.

— Je le croyais, oui. Il s'est avéré par la suite que je ne la connaissais pas si bien que cela.

— Depuis combien de temps étiez-vous mariés ?

— Un peu plus d'un an.

— Mais…

Comme elle levait la tête pour le regarder, il la ramena contre lui.

— Nous nous sommes fiancés peu après notre rencontre, et j'imagine que je n'ai jamais vraiment parlé avec elle. Son père était pressé de la marier, il m'a dit que cette union agréait à sa fille, et je me suis contenté de cela.

Il se tut un instant, puis reprit d'une voix rauque :

— Ce n'est qu'après le mariage que j'ai découvert que mon visage lui répugnait.

Anna voulut parler, mais il la fit taire d'un geste, et enchaîna, d'un ton narquois, cette fois :

— Je pense aussi que je lui faisais peur. Vous ne l'avez peut-être pas remarqué, mais j'ai un caractère plutôt emporté. Elle était enceinte quand j'ai senti que quelque chose clochait. Juste avant de mourir, elle l'a maudit.

— Qui a-t-elle maudit ?

— Son père. Pour l'avoir forcée à m'épouser.

Anna frémit. Quelle sale petite peste cette femme avait dû être. Il ne fallait pas vilipender les défunts, mais tout de même…

— Apparemment, son père m'avait menti, poursuivit Edward d'une voix glaciale. Il voulait à tout prix que cette union ait lieu. Afin de ne pas m'offenser, il a interdit à ma fiancée de m'avouer que mes cicatrices la dégoûtaient.

— Je suis navrée. Je…

— Chuut. Tout cela est arrivé il y a bien longtemps, et j'ai appris depuis à vivre avec mon visage et à détecter ceux qui tentent de dissimuler l'aversion qu'ils éprouvent à ma vue. Même s'ils me mentent, en général, je m'en rends compte.

Anna réprima un frisson. Ses mensonges à elle, certes d'une autre nature, il ne les soupçonnait pas. S'il les découvrait, jamais il ne lui pardonnerait.

Sans doute se méprit-il sur les raisons de son tressaillement, le mit-il au crédit de la triste histoire qu'il venait de lui raconter, car il la serra contre lui comme pour la réchauffer. Ils demeurèrent ainsi un long moment, sans mot dire, chacun trouvant du réconfort dans la présence de l'autre. Un halo de lumière cernait les rideaux tirés. Le jour se levait. Anna frotta doucement le nez contre la chemise d'Edward. Il sentait le brandy. Une odeur typiquement masculine.

— Que faites-vous ? demanda-t-il, surpris, en s'écartant pour la regarder.

— Je vous respire.

— J'imagine que j'empeste.

— Non, souffla-t-elle en levant les yeux vers lui. Vous sentez… bon.

Il la dévisagea longuement, puis :

— Je vous en prie, pardonnez-moi. Je ne veux pas que vous nourrissiez de vains espoirs. S'il existait un moyen de…

— Je sais, coupa Anna en se mettant debout. Je comprends.

Elle se dirigea vers la porte d'un pas raide.

— J'étais descendue chercher quelque chose pour Rebecca. Elle doit se demander ce qu'il m'est arrivé.

— Anna…

Elle feignit de ne pas l'entendre, et sortit du salon. Qu'il la rejette était une chose. Mais qu'elle lui inspire de la pitié lui était insupportable.

La porte d'entrée s'ouvrit à la volée et James Fairchild pénétra en trombe dans la maison. Avec ses cheveux en bataille et sa chemise à demi boutonnée, il semblait sorti d'un asile. Il posa un regard affolé sur Anna.

— Rebecca ? lâcha-t-il simplement.

Comme en réponse, un vagissement leur parvint de l'étage. Sur le visage de James, la panique céda la place à l'ahurissement. Il secoua la tête, puis fonça dans l'escalier. Anna nota au passage qu'il ne portait qu'un bas.

Le sourire aux lèvres, elle gagna la cuisine.

— Je crois qu'il est temps de procéder aux plantations, milord, déclara Hopple.

— Sans aucun doute, acquiesça Edward en clignant des yeux sous le vif soleil d'après-midi.

Après une nuit d'insomnie, il n'était pas d'humeur à bavarder. Il parcourait un champ avec son intendant afin de vérifier si un drainage s'imposait ou pas. Il apparut vite que les employés spécialisés dans ce genre de travaux avaient de beaux jours devant eux.

Jock courait le long des digues de protection, s'arrêtant régulièrement pour fourrer le museau dans des terriers de lapins. Edward avait envoyé un message à Anna le matin même pour lui faire savoir qu'elle pouvait prendre sa journée. Qu'elle se repose un peu. Quant à lui, il avait besoin d'un répit avant de la revoir. Le temps de se ressaisir. Cette nuit encore, chez Rebecca, il avait bien failli l'embrasser. Alors même qu'il lui avait promis de ne jamais recommencer. Il fallait qu'il la laisse partir. De toute façon, après son mariage, il ne pourrait avoir une femme comme secrétaire. Il devrait engager un homme. Le problème, c'était qu'Anna perdrait sa source de revenus. Or la maison Wren avait un besoin vital d'argent.

— Peut-être pourrions-nous creuser le fossé ici, milord ?

Hopple indiquait l'endroit où s'activait Jock.

— Mmm.

— Ou alors…

Hopple se tourna, et faillit glisser sur un tas de débris. Il jeta un coup d'œil dégoûté à ses bottes crottées.

— Vous avez bien fait de ne pas demander à Mme Wren de nous accompagner, milord, observa-t-il en agitant le pied pour essayer d'en décoller un amas de boue.

— Elle est chez elle, dit Edward. Je lui ai suggéré de se reposer. Vous savez que Mme Fairchild a accouché prématurément cette nuit ?

— Oui. J'ai cru comprendre que la dame avait passé des moments difficiles. C'est un miracle que la mère et l'enfant se portent bien.

— Un miracle, effectivement, grommela le comte. Quelle idée de laisser son épouse seule, aux bons soins d'une petite bonne, alors que la naissance était si proche !

— J'ai entendu dire que le père était bouleversé.

— Pour ce que cela a servi ! Heureusement que Mme Wren était là. Elle est restée auprès de sa femme toute la nuit. Lui offrir un jour de congé m'a semblé normal. Après tout, depuis qu'elle a pris ses fonctions de secrétaire, elle a travaillé tous les jours sauf le dimanche.

— Il y a aussi eu ces quatre jours, pendant que vous étiez à Londres.

Un lapin fila sous le nez de Jock, qui partit comme une flèche à ses trousses. Edward s'arrêta net et se tourna vers l'intendant.

— Pardon ?

— Oui, déglutit Hopple. Mme Wren n'est pas venue travailler pendant que vous étiez à Londres. Elle n'a repris son poste que la veille de votre retour.

— Je vois, fit Edward, qui ne voyait rien du tout.

— Mais il ne s'agissait que de quatre petits jours d'absence, milord, se hâta d'ajouter Hopple, qui regrettait d'avoir abordé le sujet. En outre, son travail était à jour. C'est du moins ce qu'elle m'a dit.

Edward fixait sans la voir la terre gorgée d'eau. La veille, le vicaire avait parlé d'un « voyage » qu'aurait effectué Mme Wren.

— Où est-elle allée, Hopple ?

— Je l'ignore. Elle n'a pas dit qu'elle allait quelque part. Peut-être est-elle restée simplement chez elle.

— Le vicaire a mentionné un voyage. Il a sous-entendu que Mme Wren était partie faire des achats.

— Il a dû se méprendre. Une dame qui ne trouve pas ce qu'elle souhaite dans les boutiques de Little Battelford n'a d'autre choix que de se rendre à Londres. Je doute que Mme Wren ait entrepris un tel voyage.

Edward continuait de fixer le sol, mais il avait à présent les sourcils tellement froncés qu'ils se rejoignaient au-dessus de son nez.

Où Anna était-elle allée, et pourquoi ?

Anna s'arc-bouta de toutes ses forces contre la vieille porte du jardin et poussa. Edward lui avait donné sa journée pour qu'elle se repose, mais elle ne pouvait tout de même pas dormir jusqu'au soir. Elle avait fait la grasse matinée, puis décidé de consacrer son après-midi à planter les rosiers à Ravenhill. La porte rouillée lui tint encore tête un moment, puis finit par céder dans un long grincement. Anna ramassa sa bêche ainsi que le panier contenant ses outils et traversa le jardin à l'abandon.

En l'espace d'une semaine, l'endroit avait grandement changé. Des petites pousses d'un vert tendre perçaient la terre des plates-bandes. Elle reconnut des tulipes, des ancolies, de l'alchémille. Des trésors qu'elle découvrait avec ravissement. Le jardin n'était pas mort. En sommeil seulement.

Elle posa son panier et alla chercher les rosiers que le comte avait achetés à son intention. Elle en avait déjà planté trois dans son propre jardin. Ceux destinés à Ravenhill étaient toujours sous leur bâche. Ils commençaient à bourgeonner. L'espoir que ce cadeau avait suscité avait peut-être été tué dans l'œuf, mais il n'était pas question d'abandonner ces rosiers à leur sort. Elle les planterait, et même si Edward ne franchissait jamais plus la porte du jardin, elle saurait qu'ils étaient là.

Elle charria une première brassée de plants qu'elle déposa dans l'allée puis, se redressant, elle lança un regard circulaire. Deviner l'aspect que le jardin avait autrefois relevait de la gageure. Elle haussa les épaules, et décida de faire à son idée.

S'emparant de la bêche, elle entreprit de creuser un premier trou.

Edward était de mauvaise humeur lorsqu'il dénicha enfin Anna. Il la cherchait depuis un bon quart d'heure, Hopple lui ayant dit l'avoir aperçue à Ravenhill.

Il n'aurait pas dû se soucier d'elle. N'avait-il pas décidé le matin même de ne plus la voir ? L'ennui, c'était qu'il semblait constitutionnellement incapable de rester loin d'elle dès lors qu'il la savait à proximité. Lorsqu'il s'arrêta à la porte du jardin, son humeur ne s'améliora pas. Pourtant, elle offrait un bien joli spectacle, ainsi agenouillée dans la terre. Elle était tête nue. Quelques mèches s'échappaient du ruban qui maintenait ses cheveux sur la nuque, accrochant joliment la lumière du soleil.

Quelque chose qui ressemblait à de la peur lui étreignit la poitrine. Les sourcils froncés, il s'engagea dans l'allée. De quoi diable avait-il peur ? Un homme de sa trempe n'avait pas de raisons de craindre une faible petite veuve !

Anna l'aperçut. Elle se redressa, repoussa ses cheveux du revers de la main, laissant un peu de terre sur son front dans la foulée.

— Bonjour, milord, le salua-t-elle. Je me suis dit que je devais planter ces rosiers avant qu'ils meurent.

— C'est ce que je constate, riposta-t-il sèchement.

Elle lui adressa un regard intrigué, puis, décidant visiblement de se comporter comme si de rien n'était, expliqua :

— Pour respecter le tracé général du jardin d'origine, qui est très symétrique, j'ai pensé mettre un rosier dans chaque plate-bande. Plus tard, si vous le souhaitez, nous pourrons les entourer de lavandes. Mme Fairchild a quantité de boutures, elle m'en donnera volontiers quelques-unes.

Anna interrompit un instant son monologue, pour repousser de nouveau ses cheveux, puis s'exclama :

— Quel ennui ! J'ai oublié d'apporter un arrosoir.

Elle fit mine de se relever, mais il l'arrêta d'un geste.

— Ne bougez pas, je m'en occupe.

Ignorant ses protestations, il pivota sur ses talons et s'éloigna à grandes enjambées. Arrivé à la porte, il hésita. Plus tard, il se demanderait ce qui l'avait incité à s'arrêter ainsi. Il se retourna et regarda Anna qui avait entrepris de tasser la terre autour du rosier qu'elle venait de planter. Du bout de l'index, elle coinça une mèche derrière son oreille.

Il se pétrifia.

Il avait tout à coup l'impression que le sol ondulait sous ses pieds, que son univers basculait. Le temps semblait s'être suspendu. Des voix résonnaient dans sa tête, prononçant des paroles sans suite qui finirent par former un ensemble cohérent.

Hopple : « Quand je me suis rendu compte que ce chien n'était pas revenu depuis plusieurs jours, j'ai bien cru que nous en étions définitivement débarrassés. »

Le vicaire John : « Je pensais qu'elle s'était peut-être acheté une nouvelle robe lors de son voyage. »

Hopple, de nouveau : « Mme Wren n'est pas venue travailler pendant que vous étiez à Londres. »

Une brume rougeâtre obscurcit sa vision.

Lorsqu'elle se dissipa, il avait pratiquement rejoint Anna. Il était conscient d'avoir rebroussé chemin avant même que les voix distillent leur poison dans son esprit. Penchée sur son rosier, la jeune femme ne l'avait manifestement pas entendu approcher. Elle sentit sans doute sa présence, car elle leva la tête.

Son expression devait être alarmante, car le sourire d'Anna s'effaça à peine esquissé.

16

*Aurea alluma prudemment la chandelle et l'approcha de son
amant en retenant son souffle. Les yeux écarquillés, elle tressaillit. Oh, à peine! Mais cela suffit pour qu'une goutte de cire
chaude tombe sur l'épaule nue de l'homme allongé près d'elle.
Car il s'agissait bien d'un homme, et non pas d'un monstre ou
d'une bête. Il avait la peau blanche et lisse, un corps musclé, et
des cheveux d'un noir de jais. Il souleva les paupières et Aurea
découvrit que ses prunelles étaient tout aussi sombres. Son
regard pénétrant, intelligent, lui parut étrangement familier. Sur
sa poitrine brillait un pendentif en forme de couronne incrustée
de rubis...*

Extrait du *Prince Corbeau*

Anna se demandait si elle avait planté le rosier à la
bonne profondeur lorsqu'une ombre s'étira devant elle.
Elle leva les yeux. Edward se tenait près d'elle. Sa première pensée fut qu'il n'avait pu aller chercher et rapporter l'arrosoir aussi vite.

Puis elle vit son expression.

Ses lèvres tordues par la rage, ses yeux luisants de
fureur... Un sombre pressentiment s'empara d'elle. Il
savait.

Elle essaya de se raisonner, se dit que ce n'était pas
possible, qu'il n'avait aucun moyen de découvrir son
secret.

Les paroles qu'il prononça sonnèrent comme un
arrêt de mort.

— Vous, gronda-t-il d'une voix qu'elle ne reconnut pas. Vous étiez dans ce bordel.

Jamais elle n'avait su mentir, aussi éluda-t-elle.

— Quoi ?

Il ferma brièvement les yeux avant de répondre :

— Vous étiez là-bas. Vous m'y attendiez telle une araignée femelle venimeuse, et je suis tombé droit dans votre toile.

Seigneur, c'était encore pire que tout ce qu'elle avait imaginé ! Il semblait croire qu'elle l'avait piégé pour se jouer de lui.

— Je n'ai pas…

— Oseriez-vous nier être allée à Londres ? aboya-t-il. À La Grotte d'Aphrodite ?

Muette d'horreur, elle voulut se relever, mais en un éclair il fut sur elle, la saisit aux épaules et la mit debout sans effort. Elle avait l'impression d'être un minuscule papillon entre les serres d'un grand oiseau noir. Il la plaqua sans douceur contre le mur, se pencha sur elle. Il était si proche qu'il devait voir son reflet dans ses pupilles élargies par l'effroi, songea-t-elle.

— Vous m'attendiez. Vous ne portiez qu'un bout de dentelle ! Et quand je suis entré, vous avez paradé pour m'enjôler, vous vous êtes offerte et je vous ai baisée jusqu'à en perdre la tête !

Il lui crachait presque à la figure. Son haleine lui fouettait le visage. Le mot obscène la fit tressaillir, la blessant plus cruellement que des coups. Elle voulait réfuter ses accusations, lui assurer qu'elles ne reflétaient pas, loin s'en fallait, la merveilleuse plénitude qu'ils avaient partagée, mais elle fut incapable d'articuler une syllabe.

— Dire que je m'inquiétais pour votre réputation parce que vous hébergiez une prostituée ! Quel idiot ! Ah, vous m'avez bien dupé. Comment avez-vous réussi à ne pas me rire au nez lorsque je me suis excusé après vous avoir embrassée ?

Il secoua la tête en ricanant.

— Quand je pense que, pendant tout ce temps, je me suis dominé pour ne pas offenser la veuve respectable que vous étiez à mes yeux ! Pendant tout ce temps, oui, alors que vous ne vouliez que *ceci* !

Il s'empara de sa bouche avec la violence d'un conquérant qui n'a cure de la fragilité d'une femme. Ses lèvres meurtrissaient celles d'Anna tandis que sa langue la fourrageait, dévastatrice. Elle gémit. Souffrance ou plaisir, elle n'aurait su le dire.

Il se détacha d'elle pour reprendre son souffle.

— Vous auriez dû me dire que c'était ce que vous vouliez ! J'aurais mis un point d'honneur à vous satisfaire.

S'il attendait une repartie, il fut déçu, car Anna ne lui opposa que le silence.

— Un mot de vous, reprit-il, et je vous aurais prise sur mon bureau, dans la bibliothèque. Ou dans la voiture, avec John pour témoin. Ou encore ici, dans ce jardin.

— Non, je…

— Dieu sait à quel point votre proximité m'excitait ! J'ai bandé en continu pendant des jours, que dis-je, des *semaines*, à cause de vous. J'aurais pu vous culbuter n'importe quand, n'importe où. Mais peut-être ne pouvez-vous vous résoudre à admettre que vous voulez coucher avec un homme ayant un visage comme le mien !

Elle tenta de secouer la tête, mais n'y parvint pas, car il l'avait inclinée en arrière, le bras enroulé autour de sa taille. Il glissa sa main libre, sur ses reins pour lui plaquer les hanches contre son bassin. Son sexe dur s'incrusta dans son ventre tendre.

— C'est de *cela* dont vous avez envie, n'est-ce pas ? murmura-t-il tout contre ses lèvres. Vous avez fait le voyage à Londres dans ce but. Il vous fallait un homme. Non, un étalon. N'importe lequel eût fait l'affaire.

Elle gémit que non, que c'était faux, alors même que ses hanches ondulaient à sa rencontre. Elle réagissait bel et bien comme une femme en mal d'homme. De la main, Edward guidait leur balancement, se frottant lui aussi contre elle en une danse lascive qui confinait au graveleux à cause des mots, des intonations, des regards.

— Pourquoi ? chuchota-t-il tout en lui mordillant le lobe de l'oreille. Pourquoi m'avez-vous menti ? S'agissait-il d'une ignoble plaisanterie ? Trouviez-vous amusant de passer la nuit avec moi, puis de jouer ensuite les veuves vertueuses ? Ou éprouviez-vous des besoins pervers ? Après tout, il est des femmes vicieuses qui trouvent excitant de coucher avec un homme à la peau grêlée.

Elle trouva enfin la force de clamer un *Non* retentissant en secouant la tête. Ses dents lui éraflèrent la peau, mais elle s'en moquait. Elle ne pouvait le laisser dire ou croire de pareilles horreurs.

— Je vous en prie, écoutez-moi. Il faut que vous sachiez que…

Elle cherchait son regard quand il fit la pire des choses.

Il la lâcha.

— Edward ! Edward, pour l'amour de Dieu, écoutez-moi ! s'écria-t-elle d'une voix hachée.

C'était la première fois qu'elle l'appelait par son prénom.

Déjà il se dirigeait à grands pas vers la porte. Aveuglée par les larmes, Anna s'élança à sa suite, et trébucha sur une racine.

Edward s'immobilisa en l'entendant chuter, mais ne se retourna pas.

— Vous pleurez, Anna ? Ces larmes, les faites-vous jaillir à volonté, comme les crocodiles ?

Une pause, puis, si bas qu'elle entendit à peine :

— Y a-t-il eu d'autres hommes ?

Sans attendre de réponse, il se remit en marche.

Anna le suivit des yeux jusqu'à ce qu'il ait franchi la porte. Elle ressentit une douleur sourde dans la poitrine, crut s'être blessée en tombant. Puis un son guttural monta dans sa gorge, un sanglot rauque qui la secoua tout entière.

Dieu qu'il était cruel, le châtiment encouru pour s'être un instant écartée du droit chemin. Toutes les leçons et avertissements qu'on serinait aux femmes se révélaient vrais. Encore que sa punition n'était pas celle qu'auraient préconisée les moralisateurs de Little Battleford. Non, le sort qui l'attendait était bien pire que la mise au ban de la société.

Elle allait devoir supporter la haine et le mépris d'Edward.

Et la découverte que le but de son voyage à Londres n'avait jamais été le sexe pour le sexe, mais le sexe avec lui, et aucun autre. Ce n'était pas l'acte physique qui l'avait poussée à commettre cette folie, mais l'homme, Edward de Raaf. Seigneur, comment avait-elle pu ne pas s'en rendre compte ? Il fallait que tous ses rêves finissent en cendres pour qu'elle le comprenne enfin. Quelle ironie ! En se mentant à elle-même, elle avait foncé tête baissée dans un piège qui était entièrement son œuvre. Elle ne pouvait reprocher à personne ce qui lui arrivait. Elle était l'auteur et l'actrice de son propre malheur.

Elle n'aurait su dire combien de temps elle demeura ainsi prostrée sur le sol. Lorsque ses sanglots cessèrent enfin, le crépuscule tombait. Elle se releva en vacillant, inspira à fond, puis retourna récupérer ses outils.

Elle devait rentrer chez elle et annoncer à mère Wren qu'elle avait perdu son emploi. Après quoi, elle se mettrait au lit. Seule. Un avant-goût de ce que seraient ses nuits jusqu'à la fin de ses jours.

Dans l'immédiat, décida-t-elle, elle allait faire ce pour quoi elle était venue : planter les rosiers.

Felicity posa un linge imbibé d'eau de violette sur son front. Elle s'était retirée dans son boudoir, une pièce qu'elle appréciait tout particulièrement, surtout lorsqu'elle songeait à ce que la nouvelle décoration lui avait coûté. Ainsi, ce qu'elle avait dépensé pour cette méridienne tendue de velours damassé jaune canari aurait permis aux femmes Wren de s'habiller et de se nourrir pendant cinq ans. D'ordinaire, elle y pensait avec jubilation, mais pas aujourd'hui. Elle avait trop mal à la tête. Tout allait de travers, ce qui avait déclenché cette migraine.

Reginald était fort mécontent que sa jument, une bête hors de prix, ait perdu son poulain. Chilly était retourné à Londres fâché parce qu'elle n'avait rien voulu lui raconter à propos d'Anna Wren et de lord Swartingham. Lord Swartingham qui s'était montré incroyablement obtus à la réception. Si elle s'en tenait à son expérience, la plupart des hommes l'étaient plus ou moins, mais elle n'aurait jamais imaginé que le comte soit si lent d'esprit. Il n'avait pas eu l'air de comprendre de quoi elle parlait! Comment le convaincre de faire taire Anna Wren s'il était trop sot pour se rendre compte qu'elle-même était en train de le faire chanter?

Felicity tiqua.

Non, pas chanter. Le terme était mal choisi. Inciter. Voilà qui sonnait mieux. Elle avait incité lord Swartingham à empêcher Anna Wren de colporter dans le village de vilains ragots sur son propre passé.

Felicity en était à ce stade de ses réflexions lorsque la plus jeune de ses deux filles, Cynthia, ouvrit la porte à la volée et bondit dans la pièce. Sa sœur Christine entra à sa suite d'un pas plus mesuré.

— Maman, fit celle-ci, Nanny a dit que nous devions te demander la permission d'aller à la confiserie du village. Nous y autorises-tu?

— Des bonbons à la menthe! cria Cynthia en sautillant autour de la méridienne. Des bonbons au citron! Des loukoums!

Cette petite ressemblait décidément beaucoup à Reginald, songea Felicity. C'était tout à fait surprenant.

— Cesse de t'agiter, Cynthia, ordonna-t-elle. J'ai une affreuse migraine.

— Je suis désolée, maman, dit Christine, qui ne le paraissait nullement. Dès que tu nous auras donné ton autorisation, nous partirons.

— Ma-man, permission ! Ma-man, permission ! se mit à scander Cynthia.

— Oui, oui, vous avez ma permission ! s'écria Felicity, de guerre lasse.

— Hourrah ! hurla Cynthia qui sortit en courant, ses longs cheveux roux flottant derrière elle.

Felicity plissa le nez. Cette chevelure couleur carotte lui empoisonnait la vie.

— Merci, maman, dit Christine en refermant sagement la porte.

Felicity sonna sa femme de chambre. Elle avait besoin de davantage d'eau à la violette. Si seulement elle s'était abstenue d'écrire cette lettre, autrefois ! Elle avait cédé à un stupide accès de sentimentalité. Mais aussi, quelle inconséquence de la part de Peter d'avoir conservé ce médaillon ! Les hommes étaient vraiment des benêts.

Elle pressa du bout des doigts le linge sur son front. Peut-être lord Swartingham ne savait-il vraiment pas à quoi elle avait fait allusion, lors de la soirée ? Il avait paru désorienté lorsqu'elle lui avait dit qu'ils connaissaient tous deux l'identité de la femme qu'il avait rencontrée à La Grotte d'Aphrodite.

Et s'il ignorait vraiment qui elle était ?

Felicity se redressa brusquement. Le linge tomba par terre.

Grands dieux ! S'il ne connaissait pas l'identité de la femme, alors elle avait tenté de faire chanter la mauvaise personne.

Anna était à genoux dans son jardinet, derrière le cottage. Elle n'avait pas eu le cœur d'annoncer à mère Wren qu'elle avait perdu son emploi. Elle était rentrée tard, la veille, et n'avait pu se résoudre à lui parler ce matin. C'était prématuré, lui semblait-il. Le sujet soulèverait trop de questions auxquelles elle n'avait pas de réponses. Et puis, à un moment ou à un autre, il lui faudrait trouver le courage de s'excuser auprès d'Edward. Mais cela pouvait attendre aussi. Elle devait d'abord panser ses blessures, et travailler dans le jardin l'y aidait.

Elle repiquait des radis quand elle entendit qu'on l'appelait. Les sourcils froncés, elle se releva, essuya ses mains maculées de terre sur son tablier, et contourna le cottage en courant. Le claquement de sabots de chevaux et le grincement des roues d'une voiture lui parvinrent. On réitéra l'appel et, cette fois, Anna reconnut la voix.

Pearl.

Elle se tenait sur le perron et serrait une femme contre elle. Toutes deux se tournèrent lorsque Anna apparut, et celle-ci retint un cri.

La compagne de Pearl avait les yeux au beurre noir et son nez paraissait cassé si bien qu'Anna dut la regarder à deux fois avant de la reconnaître.

— Coral! s'exclama-t-elle en se ruant vers elle. Ô mon Dieu!

La porte s'ouvrit sur Fanny.

Hébétée, elle s'effaça tandis qu'Anna faisait entrer les deux sœurs.

— J'ai dit à Pearl de ne pas venir ici, bredouilla Coral entre ses lèvres tuméfiées.

— Dieu merci, elle ne vous a pas écoutée! s'écria Anna. Elle leva les yeux vers l'escalier. Trop raide. Jamais elles n'arriveraient à hisser Coral jusqu'en haut.

— Emmenons-la dans le salon, Pearl.

Elles allongèrent la jeune femme avec précaution sur le divan

— Fanny, va chercher une couverture dans ma chambre.

Coral avait les yeux fermés. S'était-elle évanouie?

— Que lui est-il arrivé? s'enquit Anna.

— C'est le marquis, expliqua Pearl en glissant un regard anxieux à sa sœur. Hier soir, il est rentré à la maison complètement ivre.

— Pourquoi l'a-t-il battue ?

— Sans vraie raison, pour ce que j'en sais. Il... il a dit des choses à propos d'hommes qu'elle voyait, mais c'est un mensonge. Pour Coral, ce qu'on fait au lit, c'est du commerce. Elle prendrait pas le risque d'aller avec un autre quand elle a un protecteur. Il l'a cognée juste pour le plaisir.

Pearl écrasa une larme de colère avant de poursuivre :

— Si j'avais pas réussi à l'arracher à ses griffes, il l'aurait sans doute tuée. Il était tellement furieux !

Anna lui entoura les épaules du bras.

— Remercions le Ciel que vous ayez été là.

— Je savais pas où l'emmener, madame Wren. Je suis désolée de vous créer des soucis alors que vous avez été si bonne pour moi. Si on pouvait rester une nuit ou deux, le temps que Coral se remette...

— Vous êtes les bienvenues. Vous pouvez rester ici aussi longtemps que nécessaire. Mais, à mon avis, ce sera davantage qu'une nuit ou deux, dit Anna en regardant Coral. Je vais envoyer Fanny chercher le Dr Billings.

— Non, ne faites pas cela, madame Wren ! s'écria Pearl, au bord de la panique.

— Mais elle a besoin de soins !

— Il vaut mieux que personne, à part madame Wren mère et Fanny, sache que ma sœur est là. Le marquis la cherche peut-être.

— Je comprends, fit Anna. Mais, ses blessures ?

— Je m'en occuperai. Elle a pas d'os cassés, j'ai vérifié, et je suis capable de remettre son nez en place.

— Vous êtes capable de réparer un nez brisé ? répéta Anna, stupéfaite.

— Oui. Ça arrive souvent dans mon métier. C'est juste le cartilage à redresser.

Pearl se révéla très efficace. Lorsqu'elle eut terminé de panser sa sœur, Anna lui proposa d'aller boire une tasse de thé dans la cuisine.

Comme la jeune femme la remerciait de nouveau, Anna eut un petit sourire triste.

— C'est moi qui devrais vous remercier, Pearl. Vous me permettez de me racheter.

Edward posa sa plume, se leva, et alla se planter devant la fenêtre. Il n'avait pas écrit une seule phrase cohérente de la journée. La pièce lui semblait trop vaste, trop tranquille. Il n'avait cessé de penser à Anna et à ce qu'elle lui avait fait. Pourquoi ? Pourquoi l'avoir choisi, lui ? À cause de son titre ? De sa fortune ?

De... Seigneur... ses *cicatrices* ?

Il ne voyait pas ce qui avait pu pousser une femme respectable à se déguiser et à jouer les prostituées. Si elle voulait un amant, n'aurait-elle pu s'en trouver un à Little Battleford ? Ou était-ce juste qu'elle aimait s'encanailler ?

Il appuya le front contre la vitre froide. Il se rappelait en détail ce qu'ils avaient fait lors de ces deux nuits enchanteresses. Se souvenait de tous les délicieux endroits où il avait posé les mains, de chaque centimètre carré de peau que sa bouche avait exploré. Il n'avait rien oublié de leurs ébats échevelés, de leurs audaces. Jamais, dans ses rêves les plus fous, il n'aurait imaginé faire ainsi l'amour. Sans interdits, dans un déchaînement grisant des sens. Anna avait su d'instinct ce qu'il aimait, et, en retour, il avait comblé ses attentes. Elle n'avait pas simulé. Il en avait la certitude.

Elle avait su voir jusqu'au plus profond de lui-même, faire sortir la bête de sa tanière, répondre à ses aspirations les plus primaires. Qu'avait-elle éprouvé lorsque sa bouche s'était approchée de son sexe tendu ? De l'excitation ? De la peur ?

De la répulsion ?

Il ferma les yeux, tandis que d'autres questions, plus torturantes encore, lui traversaient de nouveau l'esprit : Anna avait-elle couché avec d'autres que lui à La Grotte d'Aphrodite ? Avait-elle laissé des inconnus la caresser, pilonner son corps offert ? Il ne parvenait pas à chasser de son esprit l'image obscène d'Anna – *son* Anna – nue dans les bras d'un autre.

Sa vision se brouilla. Bon sang, il n'allait tout de même pas se mettre à pleurer comme un gamin !

Jock pressa le museau contre sa jambe en gémissant.

S'il en était là, c'était sa faute à elle. Mais cela ne faisait pas l'ombre d'une différence, parce qu'il était un gentilhomme, et qu'en dépit de ses actes, elle demeurait une dame. Bien qu'elle eût tout fait pour cela, il l'avait déshonorée. Il n'avait donc d'autre choix que de réparer. Ce faisant, il abandonnait tout espoir de fonder une famille, il le savait. Son nom et sa lignée s'éteindraient en même temps que lui. Jamais une petite fille ne babillerait sur ses genoux, ni un garçonnet qui lui rappellerait Sam.

Si tel était son destin, soit, se dit-il en carrant les épaules. Mais il ferait en sorte qu'Anna paie le prix de son sacrifice.

S'essuyant les yeux, il alla tirer rageusement le cordon de la sonnette.

17

L'homme étendu dans le lit regarda Aurea, puis déclara d'une voix douce, empreinte de tristesse :

— Ainsi, ma femme, tu n'as pu contenir ta curiosité. Je vais donc la satisfaire. Je suis le Prince Noir, le seigneur de ce pays et de ce palais. Il y a bien longtemps, un sort a fait de moi un corbeau, et condamné mes serviteurs à être transformés en oiseaux. Mon persécuteur a cependant fait une concession : si je trouvais une femme qui accepte de son plein gré de me prendre pour époux sous mon aspect de corbeau, alors je pourrais retrouver un corps d'homme de minuit aux premières lueurs de l'aube, à condition qu'elle l'ignore. Tu as été cette femme, mais notre union a atteint son terme. Je suis désormais condamné à passer le reste de mon existence sous la forme tant haïe d'un corbeau, et mes serviteurs avec moi...

Extrait du *Prince Corbeau*

Hopple se dandina d'un pied sur l'autre, soupira, et frappa de nouveau à la porte du cottage.

Il redressa sa perruque, lissa sa lavallière du plat de la main. Jamais il n'avait eu à accomplir pareille mission. En fait, il doutait qu'une tâche de ce genre fasse partie de ses attributions. Mais il avait d'autant moins osé le faire remarquer à lord Swartingham que celui-ci l'avait regardé d'un œil noir de très mauvais augure.

Il soupira de nouveau. Cette semaine, l'humeur de son maître avait été pire que jamais. Les bibelots encore intacts dans la bibliothèque se comptaient sur les doigts de la main, et même Jock filait se cacher dès que le comte apparaissait.

La porte s'ouvrit soudain sur une jolie jeune femme. Hopple cligna des yeux et recula. S'était-il trompé de maison ?

— Oui ? fit l'inconnue avec un sourire timide.

— Euh... Je... je cherchais Mme Wren. La jeune Mme Wren. Suis-je à la bonne adresse ?

— Oh, oui ! Vous êtes bien au cottage des dames Wren. Je suis juste en visite.

— Ah, je vois, mademoiselle... ?

— Smythe. Pearl Smythe. Voulez-vous entrer ?

— Merci, mademoiselle Smythe.

Hopple pénétra dans le petit vestibule, puis s'immobilisa, l'air gauche. Mlle Smythe le fixait, ou plutôt fixait son torse.

— Je n'ai jamais vu un aussi joli gilet ! s'exclamat-elle.

— Oh... Euh... Merci, mademoiselle Smythe, fit Hopple en triturant les boutons de son gilet vert feuille.

— Est-ce que ce sont des abeilles ?

Pearl s'était penchée sur les broderies pourpres, offrant à Hopple une vue plongeante sur son décolleté. Un vrai gentilhomme ne devant pas profiter de l'étalage accidentel des appas d'une dame, Hopple leva donc les yeux au plafond. Il tint bon quelques secondes, puis les baissa de nouveau.

— Mon Dieu, mais c'est vraiment ravissant, continua Pearl en se redressant. Je crois que c'est la première fois que je vois quelque chose d'aussi charmant sur un gentilhomme.

— Mer... merci, mademoiselle Smythe. Il est rare de rencontrer une personne de goût qui sache apprécier les raffinements de la mode masculine.

La jeune femme parut un peu déconcertée, mais lui sourit néanmoins.

Elle était non seulement charmante, mais fort joliment faite, constata Hopple.

— Vous souhaitiez voir Mme Wren, reprit-elle. Si vous voulez bien l'attendre dans le salon, monsieur, je vais de ce pas la chercher. Elle est dans le jardin.

Hopple entra dans la petite pièce qu'elle lui avait indiquée, et s'approcha de la cheminée sur le manteau de laquelle se trouvait une pendule en porcelaine. Il sortit sa montre de gousset. La pendule avançait.

— Monsieur Hopple? En quoi puis-je vous être utile?

Il pivota. Anna se tenait sur le seuil du salon. Occupée à essuyer ses mains maculées de terre sur son tablier, elle ne croisa pas son regard.

— Le comte m'a, euh... chargé d'une commission, madame Wren.

— Vraiment? fit-elle, toujours sans le regarder.

— Oui, répondit-il, ne sachant trop comment poursuivre. Vous ne voulez pas vous asseoir?

Anna lui adressa un regard perplexe, puis prit un siège.

Felix Hopple se racla la gorge.

— Il y a dans la vie de tout homme, commença-t-il lentement, un moment où le vent de l'aventure cesse de souffler dans sa voilure. Il ressent alors un besoin de stabilité et de confort, enchaîna-t-il en accélérant le débit. À l'insouciance et à l'inconséquence de la jeunesse – ou du moins des débuts de l'âge adulte dans le cas présent –, il préfère la paix domestique.

Hopple s'interrompit pour s'assurer que son pompeux discours était bien compris.

— Oui, monsieur Hopple?

Mme Wren semblait de plus en plus perplexe. L'intendant soupira et reprit:

— Madame Wren, tout homme, même un comte...

Il insista lourdement sur le titre.

— ... a besoin de tranquillité et de calme. De vivre dans un sanctuaire où se ferait sentir la main d'une femme. Laquelle main, guidée par celle plus ferme de son, euh… protecteur, leur permettrait à tous deux d'affronter les tempêtes de l'existence.

Mme Wren le fixait d'un regard tellement déconcerté que Hopple commença à désespérer.

— Tout homme, même un *comte*, reprit-il, a besoin du confort de l'hyménée.

— De l'hyménée ? répéta Mme Wren, les sourcils arqués.

— Oui, c'est cela. En d'autres termes, du mariage.

— Monsieur Hopple, venez-en au fait. Pourquoi le comte vous a-t-il envoyé ?

Se jetant enfin à l'eau, Hopple lâcha :

— Oh, et puis zut ! Il veut vous épouser, madame Wren.

Anna devint blanche comme un linge.

— Quoi ? souffla-t-elle.

Hopple réprima un gémissement. Il savait bien qu'il raterait son affaire ! Vraiment, lord Swartingham lui en demandait trop. Il n'était qu'un intendant, après tout. Pas un Cupidon muni d'un arc et de flèches. Mais au point où il en était, il n'avait d'autre choix que de continuer à s'enfoncer.

— Edward de Raaf, comte de Swartingham, vous demande votre main. Il souhaite de brèves fiançailles et pense que…

— Non.

— … le 1er juin conviendrait pour les épousailles et… Pardon ? Que… qu'avez-vous dit ?

— J'ai dit non. Expliquez-lui que je suis désolée, sincèrement désolée, mais qu'en aucun cas je ne l'épouserai.

— Mais… mais… mais…

Hopple inspira à fond pour mettre fin à son bégaiement.

— Mais il est comte, madame Wren ! Je sais qu'il a un caractère un peu… vif, et qu'il passe beaucoup de temps dans ses champs boueux. Ce que, semble-t-il, il adore. Mais son titre et sa fortune, que certains n'hésiteraient pas à qualifier d'indécente, compensent ces défauts, vous ne croyez pas ?

— Non, je ne le crois pas, monsieur Hopple, rétorqua Anna en se dirigeant vers la porte. Dites-lui que ma réponse est non.

— Mais, madame Wren ! Comment voulez-vous que je lui annonce une chose pareille ?

Anna sortit, et referma doucement la porte derrière elle, poursuivie par les protestations désespérées de Hopple.

Ce dernier se laissa tomber dans un fauteuil. Que n'aurait-il donné pour un verre de xérès ! Non, pour une pleine bouteille ! Lord Swartingham n'allait pas du tout, mais alors, vraiment pas du tout, apprécier la réponse de Mme Wren.

Anna enfonça son déplantoir dans la terre et déracina férocement un pissenlit. Mais quelle mouche avait donc piqué Edward pour charger M. Hopple de cette effarante demande en mariage ? De toute évidence, l'amour ne l'étouffait pas. Sinon il serait venu en personne.

Elle s'attaqua à un autre pissenlit avec une vigueur décuplée.

La porte du cottage s'ouvrit. Anna tourna la tête et fronça les sourcils en voyant Coral tirer un tabouret de cuisine à sa suite.

— Que faites-vous dehors ? s'enquit-elle. Pearl et moi avons quasiment dû vous porter à l'étage, ce matin.

Coral s'assit sur le tabouret.

— L'air de la campagne est censé être bon pour la santé, non ?

Son visage était moins enflé, mais les bleus étaient encore bien visibles. Pearl lui avait bourré les narines d'ouate dans l'espoir que le cartilage se ressouderait sans dommage apparent Le résultat était une figure grotesque, avec des narines dilatées desquelles sortaient des filaments de coton. Une petite entaille en forme de croissant s'étirait sous son œil gauche à moitié fermé.

— Je suppose que je dois vous remercier, madame Wren, reprit Coral en s'adossant au mur du cottage, les yeux clos, savourant la chaleur du soleil sur sa peau.

— C'est ce que l'on fait d'ordinaire.

— Pas moi. Je déteste être le débiteur de quiconque.

— Eh bien, considérez ce que j'ai fait non comme une dette, mais comme un cadeau, suggéra Anna en arrachant une mauvaise herbe.

— Un cadeau, répéta Coral, songeuse. Si je me fie à mon expérience, un cadeau se paie toujours, d'une façon ou d'une autre. Mais peut-être n'est-ce pas le cas avec vous. Alors… merci.

Elle soupira, changea de position. À l'examen, il s'était révélé qu'elle n'avait aucune fracture, mais son corps était contusionné de partout. Elle devait souffrir énormément.

— J'accorde plus de valeur à l'estime des femmes qu'à celle des hommes, madame Wren. Parce qu'elle est si rare, surtout dans ma profession. Mais c'est une femme qui m'a fait cela.

— Quoi ? Je pensais que le marquis…

— Il n'a été que son instrument, madame Wren. Mme Lavender, alias Aphrodite, lui a raconté que je fréquentais d'autres hommes.

— Mais pourquoi ?

— Elle voulait ma place. Devenir la maîtresse attitrée du marquis. Mais peu importe. Je réglerai mes comptes avec elle dès que je serai rétablie.

De la main, Coral signifia que le sujet était clos.

— Pourquoi n'êtes-vous pas à Ravenhill aujourd'hui, madame Wren ? s'enquit-elle en rouvrant les yeux. Vous travaillez là-bas, normalement, non ?

— J'ai décidé de ne plus y aller.

— Vous êtes-vous brouillée avec votre homme ?

— Mais comment…

— C'est bien lui que vous avez retrouvé à Londres ? Edward de Raaf, comte de Swartingham.

— Oui, c'est lui, mais il n'est pas mon... homme.

— J'ai remarqué que les femmes de votre condition – les femmes à principes – ne couchaient pas avec un homme s'il ne leur faisait pas battre le cœur.

Un sourire sarcastique se dessina sur les lèvres de Coral.

— Elles mettent beaucoup de sentiments dans l'acte physique.

Anna mit un temps infini à déraciner un autre pissenlit.

— Peut-être avez-vous raison, Coral, fit-elle enfin. J'accorde peut-être trop d'importance aux sentiments quand il s'agit de cet... acte. Mais cela n'a désormais plus d'importance.

Le pissenlit jaillit du sol.

— Nous nous sommes querellés.

Coral fixa Anna un moment, puis haussa les épaules, et referma les paupières.

— Il a découvert que c'était vous, lâcha-t-elle.

Anna lui jeta un coup d'œil, incrédule.

— Comment avez-vous deviné ?

— Et j'imagine que maintenant, poursuivit Coral en ignorant sa question, vous allez supporter humblement sa désapprobation. Vous cacherez votre honte derrière votre façade de veuve respectable. Peut-être pourriez-vous tricoter des bas pour les pauvres de la paroisse. À coup sûr, vous puiserez du réconfort dans vos bonnes œuvres lorsqu'il en épousera une autre et la mettra dans son lit.

La jeune femme s'était exprimée sur un ton railleur qui vexa Anna.

— Il m'a demandée en mariage, lâcha-t-elle.

Coral souleva les paupières.

— Voilà qui est intéressant.

Elle regarda le tas grandissant de pissenlits avant d'ajouter :

— Mais vous avez refusé.

Anna entreprit de hacher les pissenlits à coups de pioche.

— Il me voit comme une dévergondée.

La pioche tombait à une cadence folle.

— Je suis stérile et il lui faut une descendance.

La pioche trancha encore.

— Et il ne me désire pas.

Anna s'immobilisa, les yeux rivés sur les feuilles transformées en bouillie.

— Vraiment? murmura Coral. Et vous? Le désirez-vous?

Furieuse, Anna sentit ses joues s'empourprer.

— J'ai vécu sans homme durant des années, biaisa-t-elle. Je suis habituée.

— Avez-vous remarqué qu'une fois que l'on a goûté à certains plaisirs – la gelée de framboise est l'un des miens –, il devient pratiquement impossible d'y renoncer, de ne pas rêver d'en prendre une autre cuillerée.

— Lord Swartingham n'est pas de la gelée de framboise...

— Non, en effet. Plutôt de la mousse au chocolat noir.

— ... et je n'ai pas besoin d'une autre cuillerée... euh... d'une autre nuit avec lui.

À peine eut-elle prononcé ces paroles qu'elle se remémora Edward, la deuxième nuit. Torse nu, culotte déboutonnée, à demi allongé dans ce fauteuil devant le feu tel un pacha turc, son sexe luisant dans la clarté des flammes.

Elle en eut l'eau à la bouche, pourtant, elle affirma :

— Je peux vivre sans lord Swartingham.

Coral se contenta de hausser un sourcil.

— Si, je le peux! répéta-t-elle avec véhémence.

Puis une grande lassitude la submergea soudain, et elle reprit plus doucement :

— Vous n'étiez pas là. Vous n'avez pas assisté à l'altercation. Il était furieux. Il m'a dit des choses épouvantables.

— Ah, sourit Coral, il doute de vous.

— Je ne vois pas ce qu'il y a de drôle ! Et de toute façon, cela va plus loin que cela. Il ne me pardonnera jamais.

— Peut-être. Ou peut-être pas.

— Comment cela, vous ne m'épouserez pas ?

Edward arpentait le salon, mais la pièce était si petite qu'il le traversait en trois enjambées.

— Je suis comte, nom de Dieu !

Anna fit la grimace. Jamais elle n'aurait dû le laisser entrer. Cela dit, elle n'avait pas vraiment eu le choix. Il avait menacé de briser la porte si elle n'ouvrait pas. Et le connaissant, il en était fort capable, avait-elle estimé.

— Je ne vous épouserai pas, répéta-t-elle.

— Et pourquoi cela ? Vous m'avez baisé avec enthousiasme si ma mémoire est bonne !

— J'aimerais beaucoup que vous cessiez d'employer ce mot.

Edward fit volte-face, un sourire sarcastique aux lèvres.

— Oh ? Madame le prend de haut ? Madame préférerait que je dise qu'elle a joyeusement copulé ? S'est fait allégrement sauter ? Enfiler ? Mettre ?

Anna pinça les lèvres. Dieu merci, sa belle-mère n'était pas là, et Fanny était allée faire des courses. Edward l'ignorait, mais cela ne l'empêchait pas de s'exprimer d'une voix de stentor.

— Vous ne voulez pas m'épouser, lui rétorqua Anna en détachant bien chaque syllabe comme si elle s'adressait à l'idiot du village.

— Là n'est pas la question ! Je n'ai pas le choix : je dois vous épouser.

— Pourquoi ? Nous n'aurions pas d'enfant. Je suis stérile, l'auriez-vous oublié ?

— Je vous ai compromise, s'entêta-t-il.

— C'est moi qui suis allée à La Grotte d'Aphrodite sous un déguisement. Il me semble donc que c'est *moi* qui vous ai compromis.

— C'est ridicule ! hurla Edward.

On avait dû l'entendre jusqu'à Ravenhill. Pourquoi les hommes croyaient-ils que crier donnait à leurs propos plus de véracité ?

— Ce n'est pas plus ridicule que la demande en mariage d'un comte – par ailleurs fiancé – à sa secrétaire !

Anna se rendit compte qu'elle aussi avait élevé la voix.

— Je ne vous demande pas en mariage. Je vous dis simplement que nous devons nous marier.

— Non, répliqua-t-elle en croisant les bras.

Edward s'approcha d'elle à pas lents. Il voulait visiblement l'intimider. Il s'arrêta à quelques centimètres, si bien qu'elle dut incliner la tête en arrière pour le regarder. Elle ne recula pas d'un pouce. Pas question de céder du terrain !

— Vous allez m'épouser, madame Wren.

Son haleine sentait le café. Sa bouche, même déformée par la colère, demeurait sensuelle. Dangereusement sensuelle. Au point que, en dépit de sa détermination, Anna battit en retraite.

— Je ne vous épouserai pas, répéta-t-elle en lui tournant le dos.

Elle l'entendit respirer fort. Risqua un coup d'œil par-dessus son épaule.

Il fixait ses fesses ! D'un air pensif.

— Vous allez m'épouser ! Non taisez-vous… Vous allez m'épouser, mais, pour l'instant, je laisse la date de la cérémonie en suspens. En attendant, j'ai besoin d'une secrétaire. Je veux que vous soyez à votre bureau cet après-midi.

— Je ne crois pas que j'y serai, milord. Compte tenu de la tournure qu'a prise notre relation il y a peu, je ne vois pas comment je pourrais continuer à assurer sereinement ma fonction.

— Corrigez-moi si je me trompe, madame Wren, mais n'est-ce pas *vous* qui êtes à l'origine de cette nouvelle tournure? demanda Edward d'un ton mielleux.

— Je vous ai déjà dit que j'étais désolée!

— Je ne vois donc pas pourquoi, poursuivit-il du même ton suave, je subirais les conséquences de votre... inconséquence, et me priverais de secrétaire sous prétexte que celle-ci trouve la situation inconfortable. Si c'est bien là le problème.

— C'est le problème, oui!

Inconfortable! Le terme était faible pour décrire la torture que ce serait de travailler au côté du comte comme si de rien n'était.

— Je ne puis retourner à Abbey, lâcha-t-elle dans un souffle.

— Eh bien, dans ce cas, je crains de ne pouvoir vous payer vos gages puisque vous démissionnez sans préavis.

— Oh, c'est... c'est...

Anna était atterrée. Elle ne trouvait plus ses mots. Elle comptait sur ce salaire. Des factures étaient en attente dans les commerces locaux. N'avoir plus de travail serait déjà assez difficile, si en plus elle devait renoncer à cet argent qu'elle avait pourtant gagné, ce serait un désastre.

— Oui, madame Wren?

— C'est injuste! explosa-t-elle.

— Très chère, qu'est-ce qui a pu vous amener à penser que j'étais juste? fit Edward en souriant.

Il avait tout du chat qui vient de croquer le canari.

— Vous n'avez pas le droit de faire cela!

— Oh, mais si! Je suis comte, rappelez-vous. Évidemment, si vous revenez travailler, vos gages vous seront payés en intégralité.

Anna serra les dents, puis déclara à contrecœur :

— Très bien, je vais revenir. Mais j'exige d'être payée en fin de semaine. Chaque fin de semaine.

Edward éclata de rire.

— Dieu que vous êtes méfiante, très chère !

Il lui prit si vivement la main qu'elle n'eut pas le temps de se dérober. Il la retourna et fit courir brièvement sa langue sur sa paume. Le geste était si intime qu'elle sentit son ventre se contracter.

Avant qu'elle ait eu le temps de protester, il l'avait lâchée pour gagner la porte.

Car elle aurait protesté, c'était certain.

« Quelle maudite tête de mule ! » songea Edward en grimpant en selle. N'importe quelle femme de Little Battleford aurait vendu père et mère pour l'épouser. Mieux, n'importe quelle femme d'Angleterre aurait vendu sa famille, chiens et chats compris, pour devenir lady Swartingham !

Oh, il ne se faisait pas d'illusion ! Ce n'était pas sa personne qui intéressait les dames, mais son titre. Et la fortune qui allait avec. Sur le marché des mariages de rêve, il tenait le haut du pavé. Mais pour Anna Wren, petite veuve sans le sou, rien de tout cela ne comptait. Mettre Edward de Raaf dans son lit, oui, très bien, cela lui convenait, mais l'épouser, sûrement pas. Elle le prenait pour quoi ? Un étalon ?

Il secoua les rênes et le bai s'ébranla de mauvais gré, forcé qu'il était de renoncer aux jeunes pousses dont il était en train de s'empiffrer.

Cette sensualité qui avait poussé Anna Wren à cette mascarade dans un bordel la perdrait. Tandis qu'ils se querellaient, il l'avait surprise à fixer sa bouche avec convoitise. Cela lui avait donné une idée : pourquoi ne pas utiliser son tempérament de feu à son avantage ? Peu importait de savoir ce qui l'avait amenée à le séduire. Tout ce qui comptait, c'était qu'elle l'avait fait. Elle aimait sa bouche, n'est-ce pas ? Eh bien, elle la verrait matin, midi et soir. En tant que secrétaire. Et il ferait en sorte qu'elle n'oublie pas une seconde ce qu'elle perdait en refusant de l'épouser.

Il sourit. Quel plaisir ce serait de lui donner un aperçu des récompenses qui l'attendaient si elle consentait à l'épouser ! Elle ne résisterait pas longtemps. Et deviendrait sa femme.

Sa femme... Songer à Anna comme à son épouse était étrangement réconfortant. Et puis, à la perspective d'avoir une partenaire enthousiaste dans son lit, quel homme aurait fait la fine bouche ?

Son sourire s'élargit tandis qu'il éperonnait sa monture.

18

Aurea fixait son mari d'un regard horrifié. Les premières lueurs de l'aube franchirent les hautes fenêtres, touchant le prince. Sa silhouette commença à rétrécir en se convulsant, ses larges épaules s'enroulèrent sur elles-mêmes. Sa belle bouche se déforma, prenant la forme d'un bec, ses longs doigts fins se muèrent en serres tandis que des plumes noires jaillissaient sur ses poignets. À mesure que le prince se métamorphosait, les murs du château se mirent à trembler, à vaciller, avant de disparaître complètement. D'un puissant battement d'ailes, le corbeau s'envola, et tous ses serviteurs l'imitèrent.

Aurea se retrouva seule, sans vêtements, ni nourriture ni eau, dans un désert qui s'étendait à perte de vue...

Extrait du *Prince Corbeau*

Anna était à bout de patience. Elle se surprit à taper du pied, et dut faire un effort pour se calmer. Elle se trouvait dans la cour des écuries, attendant Edward qui se querellait avec l'un des lads à propos de la selle de Daisy. Apparemment, quelque chose n'allait pas avec cette selle. Elle ignorait quoi, vu que personne n'avait daigné le lui expliquer. Après tout, elle n'était qu'une femme, n'est-ce pas ?

Elle soupira. Cela faisait une semaine qu'elle se mordait la langue et s'acquittait scrupuleusement des tâches de secrétariat qu'Edward lui confiait. Il était évident que certains des ordres qu'il lui donnait n'avaient d'autre but que de la mettre hors d'elle. À cela s'ajoutaient les remarques quotidiennes sur la perfidie des femmes, les regards insistants qui l'obligeaient à baisser les yeux. Mille misères auxquelles elle répondait en se comportant comme une vraie dame, docilement.

Et cela la rendait folle de rage.

« Patience, s'exhorta-t-elle en fermant les yeux. Patience. » Mais c'était là une vertu qui manquait à sa panoplie.

— Seriez-vous en train de vous endormir, madame Wren ?

Anna sursauta. Edward était arrivé sans bruit. Elle lui décocha un regard noir, mais il ne le vit pas : il avait déjà tourné les talons.

— George dit que la sangle est très usée. Nous allons donc prendre le phaéton.

— Je ne pense pas que…

Sans prendre la peine de l'écouter, Edward se dirigea vers la calèche que les palefreniers étaient en train d'atteler. Anna s'élança à sa suite.

— Milord ?

Il l'ignora.

— *Edward*, siffla-t-elle.

— Oui, ma chérie ?

Il s'arrêta si abruptement qu'elle faillit le percuter.

— Ne m'appelez pas ainsi, articula-t-elle pour la x-ième fois de la semaine. Il n'est pas question de monter dans ce phaéton. Il n'y a pas suffisamment de place pour emmener un valet ou une bonne.

Edward regarda la voiture avec étonnement. Jock avait déjà sauté sur la banquette, prêt pour la promenade.

— Pourquoi diable voudrais-je emmener une bonne ou un valet aux champs ?

— Vous le savez pertinemment !

— Ah bon ?

— Comme chaperon.

Les garçons d'écurie les observant, Anna s'obligea à sourire.

— Mon ange, dit Edward en s'approchant au point de la toucher, je suis très flatté, mais je ne vois pas comment je pourrais abuser de vous en conduisant un phaéton.

Anna rougit, et se traita intérieurement de sotte.

— Je...

Edward lui attrapa la main avant qu'elle ait le temps d'en dire plus, l'entraîna vers la voiture et l'aida à se hisser sur le siège. Ceci fait, il vérifia où en étaient les palefreniers.

— Quel tyran ! murmura-t-elle à Jock.

Le mastiff remua la queue et posa la tête sur son épaule, compatissant.

Quelques minutes plus tard, Edward les rejoignait. La voiture oscilla comme il grimpait près d'Anna. Il s'empara des rênes et le phaéton s'ébranla sans douceur, obligeant la jeune femme à s'accrocher à l'accoudoir. Jock se pencha en avant, les oreilles flottant au vent. L'attelage prit un virage serré, et Anna tomba sur Edward. Les seins pressés contre son bras, elle resta pétrifiée, puis se ressaisit et se redressa. Pas pour longtemps. Un nouveau virage, et elle se retrouva de nouveau plaquée contre Edward.

— Le faites-vous exprès ?

Silence.

— Si vous le faites exprès, c'est puéril !

Un bref coup d'œil entre d'épais cils noirs fut tout ce qu'obtint Anna.

— Si vous voulez me punir, fort bien. Je comprends. Mais secouer de la sorte le phaéton vous met autant que moi dans l'inconfort.

Edward fit ralentir les chevaux.

— Pourquoi diable chercherais-je à vous punir, madame Wren ?

— Vous le savez bien, répliqua-t-elle, exaspérée.

Le silence, encore. Et le phaéton qui tanguait comme une coquille de noix sur une mer démontée.

Après un soupir, Anna murmura :

— Je suis vraiment désolée, vous savez.

— Désolée d'avoir été percée à jour? hasarda Edward d'une voix dangereusement suave.

— Non, désolée de vous avoir dupé.

— Dieu sait pourquoi j'ai du mal à le croire.

— Insinueriez-vous que je mens? lâcha Anna d'un ton acerbe.

— Eh bien, je l'avoue, ma douce, oui. Je crois que vous mentez comme vous respirez.

Bien qu'exaspérée, elle se contint.

— Je comprends que vous puissiez penser une telle chose, mais sachez que je n'ai jamais eu l'intention de vous blesser.

— Parfait, ricana Edward. Vraiment parfait. Vous êtes allée dans l'un des plus fameux bordels de Londres, habillée comme une poule de haut vol, et il se trouve que je suis tombé sur vous. Oui, il est évident qu'il y a eu méprise.

Anna compta jusqu'à dix avant de déclarer calmement :

— Je vous attendais. *Vous*, et pas un autre.

Sa réponse parut lui couper l'herbe sous le pied. Il menait les chevaux avec moins de vigueur, assez vivement néanmoins pour effrayer deux lièvres qui baguenaudaient au milieu du chemin.

— Pourquoi? aboya-t-il soudain.

Anna avait perdu le fil.

— Pourquoi... quoi?

— Pourquoi m'avoir choisi, moi, après six ans de célibat?

— Pratiquement sept.

— Mais vous n'êtes veuve que depuis six ans.

Anna confirma d'un hochement de tête, ce qui lui valut un regard intrigué.

— Peu importe, reprit-il. Pourquoi moi? Mes cicatrices...

— Vos cicatrices n'ont aucune importance, vous ne le voyez donc pas?

— Il n'empêche, insista-t-il. Pourquoi moi?

Elle demeura un instant muette, puis tenta d'expliquer :

— Je croyais… Non, je *savais* que nous étions attirés l'un par l'autre. Ensuite, vous êtes parti pour Londres, et je me suis rendu compte que ce que vous ressentiez pour moi, vous alliez le concrétiser avec une autre femme. Une inconnue. Or je voulais, j'avais besoin que ce soit avec moi que vous… laissiez libre cours à vos élans.

Edward s'étrangla presque. Était-il interloqué ? Choqué ? Ou se moquait-il d'elle ? Elle était incapable de le dire. Et soudain, c'en fut trop.

— C'est vous qui êtes parti pour Londres ! Vous qui avez décidé d'aller… d'aller *sauter* une autre femme ! Vous qui vous êtes détourné de moi ! Alors de nous deux, qui est le grand pécheur devant l'Éternel ? Je ne… Aïe !

Il avait tiré sur les rênes si rudement que les chevaux s'arrêtèrent en se cabrant. Jock faillit être catapulté hors de l'attelage, Anna crut avoir avalé ses dents. Elle ouvrit la bouche pour crier, mais Edward la bâillonna de la sienne. D'abord, elle ne sentit que le goût familier du café. Puis la langue d'Edward qui forçait le barrage de ses lèvres tandis que ses doigts se refermaient sur sa nuque. Elle lui laissa volontiers l'accès, savourant sa proximité si virile. Doucement, à contrecœur, il lâcha sa bouche, non sans en avoir caressé tendrement le contour de la langue.

La clarté du soleil la fit ciller lorsque Edward se redressa. Elle chercha son regard. Il la scrutait. Ce qu'il vit dut le satisfaire, car il sourit, et récupéra les rênes. Les chevaux repartirent au trot. Anna agrippa l'accoudoir, et s'efforça de comprendre ce qui s'était passé. Mais réfléchir alors qu'elle était encore sous le choc de ce baiser s'avéra particulièrement difficile.

— Je vais vous épouser, assena Edward d'une voix de stentor.

Ne sachant que dire, elle demeura muette.

Jock, de son côté, aboya vigoureusement, puis resta la gueule ouverte, sa grande langue rose flottant au vent.

Coral offrit son visage à la douce chaleur du soleil. Assise à l'arrière du cottage comme chaque jour depuis qu'elle se sentait assez bien pour quitter son lit, elle goûtait les charmes de cette vie paisible.

Des petites feuilles toutes neuves dardaient leurs pointes vertes dans les plates-bandes. Un oiseau poussait de joyeux trilles. Comme c'était bizarre. Jamais, à Londres, elle n'avait prêté attention au soleil. La cacophonie des voix innombrables, la fumée omniprésente, les odeurs malodorantes... Tout concourait à le faire oublier. En fait, il semblait ne jamais briller, si bien que Coral ne levait jamais les yeux vers le ciel. Sa caresse sur ses joues était une nouveauté.

— Oh, M. Hopple !

La voix de Pearl l'arracha à sa douce léthargie. Elle ouvrit les yeux, mais ne bougea pas.

Sa sœur se tenait devant le portillon du jardin en compagnie d'un homme qui portait le gilet le plus ridicule et le plus voyant que Coral ait jamais vu. À en juger par la façon dont il jouait avec les boutons, il était fort intimidé. Rien de surprenant à cela, songea-t-elle. Nombre d'hommes étaient mal à l'aise en présence d'une femme qui leur plaisait. Enfin, les hommes bien.

Pearl, quant à elle, enroulait une mèche de cheveux autour de son doigt, ce qui trahissait un trouble identique à celui de son compagnon. Coral s'en étonna. L'une des toutes premières choses qu'apprenait une prostituée, c'était afficher une certaine assurance face à un représentant du sexe fort. Cet aplomb était la clé de sa survie.

Or Pearl avait tout de la jouvencelle rougissante lorsqu'elle ouvrit le portillon après avoir dit au revoir à l'inconnu. Elle avait presque atteint la porte quand elle vit sa sœur.

— Oh, Seigneur, tu m'as fait peur ! Je savais pas que tu étais là ! s'exclama-t-elle, les joues cramoisies.

— Visiblement. Tu ne cherches pas un client, tout de même ? Tu n'as plus à travailler, et de toute façon, nous allons rentrer bientôt à Londres. Je suis presque rétablie.

— M. Hopple n'est pas un client. Il m'a offert une place à Ravenhill Abbey. De femme de chambre.

— De femme de chambre ?

— Oui. J'ai déjà occupé un tel emploi, tu sais. Je pourrais recommencer sans problème.

Coral était contrariée.

— Mais tu n'as pas besoin de travailler du tout. Je t'ai dit que j'allais m'occuper de toi, et je le ferai.

Pearl redressa les épaules et releva fièrement la tête.

— Je vais rester ici. Avec M. Hopple.

Coral prit le temps d'encaisser la nouvelle, puis demanda d'une voix posée :

— Pourquoi, Pearl ?

— Il m'a demandé la permission de me courtiser, et j'ai dit oui.

— Et que se passera-t-il quand il découvrira ce que tu es ?

— Je crois qu'il le sait déjà. Je lui ai pas dit, mais tout le monde savait ce que j'étais quand Mme Wren m'a recueillie. S'il se doute de rien, je lui avouerai la vérité. Je pense pas que ça le rebutera.

— Mais même s'il accepte ton passé, les gens du village seront peut-être moins tolérants.

— Oh, je sais que ce sera pas facile ! fit Pearl en s'accroupissant près de sa sœur pour lui prendre la main. Je suis plus une gamine avec des étoiles plein les yeux. Mais M. Hopple est un vrai gentilhomme. Il me traite avec tant de gentillesse ! Et il me regarde comme si j'étais une dame.

— Et donc, tu resterais ici ?

— Oui. Tu pourrais rester aussi. On recommencerait toutes les deux une nouvelle vie, on fonderait une famille, comme les gens normaux. On pourrait acheter un joli cottage comme celui-ci, et tu habiterais avec moi. Est-ce que ce serait pas merveilleux ?

Coral baissa les yeux sur la main de Pearl qui étreignait la sienne. Ses doigts étaient hâlés, avec de petites cicatrices plus claires sur les phalanges, souvenirs d'années de travaux manuels. Sa propre main était lisse, douce, et d'un blanc d'albâtre. Elle se dégagea.

— Je crains de ne pouvoir rester ici, Pearl, fit-elle en essayant sans succès de sourire. Ma vie est à Londres. Je ne me sens pas bien ailleurs.

— Mais…

— Chut. Mon destin a été tracé de longue date. Et puis, tout ce grand air et ce soleil, c'est mauvais pour mon teint. Allez, rentrons.

Coral se leva et secoua ses jupes.

— C'est vraiment ce que tu souhaites ?

— Oui, répondit Coral en tendant la main à sa sœur pour l'aider à se relever. Pearl, enchaîna-t-elle, tu m'as dit ce que M. Hopple éprouvait pour toi, mais qu'en est-il de tes sentiments envers lui ?

— Avec lui, je me sens bien, en sécurité. Et puis, il embrasse tellement bien…

— Un gâteau au citron, murmura Coral. Tu as toujours été folle des gâteaux au citron.

— Quoi ?

— Rien.

Coral effleura la joue de sa sœur d'un baiser, puis :

— Je suis heureuse que tu aies trouvé un homme qui te convienne.

— … de plus, cette théorie idiote ne fait que confirmer mes soupçons selon lesquels votre sénilité a atteint un stade avancé. Avec toute ma compassion.

Anna prenait une lettre sous la dictée du comte, qui marchait de long en large devant son petit bureau. Jamais encore elle n'avait exécuté ce genre de tâche.

Elle se l'était imaginé simple, et découvrait, à son grand désarroi, que ça ne l'était pas. De surcroît, qu'Edward compose sa lettre à un train d'enfer n'arrangeait rien.

Du coin de l'œil, elle remarqua que l'exemplaire du *Prince Corbeau* était revenu sur son bureau. Depuis la promenade en phaéton, deux jours auparavant, Edward et elle semblaient avoir mis au point une espèce de petit jeu autour de ce livre. Un matin, elle l'avait trouvé sur son sous-main. Elle l'avait reposé sur le bureau d'Edward, pour le retrouver sur le sien après le déjeuner. Le petit volume avait repris sa place sur le bureau d'Edward, et le manège avait continué. Jusqu'à présent, elle n'avait pas eu le courage de lui demander à quoi cela rimait, ce que ce livre représentait pour lui et pourquoi il semblait tenir à le lui donner.

— Peut-être, continua-t-il, cette triste détérioration mentale est-elle héréditaire. Je me rappelle que votre oncle, le duc d'Arlington, était aussi borné que vous en matière d'élevage porcin. D'aucuns disent que sa fin a été hâtée par une brûlante discussion sur la mise bas des truies. Vous ne trouvez pas qu'il fait chaud ici ?

Anna s'apprêtait à écrire « chaud » quand elle se rendit compte que la question lui était adressée. Elle leva les yeux. Edward se débarrassait de sa redingote.

— Non, répondit-elle. La température me convient très bien.

Son esquisse de sourire mourut sur ses lèvres quand elle vit Edward se défaire de sa lavallière.

— Moi, j'ai chaud.

Il déboutonna son gilet.

— Que... que faites-vous ? coassa-t-elle.

Feignant l'innocence, il haussa les sourcils.

— Eh bien, je dicte une lettre, me semble-t-il.

— Vous vous déshabillez !

— Non. Je me déshabillerais si j'enlevais ma chemise.

Et il l'enleva.

— Edward !

— Oui, ma chère?

— Remettez immédiatement votre chemise!

— Pourquoi? Mon torse nu vous offense?

— Oui. Euh… Non! Mais remettez votre chemise.

— Vous êtes sûre de ne pas être dégoûtée par mes cicatrices?

Il fit glisser ses doigts écartés sur ses pectoraux. Comme hypnotisée, Anna suivait des yeux leur va-et-vient. Elle cherchait une repartie cinglante quand l'intensité du regard d'Edward l'arrêta. Il ne la défaiait pas, ne cherchait pas la dispute. Il attendait une réponse sincère.

Cet homme était décidément impossible!

— Je ne vous trouve absolument pas répugnant, soupira-t-elle, comme vous avez pu vous en rendre compte.

— Dans ce cas, touchez-moi.

— Edward…

— Faites-le. J'ai besoin d'être sûr.

Il lui attrapa la main, l'obligea à se lever, puis la tira jusqu'à lui.

Anna hésitait, partagée entre son sens de la bien-séance qui lui intimait de refuser cette familiarité, et le désir de rassurer Edward. Le problème, c'était qu'elle avait envie de le toucher. Une envie dévorante.

Il attendait.

Elle approcha lentement la main de sa poitrine, suspendit son geste, puis posa la paume à la base de son cou. Là où elle pouvait sentir les battements de son cœur. Les prunelles d'Edward virèrent au noir. Elles étaient déjà si sombres en temps normal qu'il semblait impossible qu'elles le soient davantage, et pourtant, c'était le cas.

Le souffle d'Anna s'accéléra tandis que sa main glissait lentement sur le torse musclé d'Edward. Elle sentait sous ses doigts les petites dépressions dues aux cicatrices. Elle passait de l'une à l'autre, songeant à la somme de souffrances qu'elles symbolisaient. La douleur d'un jeune garçon, la détresse de son âme. Seules sa respiration et celle d'Edward, courtes, un peu rauques, rompaient le silence. Jamais Anna n'avait exploré aussi minutieusement un torse masculin. Le plaisir qu'elle en retirait était intense, sensuel. Plus intime, par certains côtés, que l'acte physique.

Edward s'humecta les lèvres. Manifestement, il était aussi troublé qu'elle.

Savoir qu'elle détenait le pouvoir de l'exciter par une simple caresse l'enflamma. Elle déglutit avec peine, laissa descendre sa main. De petites gouttes de sueur perlaient sur la peau d'Edward, qui exsudait son parfum de musc.

Anna vacilla. Ses sens prenaient le pas sur sa volonté, elle le sentait. Elle approcha le visage de ce torse qui l'attirait irrésistiblement, frotta la joue contre les muscles bandés, puis, s'enhardissant, goûta de la langue les saveurs qu'exhalait cette peau moite.

L'un des deux – les deux peut-être – laissa échapper un gémissement. Anna agrippa les hanches d'Edward, qui referma les bras sur elle. La ferveur de cette étreinte la bouleversa. Les larmes se mirent à rouler sur ses joues, jusqu'à ses lèvres, leur sel se mêlant à celui de la peau d'Edward. C'était ridicule, mais elle ne pouvait pas plus arrêter ces larmes qu'elle ne pouvait empêcher son corps de désirer cet homme ou son cœur de... *l'aimer*!

Elle se pétrifia, sous le choc de cette révélation. Après avoir inspiré à fond, une longue inspiration tremblante, elle repoussa Edward. Il resserra son étreinte.

— Anna...

— Lâchez-moi. S'il vous plaît, fit-elle d'une voix cassée.

— Nom de Dieu! grommela-t-il.

Mais il s'exécuta néanmoins. Elle s'écarta prestement.

— Si vous croyez que je vais oublier ce...

— Inutile de me prévenir, Edward, coupa-t-elle, se sentant perdre pied. Je sais déjà que vous n'oubliez – ni ne pardonnez – rien!

— Bon sang, vous savez…

Des coups résonnèrent à la porte. Edward se tut. Il se passa une main fébrile dans les cheveux, dénouant involontairement son catogan.

— Quoi ? tonna-t-il.

Le battant s'entrebâilla, la tête de M. Hopple apparut. Il cilla en découvrant le comte torse nu, le cheveu en bataille, et balbutia :

— Je… je vous demande pardon, milord, mais le cocher vient de m'apprendre que l'une des roues arrière de la voiture était en réparation chez le forgeron.

Edward foudroya son intendant du regard, puis attrapa sa chemise. Anna en profita pour essuyer subrepticement ses joues mouillées.

— Il assure que cela ne prendra qu'une journée, milord. Deux, au maximum.

— Trop long.

Edward avait fini de se rhabiller. Il fourrageait maintenant parmi les papiers sur son bureau, envoyant voler des feuilles sur le sol.

— Nous prendrons le phaéton, Hopple. Les serviteurs nous rejoindront avec la voiture dès qu'elle sera prête.

Anna lui jeta un regard soupçonneux. Un voyage ? C'était la première fois qu'elle entendait parler de ce voyage. Il n'oserait tout de même pas… ?

— « Nous », milord ? fit l'intendant. J'ignorais que…

— Hopple, ma secrétaire m'accompagne à Londres, bien entendu. Je vais avoir besoin de ses services pour terminer mon manuscrit.

Hopple écarquilla les yeux, mais Edward ne le remarqua pas. Il regardait Anna d'un air de défi.

— Mais… enfin, milord ! s'exclama l'intendant, visiblement scandalisé.

— Je dois terminer ce manuscrit, répéta Edward, sans quitter Anna des yeux. Ma secrétaire prendra des notes au cours de la réunion de la Société Agraire. Je suis aussi censé régler divers problèmes concernant mes autres domaines. Donc, oui, il faut absolument que Mme Wren m'accompagne, acheva-t-il à voix presque basse.

— Milord, c'est… c'est… une femme ! Et célibataire de surcroît, pardonnez ma franchise, madame Wren. Il n'est pas correct pour une dame de voyager seule avec…

— Très bien, très bien ! coupa Edward. Nous aurons donc un chaperon. Madame Wren, je vous charge d'en trouver un. Nous partons demain à la première heure. Je vous attendrai dans la cour.

Sur ces mots, Edward sortit de la bibliothèque. M. Hopple lui emboîta le pas, marmonnant des objections auxquelles le comte resta sourd.

Anna se demandait si elle devait rire ou pleurer quand une grande langue lui lécha la main. Jock était assis à ses pieds et dardait sur elle un regard énamouré.

— Oh, Jock, que suis-je supposée faire ?

Le chien soupira, puis roula sur le dos, les quatre fers en l'air, comme pour signifier son impuissance à émettre un avis.

19

Seule dans ce désert sans fin, Aurea pleurait sur ce qu'elle avait perdu. Le temps passant, elle se rendit compte que son seul espoir était de retrouver son mari afin de se racheter. Elle partit donc à la recherche du Prince Corbeau. La première année, elle parcourut les terres de l'est. Des animaux et des hommes étranges vivaient là, mais aucun d'entre eux n'avait entendu parler du Prince Corbeau. La deuxième année, elle sillonna les terres du nord que des vents glacials battaient de l'aube au crépuscule. Elle ne rencontra personne qui connût le Prince Corbeau. La troisième année, elle explora les terres de l'ouest où de somptueux palais roses dressaient leurs tours altières vers le ciel. Ses habitants ne connaissaient pas le Prince Corbeau. La quatrième année, elle monta sur un bateau qui fit voile jusqu'aux terres du sud brûlées de soleil. En ces confins de l'univers, nul non plus ne savait qui était le Prince Corbeau...

Extrait du *Prince Corbeau*

— Je suis vraiment désolée, mon petit, dit mère Wren.

Elle se tordait les mains tout en regardant Anna préparer ses bagages.

— Vous savez combien les voitures découvertes me font peur. La seule idée de monter dans l'une d'elles me tourne les sangs.

Anna s'aperçut que le teint de sa belle-mère avait viré au vert. Elle conduisit la vieille dame jusqu'à une chaise.

— Asseyez-vous et respirez, mère. Voulez-vous un peu d'eau ?

Elle essaya d'ouvrir la fenêtre, mais elle était coincée. Mère Wren pressa un mouchoir sur sa bouche et ferma les yeux.

— Ça va aller, mon petit, ça va aller.

Anna remplit un verre d'eau du pichet qui se trouvait sur la commode, et le tendit à sa belle-mère, qui le but d'un trait.

— Quel dommage que Coral soit partie si soudainement.

Elle avait fait cette remarque un nombre incalculable de fois depuis son réveil. Fanny avait trouvé un mot dans la cuisine. Coral les remerciait de leur hospitalité et des bons soins qu'elles lui avaient prodigués. Anna était montée en courant à l'étage. La chambre où dormait Coral était vide, le lit fait.

Un autre message était posé sur l'oreiller. Coral demandait que Pearl reste encore un peu au cottage. Elle avait joint des pièces d'or qui étaient tombées du papier lorsque Anna l'avait déplié.

Elle avait voulu remettre l'argent à Pearl, mais la jeune femme avait refusé de le prendre.

— Non, madame. C'est pour vous et Mme Wren. Vous êtes les meilleures amies que Coral et moi ayons jamais eues.

— Mais vous avez besoin de cet argent, Pearl.

— Mme Wren et vous aussi. Et puis, je vais prendre mes fonctions d'ici peu. J'aurai de bons gages.

Elle avait rougi.

— À Ravenhill Abbey.

Anna soupira, et répondit à sa belle-mère :

— J'espère surtout que Coral était suffisamment remise. Ses bleus étaient à peine atténués. Et Pearl ne sait même pas où elle logera à Londres.

— Si seulement elle avait attendu, gémit mère Wren. Elle aurait pu vous accompagner.

— Peut-être Pearl ne verra pas d'inconvénient à retarder sa prise de fonctions à Ravenhill afin de venir avec moi, dit Anna en fouillant dans un tiroir de la commode en quête d'une paire de bas exempts de trous.

— Je pense qu'elle préférera rester ici. Il semblerait qu'elle ait fait la connaissance d'un gentilhomme au manoir.

Anna se tourna à demi, les mains pleines de bas.

— Vraiment ? Qui est-ce ? L'un des valets ?

— Je l'ignore. Avant-hier, elle m'a questionnée sur le personnel à demeure, puis elle a marmonné quelque chose à propos d'abeilles.

— Ah bon ? Y aurait-il un apiculteur à Ravenhill ?

Anna fronça les sourcils, cherchant dans ses souvenirs, puis entreprit de plier des bas qu'elle rangea dans son sac de voyage.

— Pas à ma connaissance, reprit sa belle-mère. Quoi qu'il en soit, je suis heureuse que lord Swartingham ait décidé de vous emmener à Londres. C'est un homme tellement exquis ! Et vous l'intéressez, mon petit. Peut-être va-t-il vous poser une question importante, une fois là-bas, ajouta-t-elle d'un air entendu.

— Il m'a déjà demandée en mariage.

Mère Wren bondit de son siège en poussant un cri suraigu qui aurait pu sortir de la bouche d'une fillette.

— Et j'ai refusé, acheva Anna.

— Vous avez refusé ?

La vieille dame semblait au bord de l'apoplexie.

— Oui, mère.

— Maudit Peter ! lâcha mère Wren.

Anna en resta sans voix.

— Je regrette, mon petit, mais vous savez aussi bien que moi que vous avez repoussé lord Swartingham à cause de mon fils.

— Je ne…

— Anna, inutile de chercher des excuses à Peter, l'interrompit mère Wren, l'air grave. C'était mon seul enfant, et Dieu sait que je l'aimais. Petit, il était telle-

ment adorable. Mais ce qu'il vous a fait est impardon-
nable. Si mon cher mari avait été encore de ce monde,
il l'aurait fouetté!

Anna sentit les larmes lui monter aux yeux.

— J'ignorais que vous étiez au courant.

— Je ne l'étais pas. Je n'ai compris que lorsqu'il est
tombé malade. Il a déliré une nuit que j'étais à son
chevet.

Anna baissa les yeux pour dissimuler ses larmes.

— Il a été tellement déçu quand il a découvert que je
ne pouvais pas avoir d'enfants, mère... J'en suis désolée.

— Moi aussi, je suis désolée, Anna. Désolée que vous
n'ayez pu avoir d'enfants ensemble.

Du revers de la main, Anna s'essuya les yeux, et se
détourna. Un bruissement d'étoffe lui apprit que sa
belle-mère s'approchait. Des bras dodus l'enlacèrent.

— Mais je me suis consolée, Anna, parce que Peter
vous avait. Savez-vous combien j'ai été heureuse que
mon fils vous épouse?

— Oh, mère...

— Vous êtes la fille que je n'ai pas eue. Pendant
toutes ces années, vous vous êtes occupée de moi et, de
bien des façons, je suis devenue plus proche de vous
que je ne l'ai jamais été de Peter.

Les larmes d'Anna redoublèrent. Mère Wren la serra
contre elle et la berça doucement. La jeune femme
pleura sans retenue, de gros sanglots qui lui déchiraient
la poitrine. Ça lui était si douloureux de voir cette partie
de sa vie exposée au grand jour. Elle l'avait gardée enfermée dans un recoin obscur de son cœur pendant si
longtemps. L'infidélité de Peter avait été son secret honteux, elle en avait souffert seule et en silence. Alors que
durant tout ce temps, non seulement mère Wren savait,
mais elle ne lui reprochait rien, et surtout pas de ne pas
lui avoir donné de petits-enfants. Aux yeux d'Anna les
paroles de la vieille dame équivalaient à une absolution.

Ses sanglots s'apaisèrent lentement. La crise passée,
elle était si lasse qu'elle dut s'allonger.

Sa belle-mère la soutint jusqu'au lit, puis la couvrit de la courtepointe.

— Reposez-vous, mon petit, murmura-t-elle en lui caressant le front de sa vieille main tavelée. Et soyez heureuse, je vous en supplie.

Flottant dans une douce rêverie, Anna écouta les talons de mère Wren cliqueter dans l'escalier. En dépit de la migraine qui lui taraudait le crâne, elle se sentait en paix.

— Elle est partie à Londres ?

La voix de Felicity était montée de plusieurs octaves. Deux dames qui passaient devant le cottage des Wren lui glissèrent un regard. Elle leur tourna ostensiblement le dos.

Mère Wren dévisagea son interlocutrice d'un œil empli de curiosité.

— Oui, répondit-elle. Ce matin, avec le comte. Lord Swartingham doit assister à la réunion de la Société des Agrairiens ou quelque chose de ce genre, je crois, et il a besoin de sa secrétaire. C'est étonnant ce que ces messieurs de la haute société peuvent inventer pour se distraire, n'est-ce pas ?

Felicity plaqua un sourire sur son visage alors qu'elle avait envie de hurler d'impatience. Mais la vieille dame continuait à babiller, et elle dut attendre qu'elle reprenne son souffle pour demander :

— Et quand Anna rentrera-t-elle ?

— Oh, pas avant deux ou trois jours, je pense. Peut-être même une semaine.

Felicity sentit son sourire se muer en rictus.

— Bien. Madame Wren, je dois vous laisser, à présent. J'ai des courses à faire.

À en juger par son expression choquée, la vieille femme trouvait ce départ précipité fort impoli, mais tant pis. Elle n'avait pas le temps pour les civilités. Elle monta dans sa voiture, tapa au plafond pour ordonner au cocher de démarrer.

Dans l'intimité de la voiture, elle remâcha ses griefs et ses interrogations. Pourquoi Chilly s'était-il montré si peu discret ? Et lequel de ses serviteurs avait cancané ? Dès qu'elle aurait mis la main sur le traître, il le regretterait ! Elle veillerait à ce que plus jamais il ne trouve de travail dans le comté. Ce matin, Reginald s'était mis en colère à la table du petit déjeuner. Il avait exigé de savoir qui était sorti en catimini de ses appartements, la semaine passée. Felicity avait failli en régurgiter ses œufs cocotte.

Si seulement cet idiot de Chilly avait utilisé la fenêtre et non l'entrée de service ! Mais non. Il avait argué que l'arête de l'appui aurait déchiré ses bas. Et comme si tout cela ne suffisait pas, voilà que Reginald avait fait, la veille, des commentaires sur les cheveux de Cynthia. De mémoire de Clearwater, avait-il observé, on n'avait jamais vu de cheveux roux dans la famille. Felicity s'était empressée d'évoquer sa grand-mère aux boucles cuivre avant de ramener la conversation sur les chiens de meute, sujet préféré de son mari.

Elle lissa sa chevelure, pourtant parfaitement apprêtée. Le châtelain semblait enfin voir ses filles. Après tout ce temps. Pourquoi ? Si cette maudite lettre arrivait entre ses mains, ses soupçons à propos de Chilly se mueraient en certitude. Il se rappellerait aussitôt Peter Wren… Peter aux cheveux roux…

Elle en frémissait rien que d'y songer. Il n'était pas impossible qu'elle soit bannie, réduite à vivre dans quelque petite ferme miteuse. Ou, pire encore, obligée de divorcer ! Le plus dégradant des sorts. Une telle horreur était inconcevable !

Il fallait absolument qu'elle trouve Anna et récupère cette lettre.

Anna roula sur le côté et bourra de coups de poing son oreiller pour la énième fois. Difficile de dormir avec le comte qui lui tournait autour tel un aigle attendant son heure pour fondre sur sa proie.

Au moment du départ, ce matin, elle n'avait pas été étonnée que Fanny, son chaperon, soit reléguée dans la voiture d'escorte. Grâce à ce tour de passe-passe, elle s'était retrouvée seule dans le phaéton avec le comte. Le rôle de chaperon de substitution avait donc échu à Jock, qu'elle avait calé sur la banquette entre eux. Qu'Edward ne paraisse pas le remarquer l'avait quelque peu déçue, devait-elle admettre.

Le voyage dura toute la journée, et ils arrivèrent à Londres à la nuit tombée. Apparemment, ils avaient réveillé les membres du personnel. Davis, le valet, déjà sur place depuis la veille, leur ouvrit en chemise et bonnet de nuit. Les bonnes, bâillant à qui mieux mieux, allumèrent les lampes et leur préparèrent un repas froid. Ils dînèrent, puis Edward la salua après avoir demandé à l'une des femmes de chambre de la conduire à sa chambre. La voiture de Fanny n'étant pas arrivée, Anna disposait de la chambre pour elle seule. Une porte, manifestement de communication, l'intrigua. Cette pièce était trop grande pour n'être qu'une chambre d'amis. Se pouvait-il que ce soit celle de la défunte comtesse ? Edward n'avait tout de même pas osé l'installer dans les appartements de la maîtresse de maison !

Elle soupira. Hélas, il en était bien capable.

La pendule sur la cheminée indiquait 1 heure du matin. Si le comte avait projeté de la rejoindre, il serait déjà là. Du moins aurait-il essayé, car elle avait verrouillé les deux portes.

Elle entendit soudain un pas lourd dans l'escalier, et se redressa dans son lit, pétrifiée. L'agneau paralysé à l'approche du loup... Les pas se rapprochèrent, s'arrêtèrent devant sa porte.

Tendue comme un arc, elle fixa la poignée.

La boule de cuivre ne tourna pas.

Les pas résonnèrent de nouveau, une porte s'ouvrit et se ferma un peu plus loin.

Anna se laissa retomber contre son oreiller. Elle était soulagée, naturellement. Extrêmement soulagée. À sa place, n'importe quelle femme convenable aurait été ravie que le comte ait décidé de ne pas profiter de la situation, n'est-ce pas ?

Il n'empêche, elle se demandait comment une femme, même convenable, pouvait retourner la situation en sa faveur et aller frapper chez ledit comte, lorsque la porte de communication s'ouvrit sur Edward, deux verres dans à la main.

— J'ai pensé que vous aimeriez peut-être goûter mon brandy.

— Oh ! Je… je ne suis pas folle de brandy.

— Non ? Eh bien…

— Mais vous êtes le bienvenu si vous avez envie de le boire ici, ajouta-t-elle précipitamment, lui coupant la parole.

Il la regarda sans mot dire.

— En ma compagnie, acheva-t-elle, les joues en feu.

Edward pivota sur ses talons et, l'espace d'un horrible instant, Anna crut qu'il allait repartir comme il était venu. Mais il se contenta de poser les verres sur un guéridon, lui fit face de nouveau et entreprit de dénouer sa lavallière.

— En fait, je n'étais pas venu boire un dernier verre avant de me coucher.

Le souffle court, Anna le regarda se débarrasser de sa chemise, un sourire diabolique sur les lèvres.

— Vous ne dites rien ? s'étonna-t-il. C'est une première !

Sur ce, il s'assit sur le lit le temps d'ôter ses bottes. Il se releva, et lorsque ses mains s'attaquèrent aux boutons de sa culotte, Anna cessa totalement de respirer. Il plongea les pouces dans sa ceinture, et acheva de se déshabiller. Se redressant, il lâcha :

— Si vous avez l'intention de dire non, faites-le maintenant.

Son sourire avait disparu, et en dépit de l'audace de sa posture, il semblait manquer d'assurance. Anna prit le temps de le détailler, des yeux de jais aux larges épaules, du ventre plat aux hanches étroites, des cuisses puissantes aux pieds bien campés sur le parquet. À La Grotte d'Aphrodite, la lumière était chiche. Elle voulait profiter de celle qui régnait dans la chambre pour graver dans sa mémoire ce corps qu'elle n'aurait peut-être plus jamais l'occasion de revoir ainsi, dans sa glorieuse nudité. L'émotion qui s'était emparée d'elle la laissait sans voix, aussi se contenta-t-elle de lui tendre les bras.

Edward ferma brièvement les yeux. Avait-il eu peur qu'elle ne le renvoie ? Il s'approcha du lit, s'arrêta le temps de dénouer le lien qui retenait ses cheveux en catogan, puis s'allongea sur Anna. En appui sur les avant-bras, il déposa une pluie de baisers légers sur ses joues, son nez, son front. Elle chercha ses lèvres, mais il se déroba. Une nouvelle tentative échoua, une autre encore, jusqu'à ce qu'elle murmure d'une voix suppliante :

— Embrasse-moi.

Son impatience était telle qu'elle enfouit les doigts dans les cheveux d'Edward et attira son visage vers le sien. Leurs bouches se touchèrent enfin, et ce contact la chavira. Avec hardiesse, elle insinua la langue entre les lèvres chaudes. Cette fois, Edward ne fit rien pour se soustraire à leur baiser, bien au contraire. Voluptueusement, sa langue alla à la rencontre de celle d'Anna.

La passion qui l'animait était partagée, découvrit-elle, éperdue de bonheur. La réciprocité de leur désir confinait à la perfection. Elle s'agita sous le drap qui faisait obstacle entre leurs corps, pressée de s'en débarrasser pour être enfin peau contre peau. Mais Edward ne l'entendait manifestement pas de cette oreille. Il profita de ce qu'elle était piégée sous lui pour la soumettre au plus doux des supplices : des baisers à la fougue ensorcelante, d'une sensualité à perdre la tête. Fébrilement, elle tentait de le caresser, ses mains voletaient de son dos à ses épaules et à sa nuque, de sa taille à ses reins.

Soudain, il se redressa, les genoux collés contres ses hanches. Avec son torse musclé luisant de transpiration, son sexe orgueilleusement dressé, il lui apparut comme l'incarnation de la virilité ; l'homme le plus désirable qu'elle ait jamais vu. Et il était à elle !

Doucement, il tira sur le drap qui la recouvrait encore. Elle ne portait que sa camisole. D'un mouvement preste, il dénoua le ruban qui la fermait, écarta les pans bordés de dentelle. Ses seins jaillirent, gonflés, durcis, les pointes impudiquement tendues. Un instant, Anna fut prise d'anxiété. Elle n'avait pas de masque ce soir. Rien derrière lequel se cacher, dissimuler ce qu'elle ressentait. Puis Edward lui saisit les seins à pleines mains, et la vague sensuelle qui la submergea eut raison de ses craintes.

Du bout des pouces, il dessina des cercles sur les pointes dressées, puis s'inclina sur elle, et sa bouche remplaça ses doigts. Anna gémit. Sans répit, il aspira, mordilla, suça un sein après l'autre, lui arrachant des petits cris haletants accompagnés d'ondulations du bassin. Elle avait fermé les yeux, honteuse de ne plus s'appartenir, d'être à la merci de ses sens et de cet homme qui savait si bien lui faire perdre raison et sang-froid.

— Regarde-moi, Anna, murmura-t-il.

Elle ouvrit les paupières, croisa son regard sombre aux pupilles dilatées par le désir.

— Je vais venir en toi.

Il lui écarta doucement les jambes, se positionna entre ses cuisses. Elle sentit son sexe dur se presser à l'orée de son intimité, et referma les yeux.

— Anna, ma douce Anna, regarde-moi.

Elle obéit. Il la pénétra lentement, au prix d'un effort sur lui-même que son souffle rauque trahissait. Enfin, il la posséda totalement.

Spontanément, elle creusa les reins pour le prendre en elle plus profondément encore, lui entoura la taille de ses jambes. Il cilla. La tension du désir qui se contient se lisait sur ses traits.

— Je suis en toi, Anna, reprit-il d'une voix sourde, et tu m'étreins. Il n'y a pas de retour en arrière possible.

Ses hanches se mirent en mouvement, arrachant un cri de bonheur à la jeune femme. Les yeux rivés à ceux d'Edward, elle se cramponna à ses épaules tandis qu'il plongeait en elle encore et encore, à un rythme de plus en plus frénétique, chaque coup de reins la rapprochant de l'abîme.

Elle se sentit osciller au bord du gouffre, en équilibre précaire, puis glisser, glisser...

La chambre résonnait de leurs gémissements lorsque la jouissance les arracha à eux-mêmes, les emportant dans un tourbillon vertigineux, abolissant tout ce qui n'était pas leurs deux corps si étroitement unis qu'ils n'en formaient plus qu'un.

Lorsque refluèrent les ultimes spasmes de plaisir, Edward se laissa aller sur Anna, pantelant, puis bascula sur le flanc. Alors qu'elle flottait encore sur un nuage de béatitude, il l'attrapa par la taille et l'attira tout contre lui.

20

La cinquième année de sa quête, lors d'une nuit pluvieuse, Aurea arriva dans une sinistre forêt. Les haillons dont elle était vêtue ne la protégeaient pas du froid, et ses pieds nus étaient couverts d'ampoules. En plus d'être fatiguée et de n'avoir qu'une croûte de pain pour toute nourriture, elle s'était égarée. C'est alors qu'elle aperçut une lumière qui perçait l'obscurité, à quelque distance. Elle s'approcha. Une minuscule cabane se dressait au milieu d'une clairière. Elle frappa à la porte. Une vieillarde édentée, le dos voûté, lui ouvrit et l'invita à entrer.

— Mon petit, coassa-t-elle, c'est une bien méchante nuit pour être seule. Venez donc profiter de mon feu. Je crains, hélas, de n'avoir point de nourriture à vous offrir. Ah, que ne donnerais-je pour avoir quelque chose à me mettre sous la dent !

Aurea eut pitié de la vieille femme. Elle plongea la main dans sa poche et en sortit la croûte de pain, qu'elle lui tendit...

Extrait du *Prince Corbeau*

Un couinement suraigu réveilla Edward en sursaut. Hébété, il se dressa sur son séant et chercha du regard la source de cet horrible cri.

Ses yeux lourds de sommeil se posèrent sur un Davis qui affichait une expression horrifiée. À côté d'Edward, des protestations émises par une voix féminine s'élevèrent. Doux Jésus ! Il remonta précipitamment le drap sur la poitrine nue d'Anna. Tant qu'à faire, il lui recouvrit aussi la tête.

— Au nom du Ciel, Davis ! s'exclama-t-il. Que vous arrive-t-il ?

Il se savait rouge d'embarras, mais s'obligeait à faire montre d'une mâle autorité.

— Ça vous suffisait pas d'aller dans les bordels, milord ? Il a fallu aussi que vous rameniez à la maison une… une…

— … femme, acheva sèchement Edward. Elle n'a rien de commun avec celles que vous venez de mentionner. C'est ma fiancée !

Le drap s'agitant, Edward plaqua la main sur le haut, empêchant Anna de sortir la tête.

— Votre fiancée ? Je suis peut-être qu'un vieux schnoque, mais je suis pas idiot. C'est pas Mlle Gerard, là-dessous.

Un marmonnement menaçant, étouffé par le drap, lui répondit.

— Allez dire à la bonne d'allumer le feu, Davis.

— Mais…

— Tout de suite !

Trop tard. Anna avait réussi à rabattre le drap. Sa tête émergea. Edward nota le charmant désordre de ses cheveux, ses lèvres gonflées par les baisers et, consterné, se rendit compte qu'il avait un début d'érection. Anna et Davis échangèrent un regard ; leurs yeux s'étrécirent avec un parfait ensemble. Edward se prit la tête entre les mains et grommela, maudissant le sort.

— Vous êtes le valet de lord Swartingham ? s'enquit Anna.

Jamais Edward n'aurait imaginé qu'une femme surprise en si compromettante situation puisse s'exprimer d'un ton aussi compassé.

— Évidemment que je le suis. Et vous, vous êtes…

Edward adressa à Davis un regard si menaçant que ce dernier, saisissant le message, termina d'un ton prudent :

— … la… euh, dame de… de milord.

— C'est cela, acquiesça Anna.

Elle s'éclaircit la voix, sortit un bras de dessous le drap pour repousser ses cheveux en arrière. Edward s'empressa de rajuster le drap de crainte qu'il ne glisse. Un geste superflu dans la mesure où Davis s'appliquait à présent à fixer le plafond.

— Monsieur Davis, reprit Anna, peut-être pourriez-vous apporter le thé à lord Swartingham et prier la bonne de venir allumer le feu ?

L'idée sembla enchanter le valet dans la mesure où elle lui offrait une porte de sortie immédiate.

— Tout de suite, madame.

Il battait en retraite quand Edward précisa :

— Dans une heure.

Bien que visiblement scandalisé, Davis ne se risqua pas à commenter. Il avait à peine refermé la porte derrière lui qu'Edward jaillit du lit, alla tourner la clé qu'il jeta ensuite à travers la pièce. Elle heurta le mur avant de tomber sur le parquet en cliquetant.

Edward fut de retour dans le lit avant qu'Anna ait eu le temps de s'asseoir.

— Ton valet me semble assez peu ordinaire, Edward.

— Exact.

Il attrapa le drap et l'arracha, au grand dam d'Anna qui poussa de hauts cris. Elle était étendue devant lui, nue, chaude, offerte, il ne lui restait plus qu'à s'en délecter. Son niveau d'excitation grimpa d'un cran, ce qui, de toute évidence, n'échappa pas à la jeune femme. Elle s'humecta les lèvres.

— Je… euh, j'ai remarqué que le cirage de tes bottes laissait passablement à désirer, observa-t-elle.

— Davis est un incompétent de premier ordre, répondit Edward en se calant entre les jambes de la jeune femme.

— Dans ce cas, pourquoi le gardes-tu à ton service ? s'étonna-t-elle en se positionnant pour l'accueillir.

— Davis était le valet de mon père avant de me servir… Enfin, me servir n'est qu'une façon de parler.

D'un coup de reins, il la pénétra, puis enfouit le visage dans la chevelure en désordre dont il inhala le parfum.

Elle gémit, mais poursuivit, têtue :

— Tu gardes donc cet homme par sentimentalité.

— Je crois que c'est cela. Mmm… Bouge, ma chérie… J'aime beaucoup ce sale type. Il me connaît depuis toujours et me traite sans une once de respect, ce que je trouve assez rafraîchissant.

— Edwaaaard…

— Veux-tu que je te raconte comment j'ai engagé Hopple, ma chérie ? Serre les jambes. Voilà. Mmm, que c'est bon… Je ne t'ai encore rien dit sur mon intendant. Il a un passé fort intéressant et… Attends, attends, pas de hâte ! Là, parfait.

— Edward…

Comme il aimait entendre son prénom dans la bouche d'Anna !

— Et puis, il y a le reste du personnel d'Abbey. Veux-tu que je te parle de mes gens ?

— Oui. Mais continue à me faire l'amour.

Edward marqua une pause, le temps de contempler Anna dont les pommettes avaient pris une délicate teinte rosée, puis il se retira. Sourd aux protestations de la jeune femme, il la retourna à plat ventre. La vue de ses fesses rebondies d'un blanc d'albâtre, des fossettes au creux de ses reins le chavira. Il lui empoigna les hanches à deux mains, les souleva et entra en elle jusqu'à la garde. Il commença à se mouvoir, lentement d'abord, puis à un rythme de plus en plus soutenu. Anna serrait convulsivement le drap entre ses doigts en laissant échapper des gémissements si voluptueux qu'il ne tarda pas à perdre le contrôle.

Il se pencha sur elle, glissa les doigts entre les pétales de son sexe pour caresser le tendre bourgeon qui s'y nichait. L'effet fut immédiat. Il la sentit se contracter follement autour de lui, et fut incapable de se retenir plus longtemps. Sa semence jaillit à longs jets brûlants, tandis que son corps était secoué de spasmes.

Anna s'affala sur le lit, pantelante, et il se laissa tomber sur elle en tremblant de la tête aux pieds. Ils demeurèrent ainsi soudés l'un à l'autre, puis, craignant de l'écraser, Edward se dégagea et roula sur le dos.

Tout en s'efforçant de reprendre son souffle, il songea qu'Anna était bel et bien compromise. Il avait failli sauter à la gorge de Davis parce qu'il avait eu le malheur de regarder la jeune femme de travers. Dieu savait comment il réagirait s'il entendait un commentaire insultant à son sujet – ce qui ne manquerait pas de se produire.

— Il faut que tu m'épouses, lâcha-t-il.

Il grimaça. C'était ce qui s'appelait ne pas prendre de gants.

— Pardon?

Ce n'était pas le moment de faire preuve de faiblesse.

— Tu dois m'épouser, répéta-t-il d'un ton déterminé. Je t'ai compromise.

— Personne n'est au courant à part Davis.

— Davis, et toute la maisonnée. Tu crois que, à l'heure qu'il est, les autres ne se sont pas rendu compte que je n'avais pas dormi dans mon lit?

— Et quand bien même? Personne n'est au courant à Little Battleford, et c'est tout ce qui compte.

Anna quitta le lit et fouilla dans son sac de voyage, d'où elle sortit une camisole. Edward secoua la tête. Comment pouvait-elle être aussi naïve?

— Selon toi, combien de temps la nouvelle mettra-t-elle pour atteindre Little Battleford? Je te parie qu'elle nous aura précédés.

Anna enfila sa camisole, puis se pencha de nouveau sur son sac, laissant voir ses fesses à demi dénudées. Edward la soupçonna de tenter une diversion.

— Tu es déjà fiancé, répliqua-t-elle d'une voix ferme.

— Plus pour longtemps. J'ai rendez-vous demain avec M. Gerard.

Anna se redressa brutalement.

— Edward, ne fais rien que tu regretterais ensuite! Je ne t'épouserai pas.

— Au nom du Ciel, pourquoi ?

Elle s'assit au bord du lit et entreprit d'enfiler un bas. Elle y glissa le pied, puis le déroula avec précaution le long de sa jambe. Edward remarqua une reprise au genou, détail qui acheva de le mettre en colère. Qu'elle porte des effets usés lui était insupportable.

— Pourquoi, Anna ? répéta-t-il en s'efforçant de conserver une voix posée.

Elle prit le deuxième bas, l'enfila tranquillement, puis répondit enfin :

— Parce que je ne veux pas que tu m'épouses pour de mauvaises raisons ; en l'occurrence, un sens du devoir déplacé.

— Corrige-moi si je me trompe, rétorqua-t-il. Ne suis-je pas l'homme qui t'a fait l'amour hier soir et ce matin ?

— Si, et je suis la femme qui t'a fait l'amour. Nous sommes à égalité. Je partage la responsabilité.

Edward cherchait les mots susceptibles de la convaincre pendant qu'elle attachait une jarretière, mais elle le prit de vitesse.

— Peter a été malheureux que je ne sois pas enceinte.

Elle soupira, puis lâcha, en se gardant de croiser son regard :

— Il a fini par aller voir une autre femme.

Le salaud ! Edward sortit du lit et marcha vers la fenêtre. Il était furieux.

— L'aimais-tu ? demanda-t-il.

La question lui emplit la bouche d'amertume. Devoir la poser lui faisait horreur, mais il n'avait pas le choix.

— Au début de notre mariage, oui.

Anna marqua une pause, le temps de lisser ses bas ravaudés sur ses mollets.

— À la fin, non.

— Je vois.

Ainsi, il payait pour les péchés d'un autre.

— J'en doute, Edward. Lorsqu'un homme trahit une femme aussi ignominieusement, il brise en elle quelque chose qui, je le crains, ne peut être réparé.

Edward fixait le jardin sans le voir. De la réponse qu'il allait donner dépendait son bonheur futur, il le savait.

— Anna, je sais déjà que tu es stérile, commença-t-il en se tournant vers elle. Mais je suis heureux avec toi telle que tu es. Je peux te promettre que jamais je ne prendrai de maîtresse, mais seul le temps te prouvera que je te dis la vérité. Tu finiras alors par me faire confiance.

— Je ne sais si j'en suis capable.

Il se détourna afin qu'elle ne puisse voir son expression. Pour la première fois, il prenait conscience que, peut-être, il ne réussirait pas à la convaincre de l'épouser.

Et cette simple pensée le mettait au bord de la panique.

— Pour l'amour de Dieu! cria Edward.

— Chut… Il va t'entendre, souffla Anna.

Ils assistaient à la conférence de sir Lazarus Lillipin. Le sujet en était la récolte des rutabagas et des betteraves fourragères. Edward ne partageait aucun des points de vue de l'orateur et ne se privait pas pour émettre son désaccord à haute voix, ni d'ailleurs ce qu'il pensait de ce pauvre Lillipin.

— Mais non! riposta-t-il. Il est sourd comme un pot.

— Les autres ne le sont pas, Edward.

— Je l'espère bien!

Anna soupira. Edward ne se comportait pas plus mal que le reste de l'assemblée, voire même un peu mieux que certains. Le public était ce que l'on pouvait qualifier d'éclectique. Il était composé d'aristocrates bien mis, tout en soie et dentelle, et de paysans en bottes crottées qui fumaient des pipes malodorantes. Ils étaient réunis dans une salle de café crasseuse dont Edward avait assuré à Anna qu'elle était parfaitement respectable. Ce dont elle doutait.

Au fond de la salle, une dispute venait d'éclater entre un gentleman farmer et un dandy. Anna espérait qu'ils n'en viendraient pas aux mains ou, pire, ne sortiraient pas leurs épées. En effet, tous les aristocrates présents portaient une épée, symbole de leur rang. Même Edward, pourtant anticonformiste, avait son arme dans un fourreau accroché à la taille.

Avant leur départ de Ravenhill, il lui avait donné ses instructions, à savoir prendre note des points importants de la conférence afin qu'il les compare ultérieurement à ses propres recherches. Elle s'était donc exécutée, mais songeait qu'elles ne seraient guère utiles dans la mesure où elle ne comprenait pas grand-chose à ce qui se disait. Elle n'était même pas sûre de savoir ce qu'était une betterave fourragère.

Elle commençait à soupçonner Edward de l'avoir emmenée à la conférence dans le seul but de la garder à l'œil. Depuis ce matin, il ne cessait de lui rabâcher qu'ils devaient se marier. Comme s'il croyait qu'à force de le lui répéter, elle finirait par céder. Du reste, il n'avait peut-être pas tort – si seulement elle parvenait à se débarrasser des craintes qui l'empêchaient de lui faire confiance.

Elle ferma les yeux et essaya d'imaginer ce que serait sa vie si elle épousait Edward. Ils parcourraient son domaine à cheval, auraient des discussions houleuses sur la politique ou d'autres sujets lors des dîners. Il la traînerait à des conférences comme celle-là. Et ils partageraient le même lit. Nuit après nuit.

Le paradis, songea-t-elle en soupirant.

— Non, non, non! beugla Edward. Même un idiot sait qu'on ne peut enchaîner la plantation de seigle après celle de navets!

Anna rouvrit les yeux.

— Si tu détestes cet homme à ce point, pourquoi assister à sa conférence?

Il la fixa d'un regard ébahi.

— Moi? Détester Lillipin? Mais pas du tout! C'est un type bien. Il a juste des idées complètement arriérées.

Des applaudissements et des coups de sifflets éclatèrent, marquant la fin de la conférence. Edward se leva, prit d'autorité Anna par la main et se fraya un chemin jusqu'à la porte. Une voix s'éleva alors qu'ils s'apprêtaient à sortir.

— De Raaf! C'est l'amour des betteraves fourragères qui t'a ramené à Londres?

Edward s'arrêta, obligeant Anna à en faire autant. Jetant un coup d'œil par-dessus son épaule, elle découvrit un gentilhomme d'une élégance excessive, en chaussures à talons rouges.

— Iddesleigh! Je ne m'attendais pas à te voir ici.

Edward s'était placé de façon à cacher à Anna le visage de l'homme. Elle se pencha vers la droite, mais une épaule massive lui bloqua la vue.

— Je n'aurais pour rien au monde manqué la passionnante théorie de Lillipin sur les betteraves fourragères! rétorqua l'homme d'un ton moqueur. J'ai même abandonné mes rosiers primés en boutons pour être présent. À ce propos, comment se portent ceux que tu m'as achetés lors de ton dernier séjour dans la capitale, de Raaf? J'ignorais que tu t'intéressais aux plantes ornementales.

Anna réussit à contourner le comte.

— C'est à vous qu'Edward a acheté mes rosiers? demanda-t-elle.

Les yeux gris acier de l'homme qui lui faisait face s'étrécirent.

— Eh bien, eh bien, mais qu'avons-nous là?

Edward se racla la gorge.

— Puis-je te présenter Mme Anna Wren, ma secrétaire? Madame Wren, voici le vicomte d'Iddesleigh.

Anna esquissa une révérence, le vicomte s'inclina, puis sortit un lorgnon de sa poche. Le regard clair qui l'examina était plus pénétrant que la mise sophistiquée ou les intonations de l'homme ne le laissaient imaginer.

— Ta *secrétaire*, de Raaf? Voilà qui est fascinant! Si ma mémoire est bonne, tu m'as sorti du lit à 6 heures du matin pour choisir ces rosiers.

Il adressa un sourire à son ami qui le foudroya du regard. Anna tenta de faire diversion.

— Lord Swartingham a été extrêmement aimable de me donner quelques-uns des rosiers qu'il avait achetés pour le jardin de Ravenhill Abbey, mentit-elle. Ils se plaisent énormément, milord. Ils sont tous en bourgeons, et il y a même déjà quelques boutons.

Iddesleigh afficha un sourire en coin.

— Le troglodyte défend le corbeau... Comme c'est charmant.

Il s'inclina de nouveau, puis murmura à l'adresse d'Edward :

— Toutes mes félicitations, mon ami.

Puis il se fondit dans la foule.

Edward serra brièvement l'épaule d'Anna, puis lui prit le coude et tenta de la guider vers la sortie. Un groupe compact la bloquait. Les gens discutaient avec animation, voire se disputaient.

Un jeune homme s'arrêta un instant pour les écouter, l'air méprisant. Il portait un petit tricorne ridicule perché sur une perruque poudrée dotée d'une extravagante queue en forme de tortillon. Il jeta un coup d'œil à Anna comme elle passait devant lui et écarquilla les yeux. Son regard se porta sur Edward, puis il se pencha vers un autre homme et lui murmura quelque chose à l'oreille tandis qu'ils sortaient

La voiture d'Edward attendait à quelques pas de là. Ils tournaient au coin de la rue quand Anna risqua un regard en arrière. L'homme la fixait toujours.

Elle sentit un frisson glacé lui courir le long du dos.

Chilly suivit des yeux la petite veuve qui s'éloignait au bras de l'un des hommes les plus riches d'Angleterre. Le comte de Swartingham lui-même. Pas étonnant que Felicity ait refusé de lui révéler le nom de l'amant de la veuve. Le profit potentiel était colossal. Et il avait un besoin urgent de liquidités. En fait, il avait constamment besoin d'argent. De beaucoup d'argent. En ce moment plus que jamais. Bien se vêtir à Londres devenait ruineux.

Les yeux plissés, il s'interrogea : combien pourrait-il extorquer dans l'immédiat en échange de son silence ? Il ne s'agirait que d'un premier paiement, bien sûr. Felicity avait vraiment eu une bonne idée. Dans sa dernière lettre, elle l'implorait d'entrer en contact avec Anna Wren de sa part. La maîtresse de lord Swartingham devait posséder des monceaux de bijoux et autres cadeaux de prix qu'elle pourrait revendre. De toute évidence, Felicity envisageait de tirer profit de son chantage, mais n'avait pas prévu de le mettre dans la confidence.

La vilaine ! Eh bien, maintenant, il savait, et il allait doubler cette chère Mme Clearwater. Après tout, elle n'aurait que ce qu'elle méritait. Jamais elle n'avait apprécié à leur juste valeur ses talents au lit.

— Alors, Chilton, tu es venu écouter ma conférence ?

Sir Lazarus Lillipin, le frère aîné de Chilly, semblait nerveux. Rien d'étonnant à cela : Chilly l'avait récemment harcelé pour qu'il lui accorde un énième prêt. Mais Anna Wren était tombée du ciel. Solliciter la générosité de Lazarus ne s'imposait plus. Quoique… Son tailleur était las d'attendre. Quelques guinées ne feraient pas de mal à son porte-monnaie.

— Bonjour, Lazarus, dit-il joyeusement.

Il prit le bras de son frère et commença sa plaidoirie.

— Edward ?

— Mmm ?

Assis à son bureau, le comte griffonnait rageusement. Il s'était débarrassé de son manteau et de son gilet depuis un bon moment déjà, et ses manchettes étaient tachées d'encre.

Les chandelles coulaient. Il n'en restait plus que de pitoyables bouts. Davis avait, bien entendu, négligé de les remplacer. Anna le soupçonnait d'être allé se coucher après leur avoir fait porter un dîner froid sur un plateau. Qu'il ne se soit pas donné la peine de dresser la table à leur intention prouvait qu'il savait comment son maître se comportait après une réunion à la Société Agraire. Et en effet, depuis leur retour, ce dernier noircissait du papier à tour de bras.

Anna se leva et s'approcha du comte.

— Il est tard, Edward.

— Vraiment ? fit-il sans même lever les yeux.

— Oui.

Elle se percha au bord du bureau, puis s'appuya sur le coude.

— Je suis fatiguée.

La main d'Edward se figea. Son visage se trouvait à quelques centimètres de la poitrine d'Anna, qui plongea l'annulaire dans son décolleté, le faisant béer.

— Tu ne crois pas qu'il est temps d'aller au lit ?

Edward se leva si abruptement qu'il faillit la faire tomber. Il la souleva dans ses bras, pivota et quitta la bibliothèque à grands pas.

— Edward, voyons ! s'écria-t-elle en se cramponnant à son cou.

— Quoi ?

— Les domestiques !

Ils étaient déjà dans l'escalier.

— Si tu crois que je me soucie de ce que pensent les domestiques, tu me connais bien mal, Anna.

Il passa devant la chambre de la jeune femme sans s'arrêter, continua jusqu'à la sienne, et s'immobilisa.

— La porte, ordonna-t-il.

Elle tourna la poignée. Il la poussa de l'épaule, la referma d'un coup de pied.

Anna balaya d'un regard rapide cette pièce inconnue. Deux grandes tables, couvertes de livres, d'autres livres sur des chaises, le parquet… et un lit gigantesque vers lequel Edward se dirigea.

Il la déposa sur le sol puis, sans un mot, la fit pivoter et entreprit de dégrafer sa robe. Depuis qu'il savait qu'elle était la femme au masque de papillon, c'était la première fois qu'elle prenait l'initiative. Il ne s'en était apparemment pas formalisé, loin de là si elle en jugeait par l'enthousiasme indubitable qu'il mettait à la déshabiller. D'une main fébrile, il fit glisser sa robe sur ses épaules, puis le long de ses hanches. L'étoffe tombait à ses pieds en bruissant que déjà il dénouait le cordon qui retenait son jupon. Il s'attaqua à son corset, et, en quelques secondes, Anna se retrouva uniquement vêtue de sa camisole et de ses bas

Il la tourna face à lui, et elle reçut en plein visage son regard de braise.

— Superbe, murmura-t-il.

Ses mains jouèrent un instant avec les bretelles de sa camisole, puis il les abaissa doucement, se pencha et posa les lèvres sur l'une de ses épaules dénudées.

Elle frissonna d'anticipation lorsqu'elle le sentit tirer lentement le vêtement. Ses seins apparurent, déjà dressés comme pour réclamer ses attentions. Edward ne se fit pas prier. Il les prit en coupe dans ses mains, les soupesa, les pressa. Elle répondit à sa caresse en se cambrant effrontément.

D'un mouvement preste, il la débarrassa de sa camisole, et la fit basculer sur le lit. En un tournemain, il ôta ses propres vêtements, s'agenouilla entre ses jambes. Les yeux écarquillés de stupéfaction, Anna le vit s'incliner sur elle, son visage se rapprocha de… Seigneur, il n'allait tout de même pas…! Elle ferma les paupières à l'instant où sa bouche chaude frôlait son intimité. Elle cria, choquée.

Puis sa langue se mit à la fouailler hardiment, et elle rendit les armes, ne songeant plus qu'au plaisir qui montait dans son ventre. La vague grossit, grossit encore, et l'emporta, tel un raz-de-marée, jusqu'à l'extase.

Elle retombait à peine sur terre qu'Edward n'y tint plus. Il vint en elle sans plus de cérémonie et la posséda avec une fougue qui alla crescendo jusqu'à ce que tous deux succombent à un exquis collapsus, haletants, en nage, la gorge douloureuse d'avoir crié.

Elle se lovait contre le flanc d'Edward lorsqu'il murmura :

— J'ai quelque chose pour toi.

Elle sentit un poids sur son estomac, ouvrit les yeux, et découvrit le petit livre relié de rouge. *Le Prince Corbeau.*

Elle laissa ses doigts courir sur la couverture de cuir, caressa la plume d'or gravée.

— Cet ouvrage appartenait à ta sœur, n'est-ce pas ? souffla-t-elle.

— Oui. Et maintenant, il est à toi.

— Mais…

— Chut. Je veux que tu l'aies.

Il l'embrassa avec une telle tendresse que les larmes lui vinrent aux yeux. Comment continuer à nier l'amour qu'elle éprouvait pour cet homme ?

— Je… je crois que…

— Chut, ma douce, répéta-t-il d'une voix rauque. Nous parlerons demain matin.

Anna n'insista pas. Elle se nicha dans les bras d'Edward en songeant que, de sa vie, elle n'avait connu pareille félicité.

Il avait raison, il ne fallait plus parler. Rien ne devait gâcher la magie de ces instants idylliques. Le matin viendrait bien assez tôt.

21

Aurea et la vieille femme partagèrent la croûte de pain devant le feu. Aurea avalait le dernier morceau lorsque la porte s'ouvrit sur un grand homme osseux. Le vent referma le battant derrière lui.

— Comment vas-tu, mère ? demanda-t-il à la vieille femme.

La porte se rouvrit sur un autre homme aux cheveux aussi hérissés que des herbes folles.

— Bonsoir, mère, dit-il.

Deux autres hommes entrèrent à sa suite, le vent sifflant dans leur dos. Le premier était de haute stature et hâlé, le deuxième grassouillet et rougeaud.

— Bonjour, mère ! lancèrent-ils en chœur.

Comme les quatre hommes s'asseyaient près du feu, les flammes forcirent. De la cendre s'échappa en tourbillonnant du foyer et se répandit sur le sol de la pièce.

— Avez-vous deviné qui j'étais ? demanda la vieille femme à Aurea en la gratifiant d'un sourire édenté.

— Non.

— Ces garçons sont les Quatre Vents, et je suis leur mère…

Extrait du *Prince Corbeau*

Anna rêvait d'un bébé aux yeux noirs lorsqu'une voix masculine lui souffla à l'oreille :

— Je n'ai jamais vu personne dormir aussi profondément.

Les yeux fermés, elle tendit les bras, cherchant un corps à étreindre, mais ne rencontra que le vide. Surprise, elle ouvrit les paupières. Vêtu de pied en cap, Edward se tenait près du lit.

— Que...

— Chut, mon ange. Je vais voir Gerard. Je reviendrai le plus vite possible. Nous discuterons à ce moment-là. Ne bouge surtout pas de ce lit !

Il se pencha, lui donna un baiser qui la chavira, puis quitta la chambre sans lui laisser le loisir de prononcer une parole. Anna soupira, puis se rendormit. Lorsqu'elle se réveilla, une domestique tirait les rideaux.

— Ah, vous êtes réveillée, madame ! Je vous ai apporté des beignets et du thé.

Anna la remercia et s'assit. La jeune fille posait un plateau sur ses genoux lorsqu'elle remarqua un papier plié près de la théière.

— Qu'est-ce que c'est ? s'enquit-elle.

— Je ne sais pas, madame. Un gamin l'a apporté et a demandé qu'on le remette à la dame de la maison.

La domestique fit une petite révérence, puis se retira. Anna se servit une tasse de thé, puis s'empara du message. Il y avait sur le recto un sceau de cire qu'elle fit sauter à l'aide du couteau à beurre. Elle porta sa tasse à sa lèvre et commença à lire.

La tasse heurta bruyamment la soucoupe.

Anna fixait le feuillet, atterrée. L'auteur du message l'avait vue à La Grotte d'Aphrodite et savait qu'elle y avait retrouvé Edward. En termes sordides, il menaçait d'en informer la famille Gerard. Elle pouvait prévenir le désastre en se rendant à La Grotte d'Aphrodite ce soir à 21 heures, munie d'une bourse contenant cent livres cachée dans un manchon.

Anna posa la missive sur le plateau et demeura les yeux rivés sur son thé qui refroidissait. Quelques instants auparavant, le bonheur lui semblait à portée de main. Elle l'avait saisi entre ses doigts. Et en quelques secondes, il venait de lui échapper.

Une larme roula sur sa joue pour aller s'écraser sur le plateau.

Même si elle possédait ces cent livres, ce qui n'était pas le cas, qu'est-ce qui empêcherait le maître chanteur d'en demander cent supplémentaires dans une semaine ? Et cent de plus dans un mois ? Et ainsi de suite ? Il risquait même de devenir plus gourmand. Après tout, si elle devenait lady Swartingham, elle serait une proie de choix. Peu importait qu'en ce moment même Edward soit en train de rompre ses fiançailles avec Mlle Gerard. Elle porterait le sceau de l'infamie, serait bannie à jamais de la bonne société à la seconde où ses visites à La Grotte d'Aphrodite seraient rendues publiques.

Pire, Edward insisterait pour l'épouser en dépit du scandale. Elle serait source de honte pour lui, et son nom serait à jamais entaché. Un nom qui signifiait tant à ses yeux.

C'était tout simplement inenvisageable.

Il ne lui restait donc plus qu'une chose à faire : quitter Londres et Edward. Sans attendre.

Elle ne voyait pas d'autre moyen de le protéger.

— Vous rejetteriez ma fille pour une… une… s'étrangla sir Gerard.

Son visage avait pris une teinte inquiétante. Il semblait au bord de la crise d'apoplexie.

— … une veuve de Little Battleford, acheva Edward. C'est cela, en effet.

La pièce empestait le tabac froid, les murs, déjà sombres, étaient encore assombris par des traînées de suie qui se perdaient dans les ténèbres du haut plafond. Une huile était accrochée au-dessus de la cheminée. Une scène de chasse avec des chiens noir et blanc cernant un lièvre. Sur le bureau, deux verres de cristal taillés à moitié pleins de brandy. Aucun n'avait été touché.

— Vous avez sali le nom de Sylvia, milord, articula Gerard. Je vous ferai payer cette offense au centuple.

Edward soupira. La discussion avait tourné encore plus mal qu'il ne le craignait. Pour ne rien arranger, sa perruque le grattait affreusement, comme d'habitude. Le vieil homme n'allait tout de même pas le provoquer en duel ? Non, pas question qu'il revienne aux oreilles d'Iddesleigh que lord Swartingham s'était battu avec un baronet décati rongé par la goutte.

— La réputation de Mlle Gerard ne souffrira en rien de ceci, assura Edward d'une voix apaisante. Nous ferons savoir que c'est elle qui a rompu les fiançailles.

— Je vous traînerai en justice pour rupture de promesse de mariage, de Raaf !

— Et vous perdrez. J'ai infiniment plus de moyens financiers et de relations que vous. De surcroît, que le nom de votre fille soit lancé en pâture au tout-Londres par le biais d'une cour de justice ne lui ferait aucun bien. Ni vous ni moi ne souhaitons cela.

— Mais Sylvia aura perdu une saison entière qu'elle aurait pu consacrer à la recherche d'un bon parti ! s'exclama Gerard, son double menton tremblotant comme de la gelée.

Ah ! C'était donc là la vraie raison de la colère du vieil homme. Il s'inquiétait moins de la réputation de sa fille que des frais qu'occasionnerait une nouvelle saison pour la présenter à la bonne société. Un instant, Edward ressentit de la pitié pour Sylvia. Quelle tristesse d'avoir un tel père ! Mais la réflexion de ce dernier lui offrait une porte de sortie, dans laquelle il s'engouffra.

— Naturellement, sir Gerard, je vous dédommagerai pour la déception que cela vous a causée, sans parler des désagréments.

En voyant la lueur avide dans les yeux de sir Gerard, Edward remercia en silence le Ciel. Dire qu'il avait failli avoir cet homme pour beau-père !

Vingt minutes plus tard, il quittait l'hôtel particulier des Gerard. L'homme s'était montré âpre négociateur. Tel un bulldog pugnace, il n'avait lâché l'os dans lequel il avait planté les dents qu'après avoir obtenu un accord à sa convenance. Edward avait certes les poches moins pleines qu'à son arrivée, mais c'était, au sens littéral, le prix à payer pour recouvrer sa liberté, et il ne le regrettait pas. Il était désormais débarrassé des Gerard. Il ne lui restait plus qu'à aller retrouver Anna pour préparer leur mariage.

Il sourit. Avec un peu de chance, elle serait encore au lit.

Il descendit les marches du perron en sifflotant, puis grimpa dans sa voiture. La portière à peine fermée, il se débarrassa de sa perruque qu'il jeta joyeusement par la fenêtre.

Pendant tout le trajet jusqu'à son domicile, il fredonna. Les Gerard n'étant plus en travers de son chemin, il n'y avait pas de raison pour qu'il ne soit pas marié d'ici un mois. Il se faisait fort d'obtenir une dérogation.

Dans le hall, il tendit cape et tricorne à un valet, puis gravit les marches deux à deux.

— Anna! fit-il en poussant la porte. Anna, je…

Il se figea. Le lit était vide.

— Enfer et damnation, marmonna-t-il.

Il ouvrit la porte de communication. Personne. Il lâcha un soupir exaspéré et revint sur ses pas. Sortant la tête dans le couloir, il appela Dreary, le majordome, puis l'attendit en faisant les cent pas. Où diable était passée Anna? Le lit était fait, les rideaux tirés, le feu était éteint dans la cheminée. Elle devait être partie depuis un moment déjà. Il aperçut le petit volume relié de cuir rouge qui avait appartenu à Elizabeth sur la commode. Une feuille pliée en quatre était posée dessus.

Il allait la saisir quand le majordome entra.

— Milord?

— Où est Mme Wren?

Il s'empara de la feuille. Son nom était écrit dessus. De la main d'Anna.

— Mme Wren ? Le valet de pied m'a appris qu'elle était partie ce matin, à 10 heures.

— Et où est-elle allée ?

— Je l'ignore milord. Elle est juste partie. Elle n'a pas dit où.

Edward avait commencé à lire le message d'Anna, et les mots de Dreary lui semblaient venir de très loin.

… tellement désolée… dois m'en aller… À toi, pour toujours, Anna

— Milord ?

Partie. Elle était partie.

— Milord ?

Elle l'avait quitté.

— Vous allez bien, milord ?

— Elle est partie, souffla Edward.

Il entendit vaguement la voix du majordome. Puis plus rien. Au bout d'un long moment, il s'aperçut qu'il était seul. Il s'assit devant la cheminée, et songea que, finalement, rien n'avait changé.

Il était seul.

Comme d'habitude.

La diligence tressauta rudement sur une succession de nids-de-poule.

— Aïe ! cria Fanny en se massant le coude. La voiture de lord Swartingham était autrement plus confortable !

Anna acquiesça, mais, en réalité, les désagréments de la diligence lui indifféraient. Elle aurait dû réfléchir à ce qu'elle allait faire, à l'endroit où elle se rendrait après avoir quitté Little Battleford, à la façon dont elle pourrait gagner sa vie, mais elle n'y parvenait pas.

Le seul autre voyageur de la diligence ronflait bruyamment. Sa perruque grise avait glissé sur son front. Il s'était endormi dès qu'ils avaient quitté la capitale. Les cahots, le vacarme des roues et des sabots, les arrêts fréquents, rien ne le dérangeait. L'odeur qui émanait de sa personne, un affreux mélange de sueur, de gin, de vomi et de crasse, indiquait clairement que même les trompettes du jugement dernier ne l'auraient pas réveillé.

— Vous pensez qu'on sera à Little Battleford avant la nuit, m'dame ? demanda Fanny.

— Je ne sais pas.

Fanny soupira. Anna se sentit coupable. Elle n'avait pas expliqué à la petite bonne pourquoi elles partaient si hâtivement de Londres. En fait, depuis leur départ, elle ne lui avait pratiquement pas adressé la parole.

— Le comte va nous suivre, m'dame ?

— Non.

— Ah bon ? Je croyais que vous alliez vous marier bientôt.

— Non.

Fanny semblait soudain au bord des larmes. Anna s'obligea donc à lui parler gentiment.

— Tu imagines, un comte et moi ? Ce n'est guère probable, non ?

— Et pourquoi pas, s'il vous aime ? Et lord Swartingham vous aime, m'dame. C'est ce que tout le monde dit.

— Oh, Fanny... murmura Anna en se tournant vers la fenêtre, les yeux brouillés de larmes.

— Vous aussi, vous aimez le comte, insista la petite bonne. Alors, je vois pas pourquoi on rentre à Little Battleford.

— Les choses sont plus compliquées que cela. Je... je serais un poids pour lui.

— Un quoi ?

— Un poids. Comme une pierre autour de son cou. Je ne peux pas l'épouser.

— Je comprends pas...

Fanny s'interrompit comme la diligence pénétrait dans la cour d'une auberge.

— Allons nous dégourdir les jambes, proposa Anna, pressée de mettre fin à cette conversation.

Dans la cour, des garçons d'écurie se précipitèrent, qui pour s'occuper des chevaux, qui pour descendre des bagages du toit ou en installer d'autres. Pour ajouter à la cacophonie ambiante, des hommes vociféraient tout en examinant les sabots d'un des chevaux attelés à une voiture privée.

Anna prit Fanny par le coude, et toutes deux allèrent s'abriter sous l'avant-toit de l'auberge afin de ne pas rester dans le passage.

Fanny se mit à se balancer d'un pied sur l'autre.

— Excusez-moi, m'dame, dit-elle finalement, mais il faut que j'aille… euh… aux commodités.

Elle s'était à peine éclipsée qu'une voix stridente cria :

— Quand cette voiture sera-t-elle prête ? Cela fait une heure que j'attends dans cette immonde gargote !

Anna frémit. Non, par pitié, pas Felicity Clearwater !

Elle se fit toute petite, mais apparemment, la chance n'était pas avec elle. Felicity sortit de l'auberge, et la repéra aussitôt.

— Anna Wren, fit-elle, les lèvres pincées. Enfin.

Elle rejoignit Anna en deux pas.

— Je n'arrive pas à croire que j'aie pratiquement dû faire le voyage jusqu'à Londres uniquement pour vous parler. Que j'aie été obligée de souiller mes souliers dans cette bauge. Alors maintenant, écoutez-moi bien, je ne veux pas avoir à me répéter. Je sais tout de votre petite escapade à La Grotte d'Aphrodite.

— Je…

— Non ! N'essayez pas de nier : j'ai un témoin. Je sais aussi que vous avez retrouvé lord Swartingham là-bas. Vous visez un peu haut, il me semble ! Jamais je n'aurais imaginé cela d'une petite souris grise de votre espèce.

Felicity ménagea une pause, le temps d'un soupir rageur, puis enchaîna :

— Je veux mon médaillon et la lettre qui était à l'intérieur. Un mot à quiconque au sujet de Peter et de moi, et je ferai en sorte que pas une âme à Little Battleford n'ignore vos turpitudes. Votre belle-mère et vous serez expulsées du village, j'y veillerai personnellement.

— Comment osez-vous… ? commença Anna.

— J'espère avoir été suffisamment claire.

Felicity hocha la tête d'un air satisfait comme si elle venait de donner un ordre à une petite bonne rétive et impertinente. Une tâche désagréable, mais nécessaire, dont elle s'était enfin acquittée. Maintenant, elle pouvait aller vaquer à de plus importantes occupations.

Elle tourna les talons et s'éloigna.

Anna la suivit des yeux. Ainsi, Felicity la considérait comme une petite souris grise, une pauvre créature qui allait se laisser impressionner par les menaces de la maîtresse de son défunt mari.

Mais n'était-ce pas précisément ce qu'elle faisait ? Elle fuyait l'homme qu'elle aimait. Celui qui voulait l'épouser. À cause de la lettre d'un maître chanteur. Anna avait honte d'elle-même. Pas étonnant que Felicity se croit autorisée à la mettre plus bas que terre.

Eh bien, cela ne se passerait pas ainsi !

Folle de rage, elle s'élança à la suite de Felicity, l'agrippa par l'épaule et la fit pivoter face à elle.

— Mais enfin, que…

— Oh, oui, vous vous êtes montrée on ne peut plus claire ! déclara Anna en la regardant droit dans les yeux. Mais vous avez néanmoins omis un détail : si je me moque que vous clamiez à tout vent que je suis une moins-que-rien, alors vos menaces n'ont plus aucun poids !

— Mais vous…

— J'ai bien fait ce qui vous a été rapporté. Tout est exact. Le colporter ne serait pas me calomnier. Ce qui est dommageable pour vous, Felicity, c'est que j'en ai autant à votre service. Vous avez couché avec mon mari !

— Je… je…

— Si ma mémoire est bonne, c'est à cette époque qu'a été conçue votre fille aînée. Celle qui est rousse comme l'était Peter.

Felicity la fixait d'un regard empli d'effroi.

— Que dirait M. Clearwater, selon vous, s'il l'apprenait ? continua Anna d'un ton mielleux.

— Écoutez…

— Non ! C'est *vous* qui allez m'écouter ! Si jamais vous essayez à nouveau de me menacer, moi ou ceux que j'aime, je raconterai dans tout le village que vous étiez l'amante de mon mari et qu'il vous a fait un enfant. Dans chaque maison, même la plus éloignée, j'irai déposer une note relatant les faits. Plus personne dans l'Essex n'ignorera votre indignité. Le scandale sera tel que vous serez peut-être obligée de quitter l'Angleterre.

— Vous n'oseriez pas !

— Vous voulez parier ? répliqua Anna avec un sourire suave.

— Mais cela s'appelle…

— Du chantage. Exactement. Une vilenie que vous connaissez bien.

Felicity était livide.

— Ah, une dernière chose ! J'ai absolument besoin de regagner Londres. Sur-le-champ. Je vous emprunte votre voiture.

Anna fit signe à Fanny, qui se tenait sur le seuil de l'auberge, bouche bée, puis se dirigea au pas de charge vers la voiture, à laquelle les garçons d'écurie venaient d'atteler un cheval frais.

— Et comment est-ce que je vais rentrer à Little Battleford ? geignit Felicity.

— Je vous laisse ma place dans la diligence ! lança Anna par-dessus son épaule.

Incapable de supporter les souvenirs qui habitaient sa chambre, Edward était descendu dans la bibliothèque.

Les volumes poussiéreux alignés sur les rayonnages lui évoquaient les pierres tombales d'un cimetière. Nul ne les avait touchés depuis des générations. L'unique fenêtre était drapée d'un rideau de velours bleu retenu d'un côté par une cordelière hors d'âge. Edward apercevait le toit de l'immeuble en face. Un peu plus tôt, les cheminées se découpaient sur le ciel qu'illuminait le soleil couchant. Maintenant, il faisait sombre, et la pièce était glaciale, le feu s'étant éteint depuis un moment déjà.

Une servante avait voulu le ranimer – Edward ne se rappelait plus quand –, mais il lui avait intimé de sortir et depuis, personne n'était venu le déranger. De temps à autre, il percevait des murmures dans le couloir, mais les ignorait.

Il ne lisait pas.

N'écrivait pas.

Ne buvait pas.

Il était simplement assis, un livre sur les genoux, et regardait sans le voir le ciel noir derrière la fenêtre. À plusieurs reprises, Jock avait tenté de l'arracher à sa prostration en lui fourrant sa truffe dans la main. Fatigué de n'obtenir aucune réaction, il avait fini par se résigner et s'était couché en rond aux pieds de son maître.

Étaient-ce ses cicatrices ? Son caractère emporté ? S'était-il révélé mauvais amant ? Trop absorbé par son travail ? Ou Anna ne l'aimait-elle tout simplement pas ?

Oui, tout simplement. Inutile de chercher plus loin la raison de cet abandon : elle n'éprouvait pas l'ombre d'un sentiment pour lui.

Si son titre, sa fortune et *l'amour* qu'il éprouvait pour elle ne lui avaient pas suffi, alors il ne pouvait nourrir aucun espoir.

Qu'est-ce qui l'avait poussée à fuir ainsi ? Il n'en avait aucune idée. Et cette question le taraudait sans relâche, le dévorait à petit feu, avait pris toute la place dans son esprit. Sans cette femme, il n'avait plus rien. Son existence, son avenir lui apparaissaient telle une morne plaine s'étendant à l'infini.

Jamais personne n'avait su toucher son cœur, son âme, comme l'avait fait Anna. Elle l'avait comblé à tous les niveaux. Son départ, découvrait-il, laissait en lui un trou béant.

Comment vivre, désormais, avec un tel vide en soi ?

Edward ruminait toujours lorsqu'il entendit des voix s'élever dans le couloir.

Quelques secondes plus tard, la porte s'ouvrit sans même qu'un coup ait été frappé

— Quel charmant spectacle ! s'exclama Iddesleigh en refermant derrière lui.

Il posa la chandelle qu'il avait à la main sur une table, puis se débarrassa de son manteau et de son chapeau qu'il jeta sur un fauteuil.

— Un homme fort et intelligent anéanti par une femme, poursuivit-il.

Edward ne bougea pas, ne tourna même pas la tête.

— Simon, fiche le camp.

— Je le ferais volontiers, mon ami, si j'étais dépourvu de conscience. Malheureusement, j'en ai une, et c'est un sacré inconvénient, je dois dire !

Le vicomte s'accroupit devant la cheminée et entreprit de rassembler les tisons épars.

— Qui t'a envoyé ? grommela Edward.

— Ton étrange valet de chambre. Davis, je crois. Il se faisait du souci pour Mme Wren. On dirait bien qu'il s'est attaché à elle, un peu comme un canard déplumé à un cygne. Peut-être se fait-il aussi du souci pour toi, mais c'est difficile à dire. Je ne comprends pas pourquoi tu gardes ce vieillard cacochyme à ton service.

Edward ne répondit pas.

Du bout de son tisonnier, Iddesleigh rassembla les boulets de charbon sous les brandons. Le voir se charger d'une tâche aussi basse était bizarre. Jamais Edward n'aurait imaginé qu'il sache faire un feu.

— Alors, quels sont tes projets ? demanda Iddesleigh par-dessus son épaule. Tu envisages de rester là à attendre de geler sur place ? Un peu passif, non ?

— Pour l'amour du Ciel, Simon, fiche-moi la paix !

— Non, Edward. Pour l'amour du Ciel – et de toi –, je ne te ficherai pas la paix.

Le feu, en dépit des efforts du vicomte, refusait de reprendre.

— Elle est partie. Que voudrais-tu que je fasse ?

— Eh bien, lui présenter tes excuses, lui offrir un collier d'émeraudes… Non, dans son cas, des rosiers seraient plus adaptés. N'importe quoi, Edward, plutôt que de rester assis là comme une statue !

Une étincelle jaillit, puis une petite flamme lécha les boulets de charbon.

Pour la première fois depuis des heures, Edward s'agita sur son fauteuil. Ses muscles protestèrent.

— Elle ne veut pas de moi, Simon.

Ce dernier se redressa et sorti un mouchoir pour s'essuyer les mains.

— Quel mensonge éhonté ! Je l'ai vue avec toi, tu te souviens ? À la conférence de Lillipin. Elle est amoureuse de toi, encore que Dieu seul sache pourquoi !

Il baissa les yeux sur le carré de soie noirci de suie, puis le jeta dans le feu qui crépitait enfin.

— Alors pourquoi est-elle partie ? demanda Edward dans un murmure.

Son ami haussa les épaules.

— Quel homme sait ce qui se passe dans la tête d'une femme ? Certainement pas moi. Peut-être l'as-tu offensée sans t'en rendre compte. Oui, à coup sûr. Tu n'es pas toujours délicat. À moins qu'elle n'ait été soudain prise d'un dégoût profond pour Londres. Ou encore…

Il s'interrompit, le temps de sortir une lettre de sa poche.

— … qu'on ne la fasse chanter.

— Quoi ? s'écria Edward qui se leva d'un bond.

Il arracha presque la lettre des mains de son ami.

— De quoi diable parles…

Sa voix mourut comme il parcourait la missive. Quelqu'un avait osé menacer Anna! *Son* Anna!

— Où as-tu trouvé cela, Simon?

— Davis. Il me l'a donnée à mon arrivée. Apparemment, il a trouvé cette lettre dans la cheminée de ta chambre.

— Qui est le salaud qui a écrit ce torchon? tonna Edward.

Il fit une boule du feuillet et la jeta rageusement dans le feu.

— Aucune idée. Mais pour en savoir autant, il doit fréquenter La Grotte d'Aphrodite.

Edward se rua vers la porte.

— Bon sang! Quand j'en aurai fini avec lui, il ne pourra même plus aller voir les vieilles roulures du port! Et ensuite, j'irai chercher Anna. Pourquoi diable ne m'a-t-elle pas dit qu'on la faisait chanter?

Il s'immobilisa et fit volte-face.

— Et toi, Simon, pourquoi ne m'as-tu pas donné cette lettre en entrant? Je perds du temps et…

— Mais non, Edward, le maître chanteur ne sera pas à La Grotte d'Aphrodite avant 21 heures, dit calmement le vicomte.

S'emparant d'un coupe-papier, il entreprit de se curer les ongles.

— Il n'est que 19 heures, mon ami. Il n'y a pas d'urgence. Peut-être pourrions-nous prendre un petit en-cas tranquillement, qu'en penses-tu?

— J'en pense que si tu ne m'étais pas de quelque utilité de temps à autre, je t'étranglerais sur place!

— Oh, je n'en doute pas.

Iddesleigh posa le coupe-papier, enfila son manteau.

— Edward, j'apprécierais que nous emportions au moins du pain et un morceau de fromage dans la voiture.

— Tu ne viens pas avec moi, rétorqua le comte d'un ton ferme.

— J'ai bien peur que si.

Iddesleigh ajusta son tricorne et poursuivit :

— Harry nous accompagne aussi. Il attend dans le hall.

— Pourquoi ?

— Parce que, mon cher, nous sommes précisément à l'un de ces moments où je peux t'être de quelque utilité. Tu vas avoir besoin de deux témoins, si je ne m'abuse.

22

L'étonnement d'Aurea fit sourire la vieille femme.

— Mes fils parcourent les quatre coins du monde. Il n'existe pas une bête, un oiseau ou un humain qu'ils ne connaissent. Que cherchez-vous, mon enfant ?

Aurea raconta son étrange mariage avec le Prince Corbeau, parla de sa cour ailée, et de la quête de ce mari perdu. Les trois premiers Vents secouèrent la tête d'un air désolé : jamais ils n'avaient entendu parler du Prince Corbeau. Mais le Vent d'Ouest, le fils de haute stature, hésita un instant avant de déclarer :

— Il y a bien longtemps, une petite pie-grièche m'a rapporté une étonnante histoire. Elle m'a parlé d'un château dans les nuages où les oiseaux étaient dotés de la parole. Si vous le désirez, je peux vous y conduire.

Aurea grimpa donc sur le dos du Vent d'Ouest, noua les bras autour de son cou pour ne pas tomber, car ce Vent-là était bien plus rapide que n'importe quel oiseau...

Extrait du *Prince Corbeau*

— Répétez-moi pourquoi nous sommes masqués, milord, dit Harry en tapotant son loup de soie noire.

Edward pianotait du bout des doigts contre la portière de la voiture. Si seulement le cocher avait pu mettre les chevaux au galop...

— Il y a eu un léger malentendu lors de ma dernière visite à La Grotte d'Aphrodite, répondit-il.

— Un malentendu ? fit Harry d'une voix neutre.

— Oui. Il vaudrait mieux que l'on ne me reconnaisse pas.

— Vraiment ? intervint Iddesleigh, qui cessa de tripoter son propre masque, soudain intéressé. J'ignorais qu'Aphrodite puisse fermer sa porte à qui que ce soit. Qu'as-tu fait exactement, Edward ?

— Cela n'a pas d'importance. Tout ce que tu dois savoir, c'est que nous devons nous montrer le plus discret possible.

— Et Harry et moi portons des masques parce que… ?

— Parce que si cet homme me connaît suffisamment pour être au courant de mes fiançailles avec Mlle Gerard, il sait aussi que nous sommes amis.

— Ah. Dans ce cas, peut-être devrions-nous aussi mettre un masque au chien, observa le vicomte en lançant un regard à Jock, qui trônait sur la banquette à côté de Harry.

— Essaie donc d'être un peu sérieux, Simon, marmonna Edward.

— Mais je l'étais.

Edward jeta un coup d'œil par la fenêtre. Ils se trouvaient dans un quartier peu recommandable du West End. Il capta un mouvement alors qu'ils passaient devant une porte cochère. Une prostituée qui mettait sa marchandise en évidence. D'autres silhouettes se dessinaient dans l'ombre. L'attrait de La Grotte d'Aphrodite tenait en partie à sa situation ambiguë, à la frontière entre l'illicite et le carrément périlleux. Que chaque nuit quelques clients de l'établissement soient détroussés, voire pire, ne lui faisait pas le moindre tort. Au contraire. Aux yeux de certains, le danger était un aimant puissant.

Un halo rouge apparut au bout de la rue. La Grotte d'Aphrodite n'était plus très loin. De fait, quelques instants plus tard, la voiture s'arrêtait devant la façade de style grec.

— Comment comptez-vous procéder pour trouver le maître chanteur ? s'enquit Harry à voix basse comme ils descendaient de voiture.

Edward haussa les épaules.

— À 21 heures, nous mesurerons l'ampleur du problème et nous aviserons, répondit Edward en se dirigeant vers l'entrée avec l'aisance et l'autorité que confère une ascendance aristocratique de neuf générations.

Deux robustes gaillards en toge surveillaient la porte. Celui qui arborait des mollets étonnamment poilus darda sur Edward un regard soupçonneux.

— Hé! Vous seriez pas par hasard le comte de…

— Je suis si heureux que vous me reconnaissiez! coupa Edward d'un ton jovial.

Posant une main amicale sur l'épaule de l'homme, il lui tendit l'autre. Et lui glissa une guinée dans la paume. La pièce d'or disparut prestement dans les plis de la toge.

— C'est bien beau, milord, dit l'homme avec un sourire mielleux, mais après ce qui s'est passé l'autre fois, vous verrez peut-être pas d'inconvénient à…

Il n'acheva pas, mais se frotta le bout du majeur et du pouce l'un contre l'autre de manière fort suggestive. Edward serra les dents. Quel toupet!

Il se pencha vers l'homme, assez près pour sentir sa mauvaise haleine, et répliqua :

— Peut-être que si.

Jock lui fit écho en grognant. Le gardien recula, mains levées.

— C'est bon, milord, c'est bon. Faites comme chez vous.

Edward inclina sèchement la tête et passa devant lui. Dans son dos, Iddesleigh murmura :

— Il faudra que tu me racontes, un de ces jours.

Edward l'ignora. Une tâche plus urgente l'attendait…

— Mais où est-il allé?

Anna se tenait dans le vestibule de l'hôtel particulier d'Edward, à Londres. Elle portait encore ses vêtements de voyage.

— Je ne sais pas, madame, répondit Dreary, l'air sincère.

Elle réprima un soupir contrarié. Elle avait mis à profit le trajet de retour pour préparer les excuses qu'elle comptait offrir à Edward, les reformulant inlassablement jusqu'à ce qu'elle en soit enfin satisfaite. Elle avait même rêvé à ce qu'elle ferait ensuite pour obtenir l'absolution. Et voilà que ce maudit comte n'était pas là ! Quelle déception !

— Personne dans la maison ne sait où est lord Swartingham ? insista-t-elle.

— Peut-être qu'il vous cherche, madame, suggéra Fanny.

Anna se tourna vers la petite bonne et, ce faisant, capta un mouvement furtif dans les profondeurs du couloir. Elle reconnut Davis, le valet de chambre d'Edward.

— Monsieur Davis ! cria-t-elle. Attendez !

Empoignant ses jupes, elle s'élança derrière le vieil homme. Mais le coquin était plus rapide que ne le laissait supposer son âge. Il s'engagea dans l'escalier de service, feignant la surdité.

— Arrêtez !

Arrivé sur le palier, il bifurqua et disparut. Anna le suivit. Elle se trouvait manifestement dans le quartier des domestiques. Elle l'aperçut au bout du corridor, accéléra l'allure, et le rejoignit à l'instant où il s'arrêtait devant une porte. S'adossant au battant, les bras écartés, elle lui bloqua le passage.

— Monsieur Davis !

— Oh, vous voulez quelque chose, madame ?

— Le comte, lâcha-t-elle en s'efforçant de reprendre son souffle. Où est-il ?

— Le comte ? répéta Davis en regardant autour de lui comme si Edward allait jaillir de l'ombre.

— Edward de Raaf, lord Swartingham, comte de Swartingham, votre maître ! Est-ce que vous voyez de qui il s'agit, Davis ?

— Pas la peine d'être arrogante, madame.

Il semblait vraiment blessé, mais Anna n'était pas dupe.

— Monsieur Davis !

— Mon maître a peut-être eu dans l'idée qu'il devait aller quelque part…

— Dites-moi où ! cria-t-elle en tapant du pied. Immédiatement.

Davis scruta de nouveau les profondeurs du couloir, espérant peut-être une aide quelconque, mais il n'y avait personne. Il soupira.

— Il a peut-être trouvé une lettre, suggéra-t-il en évitant le regard d'Anna. Alors il est peut-être allé dans une maison de mauvaise réputation qui a un drôle de nom… Aphrodity ou Aphro…

Anna n'en écouta pas davantage. Elle fit volte-face, et fila comme une flèche.

Oh, Seigneur ! Elle avait jeté l'immonde lettre dans la cheminée sans prendre le temps de vérifier que les flammes faisaient leur ouvrage.

Si Edward avait trouvé la lettre du maître chanteur…

S'il était allé démasquer cet homme…

Un homme manifestement dépourvu d'honneur et dangereux. De quoi était-il capable s'il se sentait acculé ? Pourvu que le comte ne soit pas téméraire au point d'affronter seul ce genre d'individu !

Si, il l'était ! Bien sûr.

S'il lui arrivait malheur par sa faute, jamais elle ne se le pardonnerait.

Elle traversa le vestibule sans s'arrêter, ouvrit la porte à la volée.

— M'dame ! s'écria Fanny en lui emboîtant le pas.

— Reste ici, Fanny, ordonna-t-elle. Si le comte revient, dis-lui que je n'en ai pas pour longtemps.

La voiture de Felicity, qui avait fait demi-tour au bout de la rue, repassait devant l'hôtel particulier. Anna se jeta pratiquement sous les sabots des chevaux, obligeant le cocher à tirer brutalement les rênes.

— Qu'est-ce qui se passe, m'dame ? Vous voulez plus rester à Londres ? Mme Clearwater va...

— Il faut que vous me conduisiez à La Grotte d'Aphrodite.

— Mais, Mme Clearwater...

— Tout de suite !

Le cocher leva les yeux au ciel, puis demanda :

— Quelle direction faut que je prenne ?

Anna lui indiqua le chemin avant de grimper dans la voiture. La main crispée sur la poignée de cuir, elle se mit à prier.

Après un trajet qui lui sembla interminable, la voiture s'arrêta finalement devant le bâtiment pseudo-grec. Elle descendit en hâte, se faufila jusqu'à la porte derrière laquelle résonnaient les voix et les rires des gens de la nuit, et entra sans la moindre difficulté. Les gardiens l'avaient de toute évidence prise pour l'une de ces femmes de la bonne société désireuses de s'encanailler.

Tous les jeunes dandys, tous les vieux barbons, toutes les dames en équilibre précaire sur le fil de la respectabilité semblaient s'être donné rendez-vous à La Grotte d'Aphrodite. Il n'était que 21 h 15, mais la fête battait déjà son plein, et la foule semblait passablement ivre.

Anna serra étroitement sa cape autour d'elle, barrière symbolique entre ces gens et elle, et commença à fureter.

La chaleur était étouffante dans les divers salons. L'odeur de la cire fondue se mêlait à celle de la sueur et de l'alcool. Elle jeta un coup d'œil au plafond peint. Des cupidons paillards dévoilaient le corps voluptueux de la déesse Aphrodite autour de qui une... orgie se déroulait.

Anna baissa vivement les yeux et poursuivit sa recherche. Son plan était simple : trouver le maître chanteur et l'entraîner dehors avant qu'Edward ne lui mette la main dessus. Le problème, c'était qu'elle ignorait qui était le maître chanteur en question. Elle ignorait même s'il s'agissait bien d'un homme. Rongée d'angoisse, elle cherchait aussi Edward du regard. Qui sait? peut-être réussirait-elle à lui faire quitter La Grotte d'Aphrodite avant que le maître chanteur ne se manifeste.

Vœu pieux, devinait-elle, car Edward n'était pas du genre à renoncer à une bonne bagarre, même s'il n'était pas certain d'avoir le dessus.

Elle pénétra dans le grand salon. Des couples étaient installés sur les banquettes tandis que des jeunes gens rôdaient en quête d'une partenaire pour la soirée. Elle comprit tout de suite qu'elle ne devait pas cesser de se déplacer. Une pause, et elle serait harponnée par l'un de ces clients sur des charbons ardents. Elle se mit donc à déambuler autour de la pièce.

Sur les murs, d'autres fresques, variations sur le thème mythologique. Sur l'un, Zeus séduisait des nymphettes, sur un autre, la déesse phénicienne Europa et le taureau étaient représentés de façon particulièrement réaliste.

— Je vous avais demandé de porter un manchon, lui souffla une voix grincheuse à l'oreille.

Enfin!

Anna pivota.

— Il est hors de question que je vous paye cette somme ridicule, attaqua-t-elle, bille en tête.

Le maître chanteur, qui portait un loup, était moins impressionnant qu'elle ne l'imaginait. De surcroît, il lui semblait le connaître. Ce menton en galoche... Elle l'avait déjà vu.

— Vous étiez à la conférence de la Société Agraire! s'exclama-t-elle.

Les yeux derrière les fentes du loup se mirent à luire de colère.

— Où est mon argent?

— Je viens de vous dire que je ne vous paierais pas. Le comte est ici, et je vous conseille de vous éclipser avant qu'il ne vous trouve.

— Mais, l'argent...

— Écoutez, espèce de cervelle d'oiseau, je n'ai pas d'argent sur moi, c'est clair ? Et vous devriez vraiment...

Une silhouette sombre jaillit soudain de nulle part. Il y eut un cri, suivi d'un affreux grognement, puis d'un bruit sourd. Le maître chanteur s'était effondré sur le sol, son corps disparaissait presque entièrement sous celui de Jock qui grondait sourdement, les babines retroussées, les crocs luisants.

Une femme hurla.

— Du calme Jock, ordonna Edward en s'avançant vers l'homme à terre. Chilton Lillipin... J'aurais dû m'en douter. Tu étais à la conférence de ton frère, hier, j'imagine.

— Pour l'amour de Dieu, Swartingham, écartez ce monstre ! Bon sang, qu'est-ce que vous en avez à faire, de cette p...

Jock lui aboya au visage, et faillit refermer la gueule sur son nez. Edward posa une main apaisante sur le cou du chien.

— Il se trouve que je m'intéresse beaucoup à cette *dame*, Lillipin.

Ce dernier plissa les yeux d'un air rusé.

— Nul doute, dans ce cas, que vous souhaitiez laver son honneur.

— Cela va de soi, répondit Edward.

— Je vais contacter mes témoins et nous...

— Non, Lillipin, coupa le comte d'une voix dangereusement calme. C'est maintenant ou jamais.

— Par pitié, pas cela ! s'écria Anna.

Un duel. Exactement ce qu'elle redoutait.

— Mes témoins sont déjà là, continua Edward sans tenir compte de ses protestations.

Le vicomte Iddesleigh apparut, suivi d'un homme aux yeux verts perçants. Sur leurs visages se lisait un mélange de tension et de détermination.

— Sélectionnez vos témoins, Lillipin, ordonna Iddesleigh.

Lillipin regarda autour de lui d'un air hagard. Un jeune homme à la chemise déboutonnée s'avança, traînant derrière lui son compagnon chancelant.

— Nous serons vos témoins, lança-t-il d'une voix pâteuse.

— Edward, je t'en supplie, arrête, articula Anna entre ses dents.

Le comte tira Jock par le collier.

— Garde Anna.

Le chien s'assit docilement devant la jeune femme.

— Mais, Edward…

Celui-ci lui décocha un regard qui la fit taire, puis retira son manteau. Lillipin se remit debout, se débarrassa lui aussi de son manteau, puis de son gilet et sortit son épée de son fourreau. Edward l'imita.

La foule avait reflué vers les murs, laissant les deux hommes au centre de l'espace ainsi libéré.

Tout allait trop vite. Anna avait l'impression de vivre un cauchemar sur lequel elle n'avait aucune prise. Le silence régnait maintenant dans le grand salon. Tous les regards étaient rivés sur les duellistes.

Ces derniers se saluèrent en levant leur épée devant le visage, puis fléchirent le genou, armes brandies à bout de bras. Plus mince et plus petit qu'Edward, Lillipin avait adopté une posture élégante, le bras gauche formant derrière lui un arc gracieux. Il portait une chemise de lin aux manches bordées de dentelle qui ondulait au moindre mouvement. Edward, lui, se tenait bien campé sur ses pieds, la main dans le dos, cherchant l'équilibre et non la grâce. Son gilet noir était souligné d'une tresse ton sur ton, et sa chemise dépourvue de tout ornement.

Un sourire méprisant aux lèvres, Lillipin lança :

— En garde !

Il plongea en avant. Son épée scintilla en fendant l'air. Edward para l'attaque. Son épée heurta celle de son adversaire en cliquetant. Il recula de deux pas tandis que Lillipin avançait. Manifestement bretteur accompli, ce dernier donnait l'impression d'être sûr d'avoir l'avantage. Ses lèvres se retroussèrent sur un sourire fat.

— Chilly a tué deux hommes l'an dernier, commenta l'un des spectateurs.

Anna retenait son souffle. Elle avait entendu parler de ces dandys qui s'amusaient à provoquer en duel des malheureux de notoriété publique moins doués qu'eux. Edward passait la plupart de son temps à la campagne. Était-il seulement capable de se défendre ?

Les deux hommes tournaient dans un cercle restreint, le visage luisant de transpiration. Lillipin fondit soudain sur Edward. Sa lame déchira la manche du comte. Anna étouffa un cri, mais l'étoffe ne rougit pas. Un coup pour rien. Jusqu'au suivant, vicieux, bien calculé. Cette fois, du sang macula l'épaule d'Edward. Des gouttes éclaboussèrent même le sol. Horrifiée, Anna fit un pas en avant, mais Jock l'arrêta en lui attrapant doucement le bras entre ses mâchoires d'acier.

— Premier sang ! annonça Iddesleigh.

Les témoins de Lillipin lui firent écho. Mais aucun des duellistes ne fit mine d'arrêter le combat. Les épées sifflèrent de nouveau dans l'air. La tache sur la manche d'Edward s'agrandissait régulièrement, des gouttes jaillissaient à chacun de ses mouvements. Le sol de marbre était à présent couvert de traînées écarlates dessinées par les pieds des deux hommes qui glissaient sur le sang frais. Anna ne comprenait pas pourquoi ils continuaient. N'étaient-ils pas censés mettre un terme au combat dès que le sang avait été versé ?

Grands dieux, ils n'allaient tout de même pas se battre jusqu'à la mort ?

Elle enfonça le poing dans sa bouche pour s'empêcher de crier. Pétrifiée, elle fixait Edward, des larmes plein les yeux.

Et tout à coup, il renonça à jouer la parade. Il attaqua, encore et encore, son pied droit claquant sur le sol avec férocité. Pris au dépourvu, Chilly recula et leva son épée pour se protéger le visage. L'épée d'Edward fit une rotation et alla frapper avec une violence inouïe le pommeau de celle de Chilly, au ras des doigts qui le serraient, les entaillant. L'arme s'échappa de sa main blessée et glissa bruyamment sur le sol. Edward se fendit et, de la pointe de sa lame, toucha la gorge de Lillipin.

Celui-ci gémit. Sa main droite engluée de sang reposant dans la gauche.

— La chance vous a permis de remporter la victoire, Swartingham, lança Chilly, mais vous ne m'empêcherez pas de parler dès que je serai sorti de ce...

Il ne put continuer. D'un direct du droit en pleine face, Edward le mit hors de combat.

Bras écartés, Lillipin s'effondra en arrière telle une poupée de chiffons.

— Mais si, je peux t'en empêcher, marmonna Edward en se massant les phalanges.

Anna entendit quelqu'un pousser un long soupir derrière elle, puis la voix d'Iddesleigh :

— Je me doutais que tu finirais par te servir de tes poings, Edward.

— Je me suis d'abord battu en duel à la loyale, protesta le comte, offensé.

— Oui, et ta technique laisse toujours autant à désirer.

L'homme aux yeux verts ramassa l'épée d'Edward.

— J'ai gagné, remarqua celui-ci.

— Je te l'accorde, mais pas vraiment selon les règles de l'art, loin s'en faut, objecta Iddesleigh.

— Tu aurais préféré que je perde ?

— Bien sûr que non. Mais dans un monde bien fait, la victoire ne devrait survenir qu'à l'issue d'un duel selon les règles.

— Nous ne vivons pas dans un monde bien fait, Dieu merci !

Anna, qui jusque-là avait réussi à se contenir, n'y tint plus.

— Espèce d'idiot! s'écria-t-elle.

Elle commença à bourrer la poitrine d'Edward de coups de poing, puis s'arrêta en se rappelant sa blessure à l'épaule, et entreprit de déchirer furieusement la manche de sa chemise. Edward la regarda, déconcerté.

— Mais enfin, ma chérie, que… ?

— Cela ne suffisait donc pas que tu te croies obligé de te battre avec cet affreux bonhomme! coupa-t-elle, les joues ruisselantes de larmes. Il a fallu aussi que tu sois blessé. Regarde! Tu inondes le dallage de sang!

Elle écarta les bords déchirés de la chemise, et crut défaillir en découvrant la plaie qui lui entaillait l'épaule.

— Et maintenant, tu vas probablement mourir!

Elle ravala un sanglot et s'efforça vainement de presser son mouchoir sur la blessure.

— Anna, mon cœur, chut, murmura le comte.

Il essaya de la prendre dans ses bras, mais elle le repoussa.

— Et à quoi cela aura-t-il servi? hoqueta-t-elle. Pourquoi provoquer cet ignoble Chilly en duel? *Pourquoi?*

— Pour toi, souffla Edward. Tu mérites qu'on se batte pour toi, Anna. Je suis prêt à tout pour toi, y compris à me vider de mon sang dans un bordel.

Elle le fixait à travers ses larmes, incapable de prononcer une parole.

Il lui caressa tendrement la joue.

— J'ai besoin de toi. Je te l'ai déjà dit, mais il semblerait que tu ne m'aies pas cru. Ne me quitte plus jamais, Anna. La prochaine fois, je n'y survivrai pas. Je veux que tu m'épouses. Mais si tu refuses…

Une courte pause, le temps pour Edward de se ressaisir. Il avait les yeux embués de larmes.

— Ne me quitte pas, Anna, souffla-t-il d'une voix enrouée. Je t'aime.

Iddesleigh se racla bruyamment la gorge pour attirer leur attention.

— Tu ne vois pas que je suis occupé, Simon? le rabroua Edward.

— Si, bien sûr. Toutes les personnes présentes voient que tu es occupé, de Raaf, riposta le vicomte d'un ton narquois.

Edward regarda autour de lui et, pour la première fois, sembla se rendre compte qu'ils étaient le point de mire de l'assemblée.

— En effet, admit-il. Je vais ramener Anna à la maison et faire soigner mon épaule. Peux-tu t'occuper de cela ? ajouta-t-il en désignant Lillipin du menton.

— Je suppose que je n'ai pas le choix, répondit son ami avec une moue dégoûtée. Voyons, il doit bien y avoir dans le port un bateau prêt à larguer les amarres pour quelque contrée exotique. Harry ?

L'homme aux yeux verts sourit.

— Naviguer fera le plus grand bien à ce vaurien, j'en suis sûr.

Il attrapa Lillipin par les pieds tandis qu'Iddesleigh glissait les mains sous ses aisselles, puis ils le soulevèrent sans ménagements.

— Félicitations, dit Harry à Anna avant de s'éloigner.

— Oui, félicitations, de Raaf, répéta le vicomte en écho. Je crois que je mérite une invitation à la cérémonie.

Edward grommela une vague réponse, puis, alors que ses amis emportaient Chilly, il prit le bras d'Anna et l'entraîna à travers la foule. Comme ils passaient devant elle, Aphrodite murmura à Anna :

— Je savais qu'il vous pardonnerait.

Puis, d'une voix forte, à l'attention de toute l'assemblée :

— Pour célébrer l'amour, toutes les boissons sont offertes par la maison !

Des applaudissements accueillirent cette nouvelle. Précédés par un Jock très gaillard, Anna et Edward gagnèrent la porte sans encombre.

Quelques secondes plus tard, le comte se laissait tomber sur la banquette après avoir frappé un coup au plafond à l'intention du cocher. Pas une seconde, il n'avait lâché Anna. Il l'attira sur ses genoux, l'enlaça et prit sa bouche avec tant de ferveur qu'on aurait cru que sa vie dépendait de ce baiser. Il n'y mit un terme que pour chuchoter tout contre ses lèvres :

— Veux-tu m'épouser, Anna ?

Les yeux brillants de larmes, elle répondit d'une voix brisée par l'émotion :

— Je t'aime tellement, Edward. Mais si nous n'avons pas d'enfant ? Si je suis incapable de te donner la famille dont tu rêves ?

Il prit son visage entre ses mains.

— Tu es ma famille. Si nous n'avons pas d'enfant, je serai déçu. Mais si je ne t'ai pas, toi, je serai désespéré. Je t'aime. J'ai besoin de toi. Je t'en supplie, fais-moi suffisamment confiance pour accepter de devenir ma femme.

— Oui, souffla-t-elle.

Déjà, Edward lui constellait le cou d'ensorcelants petits baisers si bien qu'elle avait eu du mal à prononcer le mot. Alors elle le répéta, parce que c'était important, et parce qu'elle adorait se l'entendre dire.

— *Oui.*

Épilogue

Le Vent d'Ouest emmena à tire d'ailes Aurea jusqu'à un château dans les nuages autour duquel volaient des nuées d'oiseaux. Comme elle descendait de son dos, un corbeau gigantesque vint se poser près d'elle et se métamorphosa dans l'instant en Prince Corbeau.

— Aurea, mon amour, tu m'as trouvé !

À ces mots, tous les oiseaux descendirent du ciel en piqué et entourèrent le Prince. Un à un, ils se muèrent en hommes et en femmes. Des cris d'allégresse montèrent de leurs gorges. Les nuages autour du château se dissipèrent, révélant la montagne au sommet de laquelle il se dressait. Aurea était médusée.

— Comment tout cela est-il possible ? murmura-t-elle.

Le Prince sourit, ses yeux de jais scintillèrent.

— Ton amour, Aurea ? Ton amour a brisé le maléfice…

Extrait du *Prince Corbeau* .

Trois ans plus tard

— Et Aurea et le Prince corbeau vécurent heureux et eurent beaucoup d'enfants.

Anna referma doucement le petit livre à la couverture de cuir rouge.

— Il s'est endormi ? s'enquit-elle.

Edward souleva l'écran de soie qui protégeait le bébé du soleil.

— Mmm. Il est au royaume des songes, et il va y rester un bon moment, me semble-t-il.

Tous deux contemplèrent avec émotion le petit visage d'ange de leur fils. L'enfant était allongé sur des coussins de soie rouge, au centre du jardin enclos de Ravenhill Abbey. Ses jambes dodues étaient à demi levées, comme si le sommeil l'avait surpris en pleine activité. Deux doigts étaient glissés entre ses lèvres entrouvertes, et la brise jouait avec ses boucles sombres. Jock était couché près de son humain préféré, l'air enchanté qu'une petite main potelée lui ait empoigné l'oreille. Autour d'eux, le jardin resplendissait. Les plates-bandes regorgeaient de fleurs, les rosiers grimpants croulaient sous les roses, les abeilles bourdonnaient doucement.

Edward prit le livre sur les genoux d'Anna et le posa près des reliefs de leur pique-nique. Puis il retira une rose du vase posé au centre de la nappe et l'approcha du visage de sa femme.

— Que fais-tu ? chuchota-t-elle.

Question superflue. Elle avait déjà une idée assez précise de ce que son mari avait en tête.

— Moi ? fit-il, l'air innocent, tout en caressant le décolleté d'Anna avec la fleur.

— Edward !

Un pétale tomba entre ses seins épanouis. Edward fronça les sourcils, la mine faussement désolée.

— Pardon, très chère.

Puis il plongea les doigts dans le sillon, feignant de chercher le pétale, échoua, et insinua la main plus profondément dans le corsage de sa femme. Sous sa paume, il sentait la peau satinée, tendue sur les globes bien fermes.

Anna lui donna une tape en riant.

— Arrête, tu me chatouilles !

Il parvint à saisir la pointe d'un de ses seins entre le pouce et l'index, et la pressa doucement.

— Edward !

— Chut. Tu vas réveiller Samuel. Il faut que tu restes très, très silencieuse.

Le laçage du corsage céda.

— Mais mère Wren...

— ... est allée voir comment Fanny se débrouillait dans ses nouvelles fonctions chez le châtelain du comté voisin. Elle ne sera pas de retour avant le dîner.

Habilement, le comte avait dénudé l'opulente poitrine qu'il convoitait. Il s'inclina et prit entre ses lèvres la pointe, que le manège de ses doigts avait durcie.

— Je crois que je suis de nouveau enceinte, murmura Anna, après avoir laissé échapper un gémissement de plaisir.

Edward releva la tête, les yeux brillants.

— Cela ne te dérangerait pas d'avoir un autre enfant si peu de temps après Samuel?

— Non. J'adorerais cela, au contraire.

Au grand soulagement d'Anna, Edward avait pris la nouvelle plus calmement que la première fois. À l'instant où elle lui avait annoncé qu'elle attendait un enfant, l'inquiétude l'avait envahi, et ne l'avait plus quitté pendant neuf mois. Anna avait fini par se résigner, sachant qu'il ne retrouverait sa sérénité qu'une fois le bébé né. Il avait tenu à être présent du début à la fin de l'accouchement, si blême, que Mme Stucker avait demandé qu'on lui apporte du brandy. Il n'en avait pas voulu. Après cinq heures de travail, Samuel Ethan de Raaf, vicomte Herrod, était arrivé. De l'opinion d'Anna, il s'agissait là du plus beau bébé du monde. Pour fêter ce miracle, Edward avait bu un tiers de la bouteille de brandy, puis s'était allongé sur le lit et avait refermé les bras sur sa femme et son fils.

Pour l'heure, d'humeur légère, il soulevait allégrement les jupons d'Anna, lui dénudant les jambes.

— Cette fois, ce sera une fille.

Il fit courir sa langue du genou jusqu'en haut de la cuisse.

— Un autre garçon m'irait aussi très bien, continua Anna, le souffle court, mais si c'est une fille, je sais comment nous l'appellerons.

— Oui?

Les doigts audacieux d'Edward se frayaient déjà un chemin dans sa lingerie. La jeune femme songea qu'il ne l'écoutait plus mais répondit quand même :

— Elizabeth Rose.

Découvrez les prochaines nouveautés
des différentes collections J'ai lu pour elle

Le 7 novembre

Inédit *Les leçons d'une courtisane*
ᖍ Emma Wildes

Le duc de Rolthven trouve sa jeune épouse des plus exquises. Soudain, quand Brianna se met à exhiber une sensualité exacerbée, il en reste coi. Qu'arrive-t-il à sa femme d'ordinaire si sage ? Il semblerait bien qu'elle attende de Colton plus qu'une simple vie de couple... et que le livre scandaleux d'une courtisane lui soit tombé entre les mains.

Inédit *La duchesse Mackenzie* ᖍ **Jennifer Ashley**

Hart Mackenzie est fortuné, influent, beau comme un dieu. Rien ne lui résiste, surtout pas les femmes. Par le passé, il a fait de nombreux sacrifices pour protéger ses frères d'un père violent. Il a aussi perdu sa femme et son fils. Tout comme celle qu'il a aimée de tout son être, Eleanor. Et quand cette dernière réapparaît dans sa vie, Hart se demande si son ancien amour est venu pour le détruire... ou le sauver.

Les machinations du destin ᖍ **Judith McNaught**

À la surprise générale, le duc de Hawthorne, la coqueluche des soirées londoniennes qui prétend ne pas croire à l'amour, vient de se marier. L'heureuse élue ? Une inconnue, Alexandra. Épousée par simple reconnaissance : elle lui a sauvé la vie. Une étrange et volcanique union les rapproche. Or l'ombre de la mort plane sur le duc.

Le 21 novembre

PROMESSES

Inédit **Les chroniques de Virgin River - 6 - Paradis**
❧ **Robyn Carr**
Rick Sudder, méconnaissable depuis son retour d'Irak.
Dan Brady, tourmenté par son passé.
Deux hommes brisés par la vie, à la recherche de la paix et du bonheur auxquels ils aspirent avec force. À Virgin River, l'amour les réconciliera-t-il avec les rêves qu'ils croyaient perdus à jamais?

Les Kendrick et les Coulter - 4 - Dans le bleu de tes yeux
❧ **Catherine Anderson**
Après vingt-huit ans de cécité, Carly vient de recouvrer la vue. Et voilà qu'une aventure d'un soir menace d'anéantir ses projets d'avenir. Elle est enceinte ! Hank Coulter, qui tient à assumer ses responsabilités, lui propose un mariage provisoire, le temps qu'elle finisse ses études. Avec éfiance, Carly accepte l'offre de celui qu'elle considère comme un vulgaire tombeur.

8761

Composition
CHESTEROC

Achevé d'imprimer en Italie
par GRAFICA VENETA
le 5 septembre 2012

Dépôt légal : septembre 2012
EAN 9782290057988
L21EPSN000877N001
1er dépôt légal dans la collection : août 2008

ÉDITIONS J'AI LU
87, quai Panhard-et-Levassor, 75013 Paris

Diffusion France et étranger : Flammarion